Übersetzung aus dem Englischen
von Jenny Spanier

Küsse am Set

Tiana Warner

Danksagung

Ich danke Laurel Greer und Chris Zett fürs Betalesen, Stephanie Warner für all die Gespräche, meinem *Crit Coven* für die jahrelange moralische Unterstützung und das Feedback und meiner Familie für ihre bedingungslose Liebe und dafür, dass ihr mich immer ermutigt habt. Danke auch an Astrid, Jenny und den Rest vom Ylva-Rudel für eure harte Arbeit und dafür, dass ihr an mich und meine Geschichten glaubt.

Kapitel 1

Einen Elch nach Hause schleppen

Ich war bloß eine Nacht weg und meine Straße hat sich in ein Filmset verwandelt. Ich halte hinter einer orange-weißen Straßensperre. Vor mir blockieren weiße Zelte, Wohnwagen und unglaublich viele Menschen die Kreuzung vor meinem Wohnhaus. Ein Gitterzaun umschließt den gesamten Bereich wie einen Tatort.

Mein Magen verkrampft sich unweigerlich und ich umklammere das Lenkrad fester. An jedem anderen Tag wäre diese Überraschung aufregend, aber im Augenblick will ich bloß ein Bad nehmen, eine Schmerztablette schlucken und ins Bett gehen. Heute sollte ein Tag zum Ausspannen sein, bevor ich mit der Recherche für meine Masterarbeit anfangen muss. Einen waghalsigen Kreuzzug, bloß um meine Haustür zu erreichen, hatte ich nicht eingeplant.

Ein Kran hebt gerade eine Kamera hoch in die Luft. Seile und Drähte kreuzen sich über dem Set. Führt da tatsächlich eine Seilbahn in meine Lieblingspizzeria? Was für einen überzogenen Action-Film drehen die hier?

Von hier aus kann ich meinen Balkon im zweiten Stock sehen. Zwei Holzstühle stehen darauf sowie ein paar verwelkte Hortensien, die Abby und ich viel zu selten gießen. Daneben ist das Fenster zu meinem Schlafzimmer, die dunklen Vorhänge wie immer zugezogen.

Es wäre so viel spaßiger gewesen, daheimzubleiben und den Aufbau des Sets zu beobachten. Der dämliche Campingausflug hat mir nichts gebracht außer jede Menge Schweiß und einen Kater.

Genervt lenke ich meinen alten Geländewagen von der Absperrung weg und umrunde den Block auf der Suche nach einem Weg ins Parkhaus.

Im Rückspiegel blinzelt mir mein Spiegelbild glänzend und blass entgegen. Meine kurzen blonden Haare sind so fettig, dass sie einen Ton dunkler wirken als sonst. Fast, als käme ich gerade aus der Dusche. In meinen Zügen liegt keine Spur von Selbstvertrauen. Ich fühle mich einfach nur erbärmlich.

Ja, ich war dumm. Aber zu meiner Verteidigung: Julia hat mit mir geflirtet und deutliches Interesse an mir gezeigt.

»*Ooh, Rachel, lass uns zusammen nackt im See baden*«, säusle ich in einer Imitation ihres sinnlichen Tonfalls.

Es ist schwer zu glauben, dass dieses unausgesprochene Etwas zwischen uns jetzt vorbei ist – keine spätabendlichen Treffen zum Lernen mehr, kein Abhängen nach den Vorlesungen, keine Insiderwitze über unser geteiltes Leid. Wir machen beide unseren Abschluss in medizinischer Physik und haben uns im Studium kennengelernt. Wir wurden schnell Freundinnen und nachdem Julia herausfand, dass ich lesbisch bin, erkundigte sie sich ständig nach meinem Liebesleben und wollte noch mehr Zeit mit mir verbringen. Kurz: sie wirkte neugierig. Als würde sie vermuten, dass sie vielleicht doch nicht hetero war. Als wollte sie es herausfinden.

Monate der vorfreudigen Erwartung, vorbei in einer einzigen Nacht. Und ich fühle mich leer.

Dieser Campingausflug war die große Institutsfeier zum Semesterende. Für Julia und mich war er ein guter Vorwand, uns zu betrinken und ein paar Nächte zusammen zu verbringen.

Diese besondere Spannung zwischen uns stand kurz davor, sich zu entladen – und das tat sie auch, so heftig, dass mir noch immer schwindelig davon ist.

Ich massiere meine Schläfe. Das Filmset nimmt viel zu viel Platz ein und zwingt mich dazu, einen riesigen Bogen zu fahren. Sobald ich es nach Hause schaffe, werde ich mir ein Bad einlassen und eine glitzernde Badebombe hineinwerfen. Seit ich gestern früh von daheim weggefahren bin, bin ich in einem See geschwommen, habe geschwitzt, wurde kurzzeitig angeregnet und bin durch unzählige Spinnennetze gelaufen. Ich will mich endlich richtig waschen. Mein schweißnasses T-Shirt klebt mir unangenehm am Rücken.

Nachdem ich weitere zehn Minuten durch die Gegend gekurvt bin, gebe ich auf und parke drei Blocks von der Wohnung entfernt. Ich schleppe meine Campingausrüstung die Straße entlang – die Tasche mit den feuchten Klamotten, eine Kühltasche mit überflüssigem Essen und ein größtenteils plattes Schwimmtier in Form eines Elchs. Die frühsommerliche Hitzewelle treibt mir frischen Schweiß auf die bereits von allerlei unappetitlichen Substanzen verklebte Haut. Hoffentlich treffe ich niemanden im Aufzug. Meine Nachbarn würden in Ohnmacht fallen, sobald sie mich riechen.

Ich halte meinen Chip-Schlüssel gegen das elektronische Schloss, um ins Haus zu kommen. Bevor ich aber die Tür öffnen kann, bricht hinter mir Gelächter aus. Sofort wirble ich herum, um denjenigen anzumaulen, der mich dafür auslacht, Campingkram quer durch die Stadt zu schleppen – doch das Geräusch kommt vom Filmset.

Der Gitterzaun steht genau vor mir – sie müssen uns Normalbürger schließlich draußen halten – und weiße Zelte versperren meine Sicht nach drinnen größtenteils. Aber zwischen zwei Zelten ist eine Lücke, die meinen Blick anzieht.

Mein Herz macht einen plötzlichen, unwillkürlichen Satz. Ich taumle und muss mich am Türgriff festhalten, um aufrecht stehen zu bleiben.

Cate Whitney steht auf der anderen Seite des Zauns und unterhält sich mit einem tätowierten Mann, der ein Mikrofon hält.

Cate. Whitney.

Ich vergesse zu atmen.

Sie ist Anfang vierzig und eine der begehrtesten Schauspielerinnen in Hollywood. Es umgibt sie eine beneidenswerte Aura von Selbstbewusstsein. Momentan trägt sie ein Steampunk-Outfit in Schwarz und Braun, natürlich mit Korsett, Netzstrümpfen, die ihr bis zu den Oberschenkeln reichen, einem Rüschenrock, der vorn ihre Beine entblößt und hinten wadenlang ist, und einem Zylinder mit Retro-Schutzbrille an der Krempe. Und sie sieht großartig aus. Ihr blondes Haar fließt in weichen Locken auf ihre Schultern und ihre helle Haut hat einen warmen Schimmer, als wäre sie gerade erst aus den Tropen zurückgekommen. Sie lächelt ihr typisch verschmitztes Lächeln und ihr Make-up betont ihre scharfen Wangenknochen und eisblauen Augen.

Wie kann jemand nur dermaßen attraktiv sein? Wahrscheinlich ist sie deswegen in Hollywood gelandet. Sie ist die Art von Frau, die in einem Smoking besser aussieht als jeder Mann und in einem Valentino-Kleid besser als jedes Laufstegmodel.

Sie in echt zu sehen, weckt Erinnerungen an entscheidende Momente meines Lebens. Schmetterlinge flattern in meinem Bauch.

Als ich sah, wie sie in einem Historiendrama aus den 2000ern eine Frau küsste, wusste ich es einfach. Obwohl der Film fiktional und die Schauspielerinnen in Wahrheit heterosexuell waren, hat sich ihre Liebe für mich so echt angefühlt, dass ich Herzrasen bekam. Ich wollte, was diese Frauen hatten – ihre Leidenschaft füreinander, diese Vertrautheit, die weit über Freundschaft hinausging, diese vollkommene Liebe.

Nachdem ich den Film gesehen hatte, bat ich meinen Schwarm um ein Date – und sie hat ja gesagt. Bei unserem vierten Date schauten wir uns genau diesen Film zusammen an und ich küsste zum allerersten Mal ein Mädchen.

Es ist also keine Übertreibung, wenn ich sage, dass Cate Whitney mein Leben verändert hat.

Und *diese Frau* steht gerade nur drei Meter entfernt, mit der Eleganz einer Göttin. Obwohl sie in ihr Gespräch mit dem Mikrofon-Typen vertieft ist, wandert ihr Blick an ihm vorbei. Plötzlich schaut sie mich direkt an.

Warum? Warum muss sie mich ausgerechnet dann sehen, wenn ich aussehe wie der Mülltonne entstiegen?

Instinktiv schenke ich ihr ein leichtes Lächeln, das sie erwidert.

Mir dreht sich der Magen um. Das ist entweder der beste oder schlimmste Moment meines Lebens, je nachdem, ob sie mich aus dieser Entfernung riechen kann oder nicht.

Endlich lösen sich meine Beine aus ihrer Starre. Ich reiße die Haustür auf und stolpere mitsamt meiner Campingausrüstung hinein. Der halb aufgeblasene Elch knallt gegen den Türrahmen und ich zerre ihn ungelenk hinter mir her.

Cate verdammt noch mal Whitney dreht nur wenige Meter hinter mir einen Film.

Hyperventilierend erreiche ich meine Wohnung und schließe die Tür mit zitternden Händen auf. Der vertraute Geruch nach zu Hause umfängt mich – der Raumerfrischer mit süßem Orangen-Duftöl auf der Kücheninsel, verwoben mit verschiedenen Sorten Shampoo, verbranntem Toast und billigem Kaffee.

Abby ist wohl schon wach.

Ich lasse meine Campingsachen auf den Boden fallen und renne durch die Küche und das Wohnzimmer zum Balkon. Die Wohnung sieht genau so aus, wie ich sie verlassen habe, chaotisch und voller leicht zu pflegender Pflanzen. Mein Laptop, ein Stapel Lehrbücher und ein Nest aus Decken liegen unberührt auf meiner Seite der Couch. Erinnerungsstücke von Reisen, Bücher und Fotos von Freunden und Familie bedecken jede Oberfläche. Es ist unordentlich – Abby bevorzugt den Begriff *eklektisch* –, aber es ist mein Zuhause.

Ich schiebe die Terrassentür auf und trete hastig nach draußen, um einen besseren Blick auf das Filmset zu erhaschen. Die Aussicht ist überwältigend. Vor der Fassade meines Lieblingscafés haben sie ein riesiges Uhrwerk aufgebaut. Weiße Zelte und Wohnwagen, gewaltige Holzkonstruktionen und eine Menge teures Filmequipment sind über die Kreuzung verteilt.

Aus dem Inneren der Wohnung höre ich Schritte. »Du riechst nach abgetragenem Deo und Sonnencreme. Ich dachte, du kommst nicht vor morgen heim«, sagt Abby.

»Cate Whitney ist da unten«, flüstere ich eindringlich und lasse suchend den Blick über die Dutzenden Leute gleiten, die sich auf dem Set tummeln.

»Du verarschst mich!«, ruft Abby laut und stürzt neben mich an das Geländer.

Ich halte ihr schnell den Mund zu. »Nicht so laut!«

Abby reißt meine Hand weg. »Du hast sie *gesehen*?«

»Gerade erst, als ich ins Haus gehen wollte.« Angestrengt versuche ich mich an die letzten Neuigkeiten über Cate Whitney zu erinnern. »Die drehen hier wohl *Clockwork Curie*.«

Da ist sie. Cate steht mit einer Gruppe von Leuten hinter den Kameras, deutet auf einen Bildschirm und nickt. Dank ihres Outfits ist sie besonders leicht zu erkennen, aber mit ihrer enormen Hollywood-Schönheit wäre sie auch in ganz gewöhnlichen Klamotten nicht zu übersehen. Wie ist das bitte fair?

»Clockwork was?«, fragt Abby.

»Ein Steampunk-Film über Marie Curie«, flüstere ich. »Die Wissenschaftlerin. Ich hatte kürzlich erst eine Vorlesung über sie.«

Als ob eine Hollywood-Produktion über die Wissenschaftsheldin Marie Curie nicht schon fantastisch genug wäre, besetzen sie die Hauptrolle auch noch mit Cate Whitney? Entschuldigt mich, ich muss mal eben feministische Freudentränen weinen.

»Abby, sie war nur ungefähr drei Meter von mir entfernt.« Ich spreche langsam, um sicherzugehen, dass Abby versteht, was für eine Riesensache das ist. Dann löse ich meinen Blick vom Filmset.

Abby trägt einen schicken marineblauen Blazer, aber keine Hose. Ihr volles dunkles Haar ist so gestylt, dass ihre natürlichen Locken betont werden. Sie trägt Make-up und die Gläser ihrer übergroßen Bille sind ungewöhnlich sauber.

»Was hast du denn vor?«, frage ich amüsiert.

»Virtuelles Vorstellungsgespräch.«

»Welche Firma?«

»Genug von mir. Wirst du versuchen, Cate kennenzulernen?«

Mein Herz macht bei der Frage einen kleinen Satz, als hätte mich gerade eine wütende Krähe im Sturzflug attackiert. »Was? Nein. Sie arbeitet.«

»Ach komm, du warst schon von ihr besessen, als du noch gar nicht wusstest, dass du lesbisch bist. Muss ich dich an die Zeitschriftenausschnitte erinnern, die du damals in der Schule in deinem Spind hängen hattest?«

»Psst!« Schnell ziehe ich sie mit mir in die Wohnung zurück und schlage die Terrassentür zu. »Ich kann doch nicht einfach zu ihr gehen!«

»Klar kannst du das. Rachel, das Universum liefert dir gerade eine einmalige Gelegenheit«, erwidert sie und zupft eine Fussel von ihrem Blazer. »Ergreif sie.«

Ich reibe über meine müden Augen. Cate Whitney ist eine queere Ikone. Mit ihren Filmrollen, ihrem Kleidungsstil und der Tatsache, dass sie sich für die LGBT+ Community ausspricht, bin ich mir sicher, dass sie jeden Beliebtheitswettbewerb unter Lesben gewinnen würde.

Ich schätze, ich sollte zumindest versuchen, meine Heldin zu treffen. Obwohl allein die Aussicht schon einen nervösen Schauer über meinen Körper jagt. »Was sollte ich überhaupt zu ihr sagen?«

Abby stellt den Sichtschutz aus Bambus auf, den wir bei Videocalls als Hintergrund verwenden und der das umliegende Schlachtfeld glücklicherweise verdeckt. »Keine Ahnung. *Ich liebe Ihre Filme*?«

»Ne, das ist so normal.«

»Wenn du willst, dass sie sich wegen einer ungewöhnlichen Bemerkung an dich erinnert, schön, aber ich denke, mit etwas Durchschnittlichem bist du auf der sicheren Seite.«

»Stimmt wohl.« Ich zögere. Mein Herz rast. Dann schüttle ich entschlossen den Kopf. »Nein, ich kann das nicht. Das ist mir zu peinlich.«

»Du musst aber!«

Vorsichtig stellt sie ihren Laptop vor dem dreckigen Geschirr und der sauberen, aber zerknitterten Wäsche auf den Küchentisch.

»Du willst mich bloß während deines Gesprächs aus der Wohnung haben«, sage ich.

»Nun, ja, das auch. Aber ich will auch, dass du deine Chance nutzt. Mach schon. Ich lasse dich nicht wieder rein, bis du nicht zumindest ein einziges Wort zu ihr gesagt hast.«

»Wie bitte?« Ich lache auf.

»Du hast mich schon verstanden, Rachel Henrietta Janssen«, erwidert sie streng. »Ich schmeiße dich raus und verriegle die Tür, bis du erfolgreich warst.«

»Und wenn ich nicht aufs Set dar…«

»Ich fordere dich heraus«, flötet sie in einem mädchenhaften Tonfall, der mich an die Übernachtungspartys unserer Schulzeit erinnert.

»Ach, halt die Klappe.«

Abby gackert wie ein Huhn und ich werfe eine Packung Taschentücher nach ihr, die allerdings nur sanft von ihrer Brust abprallt.

»Hat Amelia Earhart sich von irgendjemandem davon abhalten lassen, ihre Ziele zu erreichen?«, fragt sie und wedelt demonstrativ mit den Armen.

»Amelia Earhart ist dabei *gestorben*, als sie versucht hat, ihr Ziel zu erreichen, Abby.«

»Das ist nicht der Punkt. Du wirst mir später noch dankbar sein.«

Ich beiße mir auf die Unterlippe. So unangenehm es auch ist, einen Star anzusprechen, ich würde es mein ganzes Leben bereuen, wenn ich es nicht mache. Cate Whitney ist mehr als nur ein Schwarm und eine berühmte Schauspielerin. Sie ist eine Legende, die mir dabei geholfen hat, mir über meine Sexualität klar zu werden und mich zu outen.

»Du bist ja auch nicht die Einzige. Ich habe gestern ein paar Mädchen gesehen, die am Zaun rumgehangen haben, um Fotos mit den Stars zu machen«, meint Abby mit einem verschmitzten Lächeln. Sie weiß genau, dass ich so gut wie überzeugt bin.

Ich grinse breit – ich kann einfach nicht anders. »Herausforderung angenommen. Ich frage sie, ob sie mir ein Autogramm auf meine Handyhülle gibt.« Vom Küchentresen schnappe ich mir einen Filzstift.

»Ein Autogramm? Wer fragt denn heutzutage noch nach einem –« Abby unterbricht sich, vermutlich weil ihr bewusst wird, dass die Alternative ein Selfie wäre und ich Fotos von mir hasse. »Schätze, Cate Whitneys Unterschrift auf deinem Handy wäre ziemlich cool.«

»Gott, ja, und wie. Habe ich noch Zeit für eine Dusche vor deinem Termin?«

»Ja!« Abby quietscht kurz vor Aufregung. Sie klappt ihren Laptop auf, lässt sich auf einem Stuhl nieder und prüft die Position des Sichtschutzes. »Du hast vierundzwanzig Minuten, um von hier zu verschwinden. Warum bist du eigentlich so früh zurück? Wie war das Campen?«

»Viel Erfolg bei deinem Vorstellungsgespräch«, rufe ich und laufe in Richtung Badezimmer.

Mein Versuch, ihrer Frage auszuweichen, scheitert allerdings, denn sie rennt mir prompt hinterher. »Wie war der Ausflug, Rachel?«

»Nett!«

»Lügnerin.«

Ihr entgeht wirklich gar nichts.

Bevor ich die Tür schließen kann, schiebt Abby ihre Hand zwischen Tür und Rahmen. »Rachel, was ist mit Julia passiert?«

Kapitel 2

Meine beste Seite

Automatisch will ich Abby versichern, dass alles in Ordnung ist. Ihr strenger Blick lässt mich jedoch zögern. Wir wissen beide, dass ich mich besser fühlen werde, wenn ich darüber rede.

»Na gut. Du hattest recht mit Julia.«

Abbys Gesichtsausdruck verliert jede Strenge. »Oh. Mist.«

»Gib mir einen Moment«, sage ich und schließe die Badezimmertür.

Ich schlucke eine Schmerztablette, ziehe mich aus und steige in die Dusche. Erleichtert stöhne ich auf, als das lauwarme Wasser auf mich prasselt. Keine Dusche hat sich jemals so gut angefühlt.

Sobald ich den Vorhang zugezogen habe, kommt Abby rein und setzt sich auf den Waschtisch. »Schieß los.«

Seufzend drücke ich Shampoo aus der Tube auf meine Handfläche. »Also, wir waren mit den anderen am Lagerfeuer und haben getrunken und Bierpong gespielt.« Meine Stimme wird durch die Akustik des Badezimmers verstärkt. »Und ich erwischte sie immer wieder dabei, wie sie mich ansah – oder vielleicht hat sie *mich* auch dabei erwischt, wie ich sie angesehen habe. Wie auch immer, die Art, wie sie mich angesehen hat, war ziemlich eindeutig. Mit diesem verführerischen Blick, die Augen ganz leicht verengt, weißt du, was ich meine?«

»O ja, sie hat eindeutig mit dir geflirtet.«

Mit geschlossenen Augen schäume ich mein Haar ein. »Irgendwann standen wir dann zusammen an dem Tisch mit den Getränken, beide nahezu sturzbetrunken, als mussten wir uns Mut antrinken. Und sie hat sich immer wieder an meiner Schulter festgehalten, um *das Gleichgewicht zu behalten*.«

»Hm. Die Ausrede benutze ich auch oft.«

»Genau. Also wollte ich sie testen, mit einem sexy Tequila Body Shot – die Variante, bei der du die Limette mit deinem Mund hältst und die andere Person sie von deinen Lippen beißen muss.«

Abby gibt einen kleinen Schrei von sich. »Und sie hat es gemacht?«

»Unsere Lippen haben sich berührt und sie hat sich nicht gleich zurückgezogen.«

Kurz herrscht Stille, dann sagt Abby: »Okay, das ist mehr als nur ein bisschen Flirten.«

Ich spüle meine Haare aus. Mein Magen verkrampft sich, wenn ich nur daran denke, was danach passiert ist. »Also habe ich gefragt: *Hey, wollen wir unsere Bikinis holen und eine Runde schwimmen gehen?* Weißt du, was sie darauf geantwortet hat?«

»Was?«

Ein Stück weit ziehe ich den Vorhang zurück, damit ich ihr Gesicht sehen kann. »Sie meinte: *Wer braucht schon einen Bikini?*, hat ihre Sachen ausgezogen und ist nackt in den See gelaufen.«

Abby schnappt nach Luft und starrt mich aus riesigen Augen an. »Ihr wart nackt schwimmen?«

Ich nicke. Das war solch ein Rausch. Als hätten sich die Motten, die um die Laternen herumgeschwirrt waren, in meiner Brust verfangen.

Erst schließe ich den Duschvorhang wieder, dann greife ich nach der Spülung.

»Wo waren die anderen?«, fragt Abby.

»Betrunken und beschäftigt. Niemand hat bemerkt, wie wir zusammen abgehauen sind.«

Der spiegelglatte See lag außer Sicht- und Hörweite des Campingplatzes, sodass wir beide allein in der unberührten Wildnis waren. Der helle Streifen der Milchstraße funkelte über uns und der Great Bear Rainforest ragte zu allen Seiten dicht und hoch auf, als befanden wir uns im Zentrum einer Schneekugel.

Der Mond schien so hell, dass ich Julias glühenden Blick deutlich sehen konnte. Ihren Blick und die Wassertropfen auf ihren blassen Schultern und ihrer Brust. Das Wasser umspielte ihre Brustwarzen.

Seit Monaten war ich schon in sie verliebt, hatte gelächelt, wenn sie lächelte, wollte sie zum Lachen bringen, wünschte mir, dass sie an mich dachte, wenn wir nicht zusammen waren – und dann waren wir endlich vollkommen allein und ungestört. Wir waren beide bereit, uns dem hinzugeben, was sich so lange zwischen uns aufgebaut hatte.

Sie schwamm auf mich zu und lachte so bezaubernd, wie sie es immer tat. Es kribbelte zwischen meinen Beinen. Diese umwerfende Frau hatte mir mal gesagt, dass sie sich fragte, wie es sein würde, mich zu küssen. Es gab keinen Zweifel, worauf dieser Moment hinauslaufen würde.

»Wir waren also im Wasser«, sage ich, während ich mich einseife. »Sie meinte, dass mein Tattoo sexy ist – was ganz offensichtlich ein Vorwand war, um mich zu berühren.«

»Gott, dieses Tattoo hat dir schon so viel Sex eingebracht.«

»Ich weiß.« Wer hätte gedacht, dass ein Tattoo auf den Rippen diesen Effekt haben würde? Frauen lieben es, einen Blick darauf zu erhaschen, wenn ich Tanktops mit tiefen Armausschnitten trage. »Jedenfalls habe ich gefragt, ob sie immer noch neugierig ist. Sie hat genickt und …«

Das Seewasser war kalt, doch Julias Haut war unglaublich weich und warm. Ich ließ meine Handflächen über ihren Körper gleiten, hinauf zu ihren Brüsten. Ihr Atem ging stoßweise und roch nach Tequila und Limette.

Unsere Lippen trafen sich. Ihre Hände umfassten meine Brüste, erst sanft, dann selbstsicherer, als wir unseren Kuss vertieften. Hitze breitete sich in mir aus, ein Rausch, der mich von den Haarspitzen bis zu den Zehen erfasste.

Ihre Finger strichen meinen Hals hinunter, über meinen Rücken, hin zu meiner Hüfte. Sie zog mich an sich. Stöhnte, als ich sie mit meiner Zunge reizte und über ihre Lippen leckte. Ihre Hand wanderte tiefer, noch tiefer …

»Dann führte eins zum anderen.« Ich stelle das Wasser ab und strecke meine Hand durch den Vorhang. Abby reicht mir ein Handtuch. »Und dann …« Ich wickle das Handtuch um mich und trete aus der Dusche.

Abby hat sich eine Hand vor den Mund geschlagen. Sichtlich angespannt wartet sie darauf, was als Nächstes kommt.

»… ist ihr Freund aufgetaucht«, sage ich, mein Selbsthass auf dem Höhepunkt. Er ist aufgetaucht, hat uns angeschrien, hat unsere perfekte Schneekugel zerschlagen.

»Ihr Freund?«, wiederholt Abby schrill. »Sie hat dir verheimlicht, dass sie einen *Freund* hat?«

»Oh, ich wusste von Andrew«, gebe ich mit heißen Wangen zu. »Aber sie hat nie viel über ihn geredet, sich höchstens mal über ihn beschwert. Gestern Abend hat sie auch weit mehr Zeit mit mir verbracht als mit ihm.«

»Ah.«

»Gott, ich bin so dämlich …« Ich öffne eine Schublade und krame geistesabwesend darin herum. »Aber sie ist offensichtlich gar nicht mehr an ihm interessiert und hält ihn nur hin! Ich weiß also nicht, wer von uns beiden schlimmer ist.«

»Vermutlich seid ihr beide gleich schlimm«, antwortet Abby hilfreicherweise.

Ich seufze. »Sie fing also an, sich zu verteidigen. *Wir hatten nur ein bisschen Spaß, Andrew. Ich habe dir doch gesagt, dass ich ein wenig experimentieren will, Andrew.*«

Abby springt ruckartig auf. »Was zum Teufel? Wirklich?«

»Nur Spaß. Ein Experiment. Keine echten Gefühle.« Meine Augen brennen. Ich wende mich ab und greife nach dem Föhn. Das gibt mir die paar Sekunden, die ich brauche, um mich zusammenzureißen. »Also bin ich abgehauen. Sollten sie sich doch allein am Seeufer streiten.« Erleichtert stelle ich fest, dass meine Stimme gleichgültig klingt.

Ich lief, bis die Sonne aufging und ich wieder nüchtern war. Denn das tue ich immer, wenn ich gestresst oder verwirrt bin oder zu betrunken, um gute Entscheidungen zu treffen – ich suche mir einen hübschen Weg und gehe los.

Auch wenn es vermutlich nicht sonderlich klug war, nachts allein durch einen Wald zu spazieren, in dem bekanntermaßen überdurchschnittlich viele Pumas und Bären leben. Aber ich habe es schließlich überlebt.

Ich lebe noch und es geht mir gut.

Mehr oder weniger.

»Oh, Rachel«, sagt Abby. Sie hebt die Arme, lässt sie dann aber wieder sinken, als wäre ihr bewusst geworden, dass sie mich besser nicht umarmen sollte, weil ihr schicker Blazer kurz vor ihrem Vorstellungsgespräch nicht nass werden sollte. »Du verdienst mehr als das. Du solltest nicht bloß ein Experiment oder *ein bisschen Spaß* für jemanden sein. Du wirst eine Seelenverwandte finden, da bin ich sicher.«

»Danke.« Ich blinzle, damit meine brennenden Augen mich nicht verraten.

Abby hat mich schon seit Monaten gewarnt, mich nicht zu sehr in die Sache mit Julia reinzusteigern – und sie hat richtig gelegen. Julia wollte keine Freundin. Sie wollte experimentieren und ich war bloß ihr Versuchskaninchen.

Aber meine letzte feste Freundin war schüchtern, zurückhaltend, und wollte mich verzweifelt geheim halten. Da zog mich Julia mit ihrer offenen Art unweigerlich in ihren Bann. Ihr Selbstbewusstsein war heiß und ich hatte ihr nichts entgegenzusetzen.

Warum hat mein Hirn sich bloß verselbstständigt und sich eine Beziehung mit ihr ausgemalt? Wie es sein würde, sie meiner Familie vorzustellen, zusammen an aufregende Orte zu fliegen, Hand in Hand am Strand spazieren zu gehen … Diese Gedanken verursachen mir nun fast körperliche Schmerzen, als hätte man mir ein Messer mitten in die Brust gerammt.

»Ich werde darüber hinwegkommen«, sage ich mit einem erzwungenen Lächeln. »Der ganze Mist ist ihre Schuld. Richtig?«

»Oh, total. Sie hat sich an dich rangeschmissen und jetzt können sie und ihr angepisster Freund sich damit auseinandersetzen.«

Keine Ahnung, ob Abby das bloß aus Loyalität mir gegenüber sagt, aber ihre Worte helfen, meine Stimmung etwas zu verbessern.

»Jetzt musst du Julia bloß für immer auf dem Campus aus dem Weg gehen«, fügt sie hinzu.

Ich verziehe mein Gesicht. »Oh, glaub mir, das habe ich definitiv vor. Aber jetzt verschwinde ich mal von hier, damit du deine Ruhe hast.«

Abby zögert und starrt mich weiterhin an.

»Mir geht es gut, Abby. Ehrlich. Die Frau zu treffen, die mir bewusst gemacht hat, dass ich lesbisch bin, wird mir den Tag retten.«

Sie lächelt. »Gute Einstellung.«

»Wie viel Zeit bleibt mir?«

Abby wirft einen Blick auf ihr Handy. »Zwölf Minuten.«

»Ich brauche nur elf.« Ich renne in mein Schlafzimmer, das mehr einer Höhle gleicht, weil ich nie die Vorhänge aufziehe und nur eine Nachttischlampe habe. Zuerst ziehe ich schwarze Bermudashorts und ein weißes Poloshirt an, dann kümmere ich mich um Haare und Make-up. Falls ich wirklich eine Schauspielerin treffe, für die ich schon ewig schwärme, sollte ich mich von meiner besten Seite präsentieren. Ich trockne meine Haare und frisiere sie auf eine Seite, trage dunklen Eyeliner auf und zupfe ein paar unerwünschte Härchen um meine Augenbrauen.

Letztlich prüfe ich mein Spiegelbild in dem verstaubten Spiegel, den ich schon seit Monaten nicht geputzt habe. Mein Undercut braucht eine Auffrischung, aber dafür habe ich jetzt keine Zeit.

»Selbstvertrauen«, flüstere ich, um meine innere Stärke zu beschwören.

Ich bin noch nervöser, als wenn ich auf der Uni einen Vortrag halten muss. Aber das hier ist eine einmalige Gelegenheit und ich würde mir nie verzeihen, wenn ich meine Chance verpasse, Cate Whitney zu treffen. Selbst wenn die Begegnung total peinlich wird, verschmilzt die Erinnerung daran für Cate sicher sofort mit denen an die vielen Gespräche, die sie jeden Tag mit Fans führt.

Und wenn ich sie nicht ansprechen darf … nun, dann muss ich es weiter versuchen. Schwärmereien hin oder her, Abby hat mich herausgefordert und lässt mich sehr wahrscheinlich wirklich nicht mehr in die Wohnung, bis ich es geschafft habe. Wir nehmen Herausforderungen sehr ernst.

Ich stecke mein Handy, die Schlüssel und den Stift in meine Hosentasche.

»Viel Glück«, flüstere ich von der Tür aus, als Abby sich – immer noch ohne Hose – vor ihren Laptop setzt.

Sie salutiert mir mit zwei Fingern und antwortet: »Dir auch.«

Draußen auf der Straße atme ich tief durch. Es geht mir schon besser, nachdem ich Abby von meiner Misere erzählt habe, aber die Leere in meiner Brust wird einige Zeit zum Abheilen brauchen. Seit fünf Jahren hatte ich keine ernsthafte Beziehung – seit Sarah und ich uns in der zwölften Klasse getrennt haben. Ich habe mir eingeredet, dass ich emotional nicht bereit für etwas Festes bin und mein Studium es zu schwierig macht, Zeit für eine Beziehung zu finden. Doch dieser Schmerz zeigt mir, dass ich durchaus in der Lage bin, mich wieder Hals über Kopf zu verlieben.

Nur werde ich mein Happy End wohl nicht mit Julia finden.

Gott, wir waren nicht einmal zusammen und ich habe trotzdem das Gefühl, abserviert worden zu sein.

Nachdem ich den Zaun um das Filmset eine Weile entlanggelaufen bin, stoße ich auf einen Durchgang, der von Leuten mit Pässen um den Hals oder an der Kleidung benutzt wird.

Ich spreche den Wachmann an, der den Weg hinein versperrt. »Wird es Meet-and-Greets mit den Schauspielern geben?«

Er lacht herablassend. »Tut mir leid, die Schauspieler sind zu beschäftigt.«

Dachte ich mir's doch. Also muss ich versuchen, durch den Zaun und die Zelte einen Blick auf Cate zu erhaschen – oder mich irgendwie reinschleichen, sollte ich mich heute besonders wagemutig fühlen.

Ich nicke gespielt niedergeschlagen, gehe dann aber weiter am Zaun entlang auf der Suche nach einer Schwachstelle. Wie ein gerissener Velociraptor, der aus seinem Gehege entkommen will.

Der Zaun umschließt das gesamte Set, mit nur einer Ausnahme. Hinter einem der weißen Zelte ist der Zaun unterbrochen – aber das hilft mir nicht, da das Zelt den Weg hinein genauso blockiert wie der Zaun.

Ich halte inne.

Aber vielleicht ...

Es *gibt* eine Lücke zwischen dem Boden und dem Saum des Zelts. Vielleicht könnte ich den Stoff anheben und drunter durchschlüpfen?

Wenn Abby hier wäre, würde sie mich bereits in Richtung der Öffnung schubsen.

Ich weiß nicht, was in mich gefahren ist. Vielleicht bin ich zu erschöpft, um einen Gedanken daran zu verschwenden, was für eine in jeglicher Hinsicht schreckliche Idee das ist. Vielleicht hat diese Katastrophe von einem Wochenende mich leichtsinnig gemacht. Vielleicht will ich so verzweifelt einen kleinen Sieg, dass ich zu extremen Mitteln bereit bin, um mein Ziel zu erreichen.

Sobald niemand mehr in meiner Nähe ist, knie ich mich auf den Boden und hebe die Unterseite der Zeltwand an. Der Stoff besteht aus einer Art dickem, unnachgiebigem Polyester und ist entsprechend steif. Es kostet mich einige Mühe, ihn hoch genug zu zerren, um darunterzupassen, und selbst dann liege ich mit flachgedrückten Brüsten auf dem Bürgersteig.

Keuchend quetsche ich mich drunter durch und erreiche die andere Seite. Ich versuche aufzustehen – und stoße mit dem Kopf gegen etwas.

»Au!« Ich stütze mich auf allen vieren ab. Mir ist schwindelig. Warum zum Teufel habe ich nicht nachgesehen, ob über mir noch etwas ist?

Neben mir sind mehrere Tabletts auf den Boden gefallen, Obst und Sandwiches liegen um mich herum verteilt.

»Scheiße«, murmle ich und krieche unter dem Tisch hervor. Dabei fasse ich auch noch in ein mit Senf gefülltes Croissant und verschmiere gelben Matsch unter mir.

Allem Anschein nach bin ich hier im Catering-Zelt.

»Oh, jetzt habe ich mich ganz schön erschreckt«, sagt eine sanfte Stimme.

Ich hebe den Blick und begegne eisblauen Augen. Alles in mir schmilzt dahin. Jeden Moment werde ich zu einer Pfütze auf dem Bordstein.

Ich hätte nicht gedacht, dass diese Aktion wirklich funktionieren würde.

Ehrlich gesagt hatte ich erwartet, dass man mich gleich wieder rausschmeißt oder dass ich fünf Minuten lang ziellos durch das Set laufe und dann panisch flüchte. Dann hätte ich Abby zumindest versichern können, mein Bestes gegeben zu haben.

Vor mir steht Cate. In der einen Hand hat sie ein Skript, in der anderen eine Erdbeere. Sie sieht in ihrem Steampunk-Outfit und mit dem professionellen Make-up cool und charmant aus – und ich hocke hier auf allen vieren und habe Senf an den Händen.

Kapitel 3

Gay Vibes

Ich hätte mir in meinen schlimmsten Albträumen nicht ausmalen können, dass Cate Whitney mich einmal auf diese Art anstarren würde – mit einer Mischung aus Verwirrung, Entsetzen und Mitleid. Sie lässt ihr Skript sinken. Vermutlich habe ich sie beim Lesen unterbrochen.

Ich springe schnell auf und wische meine Hände an der Rückseite meiner Hose ab.

»L-liebe Ihre Filme«, stammle ich.

Mist, warum hat Abby das bloß vorgeschlagen? Klingt ja total dämlich. Aber wahrscheinlich immer noch besser als *Hi, deinetwegen habe ich erkannt, dass ich lesbisch bin, ich habe alle deine Filme mehrmals gesehen und finde dich unglaublich attraktiv.*

Meine Wangen glühen und ich sehe gerade garantiert aus wie eine überreife Tomate.

Irritiert legt Cate den Kopf schief. »Arbeiten Sie hier?«

Ihre samtweiche, rauchige Stimme erinnert mich daran, wie viele Bösewichte sie gespielt hat, und bringt mein Innerstes zum Beben.

Dann wird mir bewusst, was sie gesagt hat.

Mist, sie hat mich durchschaut.

»Nein, ich arbeite hier nicht«, gebe ich zu. »Ich wollte bloß …« Ich beende den Satz nicht. Mein Hals ist wie zugeschnürt. Wenn ich zugebe, dass ich mich für ein Autogramm hier eingeschlichen habe, hält sie mich für einen durchgeknallten Fan, der sie stalkt. Und ich will definitiv nicht dafür verantwortlich sein, dass sie sich Sorgen um ihre Sicherheit macht.

Bin ich ein durchgeknallter Fan? *Verdammt, Abby.*

Nein, ich verfolge schließlich nicht, wo Cate sich wann aufhält und was sie tut. Ich respektiere ihre Privatsphäre und meide die Klatschpresse und Paparazzi-Fotos von ihr. Ich bewundere sie einfach nur. Und bin hin- und hergerissen zwischen dem Wunsch, sie zu sein, und dem Wunsch, sie zu küssen.

O nein, sie starrt mich an und ich verhalte mich merkwürdig.

»Ich habe mich gefragt, ob der Produzent vielleicht offen für Bewerbungen ist«, sage ich und schiebe den Filzstift tiefer in meine Hosentasche, um einen letzten Rest an Selbstachtung zu bewahren. »Als Beraterin, *wissenschaftliche* Beraterin.«

»Ach?« Sie zieht eine Augenbraue hoch.

Ich stelle mich aufrechter hin. »Genau. Ich schreibe gerade meine Masterarbeit in medizinischer Physik und bin auf die Arbeit von Marie Curie spezialisiert.« Der Teil über Marie Curie ist übertrieben, aber ich habe Kurse zur Strahlentherapie belegt, also ist es nicht *völlig* gelogen.

Ihre Lippen formen ein winziges Lächeln und ich bin mir ziemlich sicher, dass sie keine Sekunde lang glaubt, dass ich hier bin, um mich für einen Job zu bewerben. Aber sie ruft nicht den Sicherheitsdienst und fordert mich auch nicht auf, zu verschwinden.

»Dann verstehen Sie diese Rolle vermutlich besser als ich«, sagt sie und hält das Skript hoch. »Irgendwelche Tipps? Ich weiß, dass Marie Curie das Radium entdeckt und den Begriff ›radioaktiv‹ geprägt hat, aber ich verstehe nicht, was das genau bedeutet und wie sie es entdeckt hat. Bei meiner Recherche bin ich bloß in ein endloses Loch aus unverständlicher Physik gefallen.«

»Sie hat ein Verfahren für die Isolierung von radioaktiven Isotopen entwickelt. Und neben Radium hat sie auch Polonium entdeckt.« Ich will noch mehr hinzufügen, halte aber den Mund, als ich Cates Stirnrunzeln bemerke. Mein Fachjargon ist wohl wenig verständnisfördernd.

»Radioaktive Isotope«, sagt sie gedehnt. »Aber wie *entdeckt* jemand einfach so ein neues Element?«

»Sie hat beide aus einem Mineral namens Pechblende extrahiert.«

Cates intensiver Blick ist auf mich gerichtet, was meine Wangen heiß werden lässt. Sie beißt sich auf die Unterlippe, schaut ins Drehbuch und zeigt dann auf das Set draußen vor dem Zelt. »Möglicherweise könnten wir wirklich Beratung gebrauchen. Ich muss mich auf meine nächste Szene vorbereiten. Können Sie sich allein auf die Suche nach einem der Produzenten machen?«

»Sicher«, erwidere ich, obwohl ich nicht die geringste Absicht habe, mich vor der Filmcrew noch mehr zu blamieren.

Cate isst die Erdbeere, die sie schon in der Hand hatte, als ich mich auf allen vieren in ihr Leben gedrängt habe. Sie hält meinen Blick, während sie in die Frucht beißt, und ich vergesse zu atmen.

Ich dachte immer, dass sie nur wegen ihrer Rollen Gay Vibes ausstrahlt. Doch sie sind auch in der Realität greifbar. Wegen ihrer Energie, vielleicht aber auch wegen des intensiven Augenkontakts. Wenn wir in einem Club wären, hätte ich schon längst angeboten, ihr einen Drink zu kaufen.

Ich gehe an ihr vorbei zum Zelteingang, denn was bleibt mir anderes übrig? Der Stift ist eng an meinen Hintern gedrückt. Mir war vorher schon klar, dass ein Treffen mit Cate mich überwältigen würde, aber das hier ist absurd. Ich kann kaum einen klaren Gedanken fassen.

Bevor ich rausgehe, drehe ich mich noch einmal zu ihr um. »Tut mir leid, dass ich das Buffet versaut habe.«

Sie schenkt mir ein umwerfendes schelmisches Lächeln, das mich nahezu taumeln lässt. »Ich werde niemandem verraten, wer das war. Viel Glück bei der Bewerbung.«

Falle ich gleich in Ohnmacht?

»Danke«, sage ich bloß.

Und dann ist mein großes Treffen mit Cate Whitney vorbei. Ich öffne bereits den Mund, um doch noch nach einem Autogramm zu fragen, besinne mich dann aber doch auf meinen letzten Rest an Würde und lasse es sein.

Warum kann ich nicht cool sein? Warum muss ich genau jetzt mit Senf und Croissant-Krümeln eingesaut sein?

»Warten Sie kurz«, sagt Cate und kommt auf mich zu. Sie streckt die Hand aus und zupft etwas aus meinen Haaren.

Ein Schauer läuft meinen Nacken hinunter.

Zwischen den Fingern hält sie ein Spinnennetz. Sie lässt es zu Boden fallen. »Unter dem Tisch muss es schmutzig gewesen sein. Wir wollen doch nicht, dass Sie sich um einen Job bewerben, während Ihnen sonst was im Haar klebt.«

Aus nächster Nähe riecht sie süß und sommerlich.

»Nein«, sage ich atemlos. »Danke, Cate.«

»Gern geschehen …« Sie hält inne und es dauert einen Moment, bis mir klar wird, dass sie darauf wartet, dass ich die Lücke fülle.

»Rachel«, sage ich dann schnell. »Rachel Janssen.«

Ein Typ in meinem Alter eilt herbei und drückt Cate einen Müsliriegel in die Hand. »Deine Pressesprecherin hat angerufen wegen der Gala. Außerdem brauchst du Protein.« Er hat die Haltung eines Tänzers und jeder Zentimeter an ihm ist sorgfältig zurechtgemacht, von seinen schwarzen Haaren über seinen lilafarbenen Anzug bis zu den Plateauschuhen. Seine dunkelbraune

Haut hat er mit schimmerndem Highlighter betont. »In ein paar Minuten sind sie bereit, die Szene zu arrangieren«, fügt er hinzu, während er hektisch auf seinem Handy tippt.

Cate wendet den Blick die ganze Zeit nicht von mir ab. Anscheinend ist sie daran gewöhnt, dass dieser Typ dazwischenkommt, während sie mitten im Gespräch ist.

»Rachel«, sagt sie. »Ich hoffe, wir sehen uns wieder.«

Der Typ wirft mir einen misstrauischen Blick zu, als hätte er mich erst jetzt bemerkt.

Ich nicke unbeholfen und verlasse das Zelt mit Schmetterlingen im Bauch. Ich habe mit Cate Whitney gesprochen. Sie hat meine Haare berührt. Hofft, dass wir uns wiedersehen. Mein Name kam über ihre Lippen.

Nur hält sie mich definitiv für seltsam.

Und das bin ich. Seltsam, peinlich und gedemütigt.

Warum habe ich mich bloß auf so dumme Art aufs Set geschlichen? Daran ist nur Abby schuld.

Draußen bin ich unsicher, ob ich mich für immer in ein Loch verkriechen oder mir selbst auf die Schulter klopfen sollte. Es ist süß, dass Cate mir viel Glück gewünscht und mir das Gefühl gegeben hat, wirklich das Zeug für eine Stelle in der Produktion zu haben – die ich aber natürlich nie bekommen würde. Sie ist tatsächlich so nett, wie es immer heißt.

Ich nehme den offiziellen Ausgang und der Wachmann, der mich vor wenigen Minuten erst weggeschickt hat, macht große Augen. Nun, ich will weg vom Set, nicht rein, also kann er mich schlecht aufhalten.

Da ich Abbys Bewerbungsgespräch nicht stören will, spaziere ich den Strand entlang, bis sich die Schmetterlinge in meinem Inneren beruhigt haben. Es sind einige Menschen unterwegs und genießen das warme Wetter, viele davon mit ihren Hunden. Die Sonne glitzert auf den sanften Wellen, auf denen Segelboote, Kajaks und Schlauchboote tanzen. Der Duft von gegrilltem Fleisch liegt in der Luft und ein lärmender Schwarm Möwen versucht, Leuten aus dem Hinterhalt ihr Essen zu klauen.

Ich verdecke mein Gesicht, als ich hinter einem Paar vorbeigehe, das gerade ein Selfie macht. Es ist schön, von so viel guter Laune umgeben zu sein. Trotzdem ist es in der Nebensaison angenehmer, am Strand zu leben, wenn weniger Leute da sind.

Während ich laufe, lässt mich Cates Ausstrahlung einfach nicht los. Und ich komme nicht darüber hinweg, dass sie mein Haar berührt hat. Sie war viel zu nett zu mir. An ihrer Stelle hätte ich vermutlich den Sicherheitsdienst gerufen.

Mein Magen knurrt und ich gehe zu meinem Lieblings-Sandwichladen – der offenbar für den Filmdreh zu einem Steampunk-Geschäft umgewandelt und ins Set integriert wurde. Ein Schild am Metallzaun verrät mir, dass alle Geschäfte in diesem Bereich über den Sommer geschlossen sind.

Grummelnd gehe ich weiter. Am anderen Ende der Straße gibt es ein Crêpe-Café, mit dem ich mich auch begnügen kann.

Drinnen ist viel los – vermutlich, weil sämtliche Leute, die eigentlich woanders hinwollten, hierher ausweichen mussten. Die besten Lokale in der Gegend wurden vom Filmset aufgesogen. Nachdem ich Kaffee und einen Crêpe mit Spinat und Feta-Käse bestellt habe, schnappe ich mir den letzten freien Platz auf der Terrasse.

Es wäre schlau gewesen, meinen Laptop mitzunehmen. Das penetrante Gefühl, dass ich gerade eigentlich an meiner Masterarbeit sitzen sollte, verfolgt mich permanent. Diese kostbare Zeit hätte ich für Recherche nutzen können.

Ich hole mein Handy heraus und schaue mir die Software für maschinelles Lernen an, die ich schon lange im Auge habe. Dieses Programm könnte Gold wert sein, wenn es sich für die Analyse medizinischer Bildmaterialien verwenden lässt. Damit kann ich mich zumindest sinnvoll beschäftigen, bis Abby mir schreibt, dass ich heimkommen darf.

Aber nachdem ich ein paar Minuten im Internet herumgestöbert habe, muss ich mir eingestehen, dass ich heute nicht die geistige Kapazität für so etwas habe. Erstens bin ich verkatert und habe die ganze Nacht nicht geschlafen. Zweitens ist es nicht gerade einfach, mich auf Deep-Learning-Algorithmen zu konzentrieren, nachdem ich gerade erst einer der talentiertesten und attraktivsten Frauen der Welt gegenübergestanden habe. Und drittens liegt mein Herz immer noch in Trümmern, weil eine Frau es zerschlagen hat, von der ich mir insgeheim eingebildet habe, dass sie *für mich* queer werden würde.

Kurz gesagt, ich bin im Moment eindeutig nicht in der richtigen Verfassung, auch nur an meine Abschlussarbeit zu denken.

Eine Nachricht von Abby errettet mich von meinem lustlosen Scrollen.

Gespräch ist gut gelaufen und sie wollen noch einen Videocall mit den Teamleitern in 10 Minuten. Ist es okay für dich, etwas länger wegzubleiben? Ich kann dir schreiben, sobald ich fertig bin.

Ihre Neuigkeiten heben meine Stimmung ein wenig. Es ist ein schöner Tag, also kann ich ruhig noch eine Weile hier draußen Zeit totschlagen.

Super, dass du das Gespräch gerockt hast! Kein Problem. Ich esse einfach was und hänge ab.

Danke, beste Freundin auf Erden. Hattest du schon Glück mit Cate?

Unweigerlich muss ich grinsen.

Ich habe sie getroffen. Bin nicht dazu gekommen, sie um das Autogramm zu bitten, aber wir haben tatsächlich richtig miteinander geredet. Mein Herz muss sich immer noch davon erholen.

Was?!!! Ist sie in echt auch so umwerfend?

Als spräche man mit einer Göttin.

Wie genau das alles abgelaufen ist, muss Abby ja nicht unbedingt wissen.

Du bist meine Heldin. Bis nachher.

Eine Stunde später habe ich es tatsächlich geschafft, ein bisschen zu recherchieren und ein paar Informationen aufzunehmen, warte aber noch immer darauf, dass Abby sich meldet. Das Gespräch muss gut laufen, wenn es so lange dauert.

Bewerbungsgespräche für Programmierjobs klingen furchtbar. Ich kann mir nicht vorstellen, dass mich ein potenzieller Arbeitgeber mehrere Stunden dabei beobachtet, wie ich Codes schreibe.

Andererseits klingt auch alles, womit ich mich in meinem Studium so beschäftige, für viele Leute schrecklich. Vielleicht ist ein sechsstündiger Videoanruf für die Allgemeinheit erträglicher als Kurse in Quantenmechanik,

Nuklearmedizin und Strahlentherapie. Abby scheint das zumindest so zu sehen.

Ich bekomme schon wieder Hunger, also gehe ich ins Café, um noch einen Crêpe zu bestellen. Die kühle Luft im Lokal tut gut, nachdem ich ein paar Stunden draußen verbracht habe. Alle vier Tische im Innenraum sind noch besetzt und zwei Leute stehen vor dem Tresen und warten auf ihre Bestellungen.

Als ich die Liste der Speisen auf der Kreidetafel an der Wand überfliege, erinnere ich mich an das letzte Mal, dass ich Crêpe gegessen habe – mit Julia, während wir zusammen gelernt haben. Der Schmerz in meiner Brust wird immer stärker. Ich habe wohl doch noch nicht ganz realisiert, dass ich sie verloren habe. Die Sache zwischen uns hat Spaß gemacht, auch wenn es abzusehen war, dass es auf eine Auseinandersetzung mit einem wütenden Freund hinauslaufen musste. Irgendwie hatte ich mir aber eingeredet, dass der Campingausflug damit enden könnte, dass ich sie um ein Date bitte.

»Was hättest du gern?«, fragt das Mädchen im Teenageralter hinter dem Tresen. Sie ist ganz offensichtlich genervt davon, dass ich nicht schnell genug entscheide, was ich will.

Diesmal habe ich Lust auf etwas Süßes statt auf etwas Herzhaftes und bestelle einen Schokoladen-Erdbeer-Crêpe.

Ich greife nach meinem Geldbeutel, als ein Raunen durch den Raum geht und sich die Stimmung schlagartig ändert. Köpfe drehen sich in Richtung der Tür. Alle beugen sich zueinander, flüstern aufgeregt, zeigen in eine bestimmte Richtung.

Eine große Frau betritt den Laden und erhellt mit ihrer Anwesenheit den ganzen Raum. Sie lächelt, scheinbar unbekümmert von der Aufregung, die sie verursacht, nimmt ihre Sonnenbrille ab und betrachtet die Speisekarte auf der Kreidetafel.

Ich erhasche einen Blick auf ihr Steampunk-Kostüm unter einer für dieses Wetter viel zu dicken Jacke. Cate Whitney hat wohl gerade eine Drehpause.

Kapitel 4

Radioaktive Isotope

Selbst wenn ich keine Ahnung gehabt hätte, wer sie ist: Dass Cate Whitneys ein Star ist, ist nicht zu übersehen – vielleicht ist es die Designerjacke, die über ihre Schultern drapiert ist, vielleicht ihre Aura. Berühmtheiten haben definitiv eine spezielle Aura.

Draußen vor der gläsernen Eingangstür steht ein riesiger, muskulöser Mann mit Samurai-Dutt, die Arme vor der Brust verschränkt wie ein Türsteher. Wow, ist das ihr persönlicher Bodyguard?

Als Cate schließlich zu mir herübergeschlendert kommt und sich hinter mir anstellt, ist mein Gesicht sicher tiefrot und mein Puls rast. O Gott, ich stehe kurz davor, noch einmal mit ihr zu sprechen.

Unsere Blicke treffen sich und ich kann ihr ansehen, dass sie mich erkennt.

»Rachel, richtig?«

»Ja. Das bin ich. Hi.«

»Wie ist die Bewerbung gelaufen?«, fragt sie mit einem wissenden Lächeln.

Es dauert einen Augenblick, bis ich begreife, dass sie nicht Abbys Bewerbungsgespräch meint, sondern meine Ausrede, wissenschaftliche Beraterin sein zu wollen. Ihr neckender Tonfall lässt meine Wangen glühen.

Puh, sie hat mir das wirklich null abgekauft. Ich weiß nicht, wie ich mich da bloß rausreden soll.

»Ich habe die richtige Person nicht gefunden«, setze ich mein erbärmliches Schauspiel fort. »Also … ähm, bin ich gegangen. Das ist in Ordnung. Ich mache gerade meinen Master, also ist es wahrscheinlich besser so.«

Glücklicherweise reicht das Mädchen hinter dem Tresen mir das Kartenlesegerät und fordert meine Aufmerksamkeit.

»Was können Sie hier denn empfehlen?«, fragt Cate und weist auf die Tafel an der Wand.

Ihr süßer Duft nach Kokosnuss steigt mir in die Nase und lässt mich an Urlaub und glückliche Momente denken.

»Hier ist alles gut. Ich bekomme Schokolade-Erdbeere, aber ähm …« Vor meinem geistigen Auge sehe ich sie im Catering-Zelt in die Erdbeere beißen. Ich schlucke schwer. »Die herzhaften sind aber die bessere Wahl als Mittagessen.«

Cate bestellt einen West Coast Crêpe mit Räucherlachs aus dem Pazifik, Frischkäse aus der Region und kanadischem Ahornsirup. Sie lächelt mich an. »Scheint mir passend.«

»Gute Wahl.«

Während sie bei der vor Ehrfurcht erstarrten Bedienung bezahlt, sagt sie zu mir: »Normalerweise esse ich mittags beim Catering, aber *irgendetwas* ist mit den Sandwiches passiert.«

Könnte mich bitte ein Blitz erschlagen? »O mein Gott, das tut mi…«

»Ist schon gut.« Cate lacht auf. »Es ist doch schön, dass ich jetzt ein einheimisches Café unterstützen kann.«

»Es tut mir trotzdem leid.« Mir war in meinem Leben noch nie etwas so peinlich. Und das will etwas heißen, wenn man bedenkt, dass ich gestern mit einer vergebenen Frau nackt in einem See war.

»Ich weiß Ihre Hilfe von vorhin zu schätzen«, meint Cate bloß. »Die Recherche für diese Rolle bringt mich an meine Grenzen. Welchen Begriff haben Sie benutzt? Radioaktive Isotope?«

Ich nicke. »Das ist Strahlentherapie-Fachjargon. Merken Sie sich einfach Radium und Polonium.«

»Selbst das ist mir zu hoch. Aber ich muss mich mit diesen Dingen auskennen, wenn ich Marie Curie überzeugend spielen will.«

»Keine Sorge, ich denke, Marie Curies Arbeit ist den meisten Leuten zu hoch.«

Das Mädchen hinter der Kasse bedeutet uns, am anderen Ende des Tresens auf unsere Bestellungen zu warten, und wir stellen uns an die Seite.

»Vielleicht«, antwortet Cate. »Aber ich bin in meinen naturwissenschaftlichen Kursen an der UCLA durchgefallen, das sieht also schon mal nicht gut für mich aus, Rachel.«

Mein Herz schlägt höher bei dem Klang meines Namens. Jedes Wort aus ihrem Mund hört sich an, als würde sie es mir ins Ohr flüstern.

»Ich bin mir sicher, niemand wird Sie dafür verurteilen, dass Sie schlecht in Physik sind.«

Cate verzieht das Gesicht. »Ehrlich gesagt habe ich das niemandem von der Produktion verraten. Aber jetzt habe ich es einer völlig Fremden erzählt. Gott, bitte gehen Sie damit nicht zur Presse.«

Ich weiß nicht, ob ich lachen oder ihr meine ewige Verschwiegenheit beteuern sollte, also mache ich beides. »Werde ich nicht«, verspreche ich lächelnd. »Sie waren auf der UCLA?«

»Für ein Jahr, weil meine Eltern nicht wollten, dass ich mich gleich nach der Schule als Schauspielerin versuche. Es war schrecklich, eine völlige Geldverschwendung. Und jetzt haben Sie wahrscheinlich jeden Respekt vor mir verloren, weil ich nicht das Zeug für ein Studium hatte.«

»Habe ich nicht«, erwidere ich lachend. »Auch wenn ich zugeben muss, ich war wohl die Art von Schülerin, bei der Sie Ihre Hausaufgaben abgeschrieben haben.«

Sie schnappte gespielt nach Luft. »Woher wissen Sie davon?«

»Das ist das geteilte Schicksal aller Nerds.«

»Ach, kommen Sie, Sie sind doch kein Nerd.« Sie stupst mich sanft an und ihre Berührung jagt einen Schauer über meine Haut.

»Ich war Jahrgangsbeste«, gebe ich zu.

»Das macht Sie noch nicht zum Nerd.«

»In meiner Freizeit spiele ich Videospiele und einmal hab ich mir selbst einen Computer gebaut.«

Sie lacht und ich grinse.

»Okay, ich gebe mich geschlagen.« Sie hebt kapitulierend ihre Hände. Ihr Blick verweilt so lange auf mir, dass meine Wangen glühen. In ihren Augen liegt eine gewisse Neugierde.

»Cate!«, ruft ein Mann durch den Laden.

Cate dreht sich nicht um, ich aber schon.

Ein Typ steht mit erhobenem Handy hinter uns, bereit zu fotografieren, während seine aufgeregte Freundin daneben kichert. Automatisch hebe ich eine Hand vor meine Stirn und meine Augen, um mein Gesicht zu verbergen.

Unbeirrt spricht Cate weiter. »Ich hatte mich gefragt, ob Sie –«

»Schenk uns ein Lächeln, Cate«, fordert der Mann und wartet darauf, dass sie gehorcht.

Ich lasse meine Hand sinken. »Du bist ganz schön unverschämt«, antworte ich schärfer als geplant. »Setz dich hin und iss deine Hähnchenstreifen, du Trottel.«

Seine Freundin scheint nicht zu wissen, ob sie lachen oder im Erdboden versinken soll. Sie hält sich die Hand vor den Mund und läuft rot an, während der Hähnchentyp mich finster anstarrt. Was für ein Banause bestellt bitte Hähnchenstreifen in einem Crêpe-Restaurant?

Trotz meines vorlauten Mundwerks rast mein Puls und Schweiß rinnt über meinen Nacken. Der Anblick dieses Kerls, der ohne Cates Zustimmung Fotos von ihr macht, weckt eine Erinnerung in mir, die ich lieber vergessen will.

Ich schnaube und konzentriere mich auf Cate, wobei ich einen Schritt zur Seite mache, um uns von dem Mann abzuschirmen. »Was wollten Sie sagen?«

Cate zieht amüsiert eine Augenbraue hoch. Bei Gott, wenn sie mich weiter so intensiv ansieht, schmelze ich noch wie ein Milchshake in dieser Hitzewelle.

Der Hähnchentyp hat die Stimmung im Café verändert. Obwohl er es aufgegeben hat, Cate anzusprechen, scheinen ein paar andere bloß ermutigt worden zu sein. Es sind mehr Handys auf uns gerichtet als zuvor und bei dem Anblick wird mir schwindelig.

Die Ladentür wird aufgestoßen und mehrere lärmende Leute drängen sich hinein – zusammen mit Cates Bodyguard.

»Cate, kann ich ein Autogramm haben?«, fragt eine schwer atmende Frau.

»Hey, gebt ihr etwas Freiraum«, mischt der Bodyguard sich ein und hält Fans an den Schultern zurück.

»Ist schon gut, Ken«, sagt Cate.

Am liebsten würde ich diese Leute anschreien. Cate wollte mich gerade etwas fragen. Erstaunlicherweise schien sie sich wirklich für mich und meine Arbeit zu interessieren.

Als die Fans Cate umschwärmen, Fotos machen und nach Autogrammen fragen, schiebt mich jemand zur Seite und ich muss einen Schritt zurückweichen. Ken sorgt immerhin dafür, dass die Leute halbwegs zivilisiert bleiben.

»Schokolade-Erdbeere für Rachel«, ruft da ein Typ hinter dem Tresen.

Ich nehme meinen Crêpe und trete von der Menge weg. Im Stillen verfluche ich jeden Einzelnen dieser Leute.

»Autogramm«, fordert ein Mann mit einem starken Akzent und hält Cate ein Foto von sich sowie einen Stift direkt vor das Gesicht.

So gern ich auch allen Anwesenden – abgesehen von Cate und ihrem Bodyguard – eine reinhauen würde, es wird offensichtlich Zeit, dass ich von hier verschwinde. Meinen Crêpe kann ich auch am Strand essen.

»Rachel, warten Sie.«

Cate drängt sich durch die Menge zu mir herüber. Atemlos hält sie den Stift hoch, den der Mann ihr für das Autogramm gegeben hat, und greift nach meiner Hand. »Ich muss gleich zurück ans Set, aber bitte schreiben Sie mir. Ich würde gern mehr über radioaktive Isotope reden, wenn das für Sie in Ordnung ist.« Sie zwinkert mir zu, was mich umgeworfen hätte, wenn sie nicht meine Hand halten würde.

Ich bin wie in Trance, während sie ihre Handynummer auf meine Handfläche schreibt. »Ja. Natürlich. Sehr gern«, murmle ich erstickt.

Als ich von meiner Hand aufsehe, gilt Cates Aufmerksamkeit wieder der Menschenmenge. Sie lächelt viel anmutiger, als ich es in ihrer Situation schaffen würde.

»Wie heißen Sie denn?«, fragt sie den Mann vor sich freundlich, während sie zum Schreiben ansetzt.

»Kein Name, nur Unterschrift«, blafft er.

Ich bin in Cates Namen verärgert. *Das Arschloch wird ihr Autogramm auf* eBay *verkaufen, sobald er aus der Tür raus ist.*

Doch sie lächelt weiter und gibt Autogramme, posiert für Fotos und fragt ihre Fans, ob sie einen schönen Tag hatten. Sie ist definitiv ein viel besserer Mensch, als ich je sein werde. Sie protestiert nicht einmal, wenn Leute ihre Handys heben, als ob sie jedes Recht auf ein Foto von ihr hätten, und lässt zu, dass sie beim Posieren die Arme um sie legen und ihre Wangen gegen Cates drücken.

Mit heftig klopfendem Herzen schaue ich wieder auf meine Handfläche.

Die Frau, für die ich schon fast mein ganzes Leben schwärme, hat mir gerade ihre Nummer gegeben.

Als ich Abby alles erzähle, schreit sie auf und schlingt die Arme um mich. »Hab ich's dir doch gesagt! Ich wusste einfach, dass du die Chance ergreifen musst! Mensch, wie happy bist du nun darüber, dass du letztes Semester diese Strahlendings-Vorlesung belegt hast?«

Lachend starre ich auf die Zahlen auf meiner Haut, als wären sie die Gewinnzahlen der Lotterie.

»Ich hab übrigens auch gute Neuigkeiten«, sagt Abby aufgeregt. »Ich habe den Job bekommen.«

Ohne einander loszulassen, springen wir jubelnd auf und ab.

»Wie heißt die Firma denn?«, frage ich, als wir uns schließlich beruhigt haben.

»*Triple-X POV*.«

»*Triple-X*? Wie die mit den Pornos?«

Abby schiebt ihre Brille zurecht, die während unserer stürmischen Umarmung auf die Nasenspitze gerutscht ist. »Jap. Ich bin jetzt Webentwicklerin für ihre Point-of-View-Pornoseite. Die haben zwanzig Millionen Aufrufe am Tag und sind eine der am schnellsten wachsenden Websites für Pornografie. Ich bekomme sämtliche Sozialleistungen, sechs Wochen Urlaub, einen Zuschuss zu gesundheitsfördernden Fitnessprogrammen und ein sechsstelliges Gehalt.«

»Wow«, hauche ich und lege mir eine Hand aufs Herz. »Das ist ziemlich gut.«

Abby macht noch ein kleines Freudentänzchen. Sie hat sich ihres Blazers entledigt und trägt bloß noch ein graues Tanktop und Unterwäsche – ihr liebstes Sommer-Outfit.

»Also, wann schreibst du Cate Whitney?«

Ein Anflug von Panik lässt meinen Puls in die Höhe schnellen. »Heute Abend. Ich warte noch ein paar Stunden.«

Während Abby zur Feier des Tages eine Flasche Wein öffnet, füge ich Cates Nummer sorgfältig zu meinen Kontakten hinzu.

Ihre Gelassenheit bei all dem Trubel war beeindruckend. Da waren so viele Fremde, die sie fotografierten und ihre Zeit und Nähe einforderten. Andererseits hat sie aber wahrscheinlich auch kein Highschool-Trauma, das sie verfolgt.

Denk nicht mehr daran. Schließlich komme ich seit Jahren trotz allem gut zurecht.

Ich zwinge mich zur Konzentration und stürze mich in die Recherche für meine Masterarbeit. Glücklicherweise finde ich eine ganze Reihe von Aufsätzen zu meinem Thema, dem Nutzen von Deep-Learning-Algorithmen zur Entdeckung von Tumoren. Es ist bereits bewiesen, dass Programme zum maschinellen Lernen dabei helfen können, Tumore auf MRT-Scans schneller und genauer zu erkennen. Doch welcher Algorithmus ist der beste? Das muss sich erst noch zeigen.

Ich habe vor, eine Software zu verwenden, die ursprünglich für militärische Zwecke und den Geheimdienst entwickelt wurde. Sie ist weltweit die beste, wenn es darum geht, Feinheiten in Satellitenbildern zu erkennen. Das lässt sich bestimmt gut übertragen, wenn ich die Software mit MRT-Aufnahmen füttere und sie darauf trainiere, Tumorgrenzen anstelle von Landschaftsmustern zu erkennen.

Doch während ich versuche, die Artikel zu lesen, starre ich immer irgendwann wie betäubt ins Leere und bin nicht annähernd so produktiv, wie ich sein sollte.

Um sechs Uhr abends halte ich es nicht länger aus. Ich schnappe mir mein Handy und schreibe eine Nachricht.

Hi, Cate, hier ist Rachel Janssen. Wenn Sie sich irgendwann treffen wollen, um über Marie Curie zu reden, ich habe Zeit.

Ich zögere so lange damit, auf »Senden« zu drücken, dass Abby mir quer durch den Raum zuruft: »Jetzt mach schon und schick es ab, du wandelnde Katastrophe.«

Ich tippe auf das Display und schicke meine Nachricht hinaus ins Universum. Dann starre ich mit klopfendem Herzen unseren brandneuen Nachrichtenverlauf an, bis das Display sich von selbst ausschaltet.

Natürlich antwortet sie nicht sofort. Vielleicht filmt sie noch immer oder ist beim Abendessen mit ihren Co-Stars oder in einer Besprechung mit dem Produktionsteam. Ich habe keine Ahnung, wie das Leben einer Schauspielerin aussieht.

Vielleicht hat sie ihre Meinung auch geändert und bereut, mir ihre Nummer gegeben zu haben.

Während Abby »sich auf ihren neuen Job vorbereitet« (aus ihrem Laptop dringen Stöhnen und eindeutige Wortfetzen wie »*Oh, ja, mmh*«), mache ich Abendessen. Das komplizierte Rezept für die Auberginen-Lasagne lenkt mich ab.

Mein Handy piept zwei Stunden später, als ich gerade das Geschirr spüle, und ich stürze mich so schnell darauf, dass ich mir den Handrücken am Küchentresen stoße. Ich keuche vor Schmerz, umklammere meine Hand und beuge mich vor, um auf das Display zu schauen.

Die Nachricht ist nicht von Cate. Sondern von Julia.

Hey. Wir sind zurück vom Camping. Rachel, es tut mir so, so leid, wie schrecklich das gelaufen ist ... und dass ich dich in diese Situation gebracht habe. Ich schiebe die Schuld nicht auf den Alkohol, weil ich mir eigentlich nur Mut angetrunken habe.

Das Schamgefühl überwältigt mich erneut, so intensiv, dass mein Gesicht brennt und die Haut unter meinem Shirt kribbelt.

Ich sollte mich nicht so schuldig fühlen. Julia hat mich benutzt. Sie musste sich Mut antrinken, weil sie schon nüchtern geplant hat, mich zu küssen.

Ich tippe eine Antwort.

Danke für die Entschuldigung. Tut mir leid, dass ich dich geküsst habe. Ich hätte an Andrew denken sollen.

Ich hoffe, unser Kuss tut dir nicht allzu leid.

Ich blinzle verwirrt. Nicht *allzu* leid? Heißt das, sie will nicht, dass ich es bereue?

Andrew und ich haben Schluss gemacht. Wir waren uns einig, dass es mit uns nicht länger funktioniert.

Mein Herz macht einen kleinen Satz, als ein ungewollter Hoffnungsschimmer in mir aufblitzt. Ich beiße die Zähne zusammen und unterdrücke das Gefühl. Auch wenn Julia Single ist, für sie bin ich trotzdem nur »ein bisschen Spaß«.

Das ist schade. Es tut mir leid, dass ich dazu beigetragen habe. Geht es dir gut?

Ja, danke. Tatsächlich bin ich erleichtert, damit abzuschließen. Ich muss mir über ein paar Dinge klar werden.

Ich bin mir nicht sicher, was ich dazu sagen soll. Ich studiere zwar Naturwissenschaften, aber diese Art von Experimenten ist nichts für mich.

Drei Punkte erscheinen, die mir verraten, dass sie noch etwas schreibt. Sie bleiben eine ganze Weile und ich starre sie unaufhörlich an. Die Punkte verschwinden. Tauchen dann wieder auf.

Ich schlucke nervös.

Ich würde gern da weitermachen, wo wir aufgehört haben. Ich will echte Erfahrungen mit einer Frau sammeln. Bin neugierig, wie es ist, eine andere Frau zu lecken und sie zwischen meinen Beinen zu haben ;)

Ich schlage meine Beine übereinander, um das Pochen dazwischen zu bändigen. *Verdammt noch mal, Julia.* Jetzt flirtet sie wieder, wie so oft in den letzten Monaten. Sie ist direkt und schämt sich nicht und das macht mich wirklich an.

Ich würde ihr nur zu gern Vergnügen bereiten. Würde ihr jeden Trick zeigen, den ich mit meiner Zunge und meinen Fingern draufhabe, ihre Klitoris reizen, mit ihren Brustwarzen spielen, meine Finger über ihren G-Punkt reiben. Ich würde ihr den besten Orgasmus ihres Lebens bescheren, bis sie keuchend und völlig erschöpft auf den Laken liegt.

Aber sie hat es selbst gesagt: Sie will Erfahrungen mit *einer* Frau sammeln. Sie ist nicht an mir interessiert, sondern nur daran, mit *irgendeiner* Frau zu experimentieren. Ich bin für sie ein Versuchskaninchen, eine austauschbare Lesbe, die ihr die Erfahrung verschaffen kann, die sie sucht.

Vielleicht würde diese Art von Arrangement für manche funktionieren, aber ich möchte mit einer Frau zusammen sein, die auch wirklich *an mir* interessiert ist, nicht mit einer, die mich nur als erstbeste Sexpartnerin sieht. Ich brauche eine emotionale Verbindung.

Es hat mit dir Spaß gemacht, Julia, aber ich möchte nicht verletzt werden. Ich weiß, du willst mit Frauen experimentieren, aber für mich geht es dabei um mehr. Ich möchte, dass der Spaß zu einer Beziehung führt.

Die darauffolgende Pause dauert lange genug, dass mein Display sich ausschaltet, bevor sie antwortet.

Das verstehe ich. Ich kann nicht versprechen, dass ich irgendwann eine Beziehung will.

Mehr sagt sie nicht. Direkt wie immer.

Mein Herz tut weh, als würde jemand es mit beiden Händen zerquetschen.

Danke, dass du ehrlich bist. Hey, wenn du feststellst, dass du superqueer bist und mich als Freundin haben willst, melde dich. Du bist wirklich cool und wir hatten eine gute Zeit.

O ja, die hatten wir :)

Ich belasse es dabei. Einerseits will ich dieses Gespräch nicht mit einem falschen Versprechen beenden, dass wir mal wieder zusammen abhängen können, andererseits will ich aber auch nicht so etwas Endgültiges sagen wie »Wir sehen uns dann im nächsten Semester«. Vielleicht werden wir uns noch mal freundschaftlich treffen, vielleicht auch nicht.

Fürs Erste beende ich die Unterhaltung. Wie durch ein Wunder schlägt mein Herz noch, obwohl es sich völlig zertrümmert anfühlt. Verdammt, warum habe ich mir das angetan?

Ich sitze auf der Couch, zu ausgelaugt, um den Abwasch zu erledigen.

Es ist fünf Jahre her, dass ich in einer ernsthaften Beziehung war, und ich dachte, ich hätte endlich wieder jemanden gefunden. Wie naiv ist das denn? Jetzt, wo ich darüber nachdenke, ist es so offensichtlich, dass sie mehr an ihrer Vorstellung von mir interessiert war, als dass sie tatsächlich etwas Ernsthaftes mit mir anfangen wollte.

Mein Handy piept und ich nehme mir eine Minute Zeit, bevor ich es wieder anschalte. Ich bin nicht in der Stimmung, weiter mit Julia zu reden. Ich brauche eine Weile Abstand.

Doch als ich auf das Display schaue, stiebt eine Horde von Schmetterlingen in meinem Bauch auf.

Hallo, Rachel. Danke, dass Sie sich bei mir melden. Die Dreharbeiten gehen meistens bis spät in die Nacht, aber können Sie vielleicht morgen gegen Mittag ans Set kommen? Ich würde gern zwischen den Aufnahmen mit Ihnen reden.

Ich kann kaum noch atmen. Cate Whitney hat mir geantwortet. Sie hat mich eingeladen, zu ihr ans Filmset zu kommen. Heiliger Strohsack.

Hi, Cate. Ja, ich komme gern morgen ans Set.

Perfekt. Schreiben Sie meinem Assistenten eine SMS, wenn Sie am Eingang sind. Er wird Sie dann abholen.

Sie schickt mir die Kontaktdaten von jemandem namens Sean Richards.

Das ist alles. Das ist das Ende unseres Gesprächs. Ich bin atemlos, will mehr schreiben, doch es gibt nichts, was ich noch sagen könnte.

Ich speichere Seans Nummer in meinem Handy ein. Hoffentlich ist das nicht der Typ, der mich so misstrauisch angeschaut hat, als ich mich eingeschlichen habe.

Mein Puls rast vor Aufregung. Morgen werde ich Cate Whitneys Gast am Set von *Clockwork Curie* sein.

Kapitel 5

Bittersüß

Natürlich ist Cates Assistent der misstrauische Typ von gestern. Aber sie hat ihn wohl von mir überzeugt, denn Sean kommt durch den Eingang stolziert und umarmt mich, als wären wir beste Freunde, die sich seit Wochen nicht gesehen haben.

»Rachel! So schön, dich zu sehen. Hier ist dein Gästepass.« Er hängt mir ein Schlüsselband um den Hals, als wäre es eine Blumenkette und ich gerade auf Hawaii angekommen.

»Danke.« Selbstgefällig gehe ich an dem Wachmann vorbei, der mich gestern weggescheucht hat.

Das Wetter ist mild und bewölkt. Ich weiß nicht viel übers Filmemachen, kann mir aber vorstellen, dass es ein guter Tag für Dreharbeiten ist.

»Cate ist noch in der Probe«, sagt Sean. »Soll ich dir eine Tour geben?«

»Sehr gern!«

Vielleicht kann ich so meine Nervosität in den Griff bekommen, bevor ich Cate treffe.

Den halben Vormittag habe ich mein Wissen über Marie Curie aufgefrischt aus Angst, Cate zu enttäuschen, sollte ich nicht so viel wissen, wie sie erwartet. Meine Aufgabe heute ist es, ihr zu helfen. Nur deshalb hat sie mich eingeladen, also muss ich das auch schaffen. Die andere Hälfte des Vormittags habe ich panisch versucht, alles zu tun, damit ich für Cate gut aussehe – ich habe etwas Make-up aufgelegt, meine Haare nachgeschnitten, frische Muster in meinen Undercut rasiert und dann sämtliche Klamotten aus meinem Kleiderschrank gezerrt.

Nachdem ich vom Balkon einen Blick auf das Set geworfen und festgestellt hatte, dass niemand besonders modisch gekleidet war, beruhigte ich mich etwas und entschied mich für ein cremefarbenes Croptop und Jeans. Hübsch, aber lässig. Definitiv ein ganz anderer Mensch als die wandelnde Katastrophe, die gestern Morgen den Campingplatz verlassen hat.

Sean sieht allerdings mit seiner goldenen Rüschenbluse und der hautengen schwarzen Jeans aus, als gehöre er auf einen Laufsteg, was mich wieder an meiner Wahl zweifeln lässt.

»Also, Rachel, Miss Superschlau«, sagt er und klopft mir spielerisch auf die Schulter. »Wie ich gehört habe, bist du Wissenschaftsexpertin.«

Ich fühle mich von dieser Beschreibung geschmeichelt, aber sie stimmt nicht ganz. »Das hängt davon ab, was du unter ›Expertin‹ verstehst. Ich arbeite noch ein meinem Masterabschluss.«

»Oh, was ist dein Schwerpunkt?«

»Meine Abschlussarbeit will ich über die genaue Modellierung von Tumoren für die Strahlentherapie schreiben«, antworte ich mit einem Anflug von Schuldgefühlen, weil ich jetzt eigentlich an meiner Arbeit sitzen sollte. Aber das kann ich später nachholen. »Ich möchte Computeralgorithmen einsetzen, um die Grenzen von Tumoren so genau zu bestimmen, dass die Bestrahlung das umliegende gesunde Gewebe möglichst wenig schädigt. Ich habe eine Software für künstliche Intelligenz gefunden, die mir vielversprechend scheint.«

Sean starrt mich aus großen Augen an. »Ich verstehe, warum Cate deine Hilfe will.«

Ich grinse. Hoffentlich kann ich heute einen ebenso guten Eindruck bei Cate hinterlassen.

Sean wendet sich dem Gewusel vor uns zu und streicht seine Bluse glatt. »Okay, also die müde aussehenden Leute sind Techniker ... und die munteren Kinder, denen große Träume ins Gesicht geschrieben stehen, sind Produktionsassistenten ... jeder, der auffällig attraktiv ist, ist vermutlich Schauspieler ...«

Während wir über das Set gehen und Sean auf die Crew und die Ausrüstung verweist, tue ich so, als würde ich dazugehören. Ich studiere jeden genau, an dem wir vorbeikommen, und versuche herauszufinden, wer die wichtigen Leute sind.

Ich kann nachvollziehen, was er mit den Schauspielern meint, aber bei der Crew ist es schwer einzuschätzen, wer was ist. Es gibt viele junge, enthusiastische Leute, die wahrscheinlich noch nicht lange in der Branche sind. Andere wirken mürrisch und scheinen kurz davor zu sein, umzukippen und einzupennen – sie machen das wahrscheinlich schon länger. Die Hälfte der Crew ist hektisch und zielstrebig, die andere Hälfte gelangweilt und abwartend, dazwischen gibt es nichts. Alle, bis hin zum jüngsten

Produktionsassistenten, strahlen ein gewisses Maß an Wichtigkeit aus. Es ist cool, an einem Film zu arbeiten, und das wissen sie auch.

»Alle wirken voll in ihrem Element«, stelle ich fest. Ich bleibe dicht bei Sean und mache mich klein, um niemandem in die Quere zu kommen.

»Das soll bloß den Anschein erwecken. Jeder spielt sich auf, als wäre er die wichtigste Person am Set – alle wollen berühmt sein, auf die eine oder andere Art, und ich kann dir versichern, jeder Einzelne hier hat insgeheim schon seine Oscar-Rede geprobt.«

»Du auch?«

Er lacht. »Kann ich nicht abstreiten.«

»Wie lange arbeitest du schon für Cate?«

»Sieben Jahre. Ich habe sie direkt nach meinem Schulabschluss kennengelernt. Früher habe ich auch für Phil Niles gearbeitet, aber Cate hat bei der Scheidung das alleinige Sorgerecht für mich bekommen.« Er zwinkert mir zu.

Ich brauche einen Augenblick, bis ich den Namen zuordnen kann.

Stimmt ja, Cates Ex.

Ihre unschöne Scheidung von Phil Niles war vor ein paar Monaten in aller Munde. Ich frage mich, was sie bei der Trennung sonst noch aufteilen mussten und ob ihr gemeinsamer Assistent der schwierigste Streitpunkt war.

Ein Golfwagen voller Menschen rast an uns vorbei. Ich kann ihm gerade noch ausweichen.

»Die sind für die wirklich wichtigen Leute«, erklärt Sean. »Normalsterbliche wie wir dürfen laufen.«

»Ruhe am Set!«, ruft jemand in der Nähe und Sean eilt weiter.

»Komm mit, sie fangen gleich an zu drehen.«

Meine Nervosität steigt wieder, als wir uns den Steampunk-Fassaden der Geschäfte nähern.

Die Kulissen sind beeindruckend. Sie haben etwas von einem Themenpark. Es gibt sogar eine große Kamera, die auf Schienen an der Straße entlang bewegt wird. Ein paar Männer beugen sich über eine Rauchmaschine, die schwache Wölkchen ausstößt. Ein Mann mit Baseballmütze, der wohl der Regisseur sein muss, sitzt umgeben von weiteren Crewmitgliedern hinter der Kamera.

Und da ist Cate. In ihrem Steampunk-Kostüm und mit vollem Make-up sieht sie wie eine absolute Göttin aus. Mein Herz macht einen Sprung, als wäre ich von einer Klippe gestürzt. Sie entdeckt mich und winkt mir zu, was ich aufgeregt erwidere.

Eine Reihe von Rufen kommt von der Crew hinter den Kameras. Auf mich wirken sie wie Vögel, die sich gegenseitig etwas aus den Bäumen zurufen.

»Ton ab!«

»Ton läuft.«

»Kamera bereit machen!«

»Kamera läuft.«

»Klappe.«

»Szene zweiundzwanzig, Take eins.«

»Bild.«

»Action!«

Die Rufe und das Geräusch der Filmklappe gehen nahtlos ineinander über und die Schauspieler sind augenblicklich mitten in der Szene.

Mein Herz klopft heftig, als Cate ihren Text vorträgt. Ich habe schon viele Theaterstücke gesehen – ich gehe jeden Sommer zum Shakespeare-Festival –, aber das hier ist etwas völlig anderes. Cate Whitney dreht gerade vor meinen Augen einen echten Hollywood-Film und ich bin umgeben von Leuten, die mit allen möglichen Berühmtheiten zu tun haben.

In der Szene verfolgt Cate zusammen mit zwei Frauen in meinem Alter einen Mann die Straße entlang. Sie verlangt, dass er die Forschungsergebnisse veröffentlichen soll, sonst würden Menschen sterben. Die beiden anderen Frauen sind in zerschlissene Versionen von Cates Outfit gekleidet und tragen überdimensionale Waffen. Sie wirken eher wie Handlangerinnen und nicht wie Laborassistentinnen.

Marie Curies wissenschaftliche Tätigkeit ist bestimmt weit weniger dramatisch abgelaufen, aber das hier wird sich gut auf der Leinwand machen.

Die Schauspieler unterhalten sich in gedämpftem Ton miteinander und mir fällt auf, wie überzogen all das inszeniert ist. Diese Szene soll später wahrscheinlich ein diskretes Gespräch darstellen, aber in der Realität starren mindestens drei Dutzend Leute die Schauspieler dabei an. Ich kann mir kaum vorstellen, wie das Endergebnis aussehen wird. Darum bin ich wohl auch keine Regisseurin.

Die einzelnen Takes folgen schnell aufeinander und alle paar Minuten kommen die Verantwortlichen für Haar und Make-up in die Szene geeilt. Selbst den kleinsten Details wird große Aufmerksamkeit geschenkt.

Nachdem diese eine Szene unendlich oft wiederholt wurde, ruft der Regisseur: »Cut, nächste Szene!«

Sofort bricht geschäftiges Treiben aus und Cate kommt auf mich zu.

Mein Herz schlägt schneller.

»Danke, dass Sie das durchgestanden haben, Rachel. Tut mir leid, dass es so lange gedauert hat.«

»Das war fantastisch! Es ist unglaublich, wie viel Aufwand in einer einzelnen Szene steckt.«

»Es ist wirklich übertrieben«, sagt Cate und schaut in den Himmel. »Und die Aufnahmen kommen erst noch zur Postproduktion, wo sich jede Menge Techniker und Cutter über jedes einzelne Bild den Kopf zerbrechen werden.«

Sean reicht ihr eine Flasche Kokosnusswasser und das Skript. Beides zaubert er scheinbar aus dem Nichts hervor.

»Danke dir.« Cate trinkt die halbe Flasche in einem Zug aus. Der Tag wird stetig wärmer und auf ihrer Brust glitzert Schweiß.

»Macht es Sie immer noch nervös, vor so vielen Leuten zu sprechen?«, frage ich.

Sie wedelt mit der Hand, die das Drehbuch hält. »Nicht bei einer Szene wie dieser, aber bei Szenen, die intim erscheinen sollen, ist das etwas ganz anderes. Versuchen Sie mal, so zu tun, als würden Sie sich im Bett amüsieren, während vierzig Leute zusehen.«

Ich stelle mir diese Situation vor und mir wird ganz heiß im Gesicht.

»Lassen Sie uns irgendwo anders reden«, schlägt Cate vor.

Mein Magen zieht sich vor Anspannung zusammen. Zeit, ihre Fragen zu beantworten und zu hoffen, dass ich nützlich genug bin, damit sie nicht bereut, mich hierher eingeladen zu haben.

Cate führt mich von der Crew weg und sobald wir in Sichtweite des Metallzauns kommen, der das Gelände umgibt, ertönt Geschrei. Eine Schar von Fans winkt, drängt sich gegen den Zaun und hüpft auf und ab.

»Cate, kann ich ein Foto haben?«

»Ich liebe dich, meine Königin!«

Cate winkt und schenkt ihnen ein Lächeln, dreht sich dann allerdings um und geht in die entgegengesetzte Richtung. »Wenn ich es mir recht überlege, lassen Sie uns doch lieber in meinen Wohnwagen gehen.«

Wir schlendern zu einem von mehreren weißen Wohnwagen, sie öffnet die Tür und lässt mich vorgehen.

Die Ausstattung ist ganz schön luxuriös. Es gibt eine weiße Ledercouch, einen Fernseher, eine Küchenzeile, einen Schlafbereich mit Bett und ein Bad. Nachdem ich so lange draußen auf dem belebten Set war, ist es im Wohnwagen ruhig und gemütlich.

Cate setzt sich auf die Couch, seufzt und lässt das Drehbuch auf den Boden fallen. »Nehmen Sie sich ruhig etwas zu trinken.« Sie deutet auf den Minikühlschrank.

»Danke.« Ich entscheide mich für Sprudelwasser mit Granatapfel-Geschmack.

Soll ich mich neben sie setzen? Ich schätze, das ist der einzig freie Sitzplatz. Abgesehen von dem Bett.

Cate scheint mein Zögern zu bemerken, denn sie lächelt und deutet auf den Platz neben sich auf der Couch.

Ich setze mich und ihre Nähe lässt etwas in meinem Magen aufflattern. Ich kann nicht fassen, dass ich direkt neben Cate sitze, dass sie mich dazu eingeladen hat und wir beide völlig allein sind.

»Sind Sie bereit, Ihr Wissen mit mir zu teilen?«, fragt sie in diesem sanften Tonfall, der sich anhört, als würde sie mir direkt ins Ohr flüstern.

»Eine Sekunde.« Ich öffne meine Flasche und befeuchte meine plötzlich furchtbar trockene Kehle. »Okay, schießen Sie los.«

Sie lehnt sich zurück und schlägt die Beine übereinander. Sie wirft mir einen zögerlichen Blick zu. »Die Frage ist peinlich, aber können Sie mir Radioaktivität erklären?«

Gott sei Dank, das ist einfach. Das schaffe ich.

»Radioaktivität«, setze ich an und spiele dabei mit dem Deckel meines Getränks, ehe ich mich zwinge, die Hände ruhig zu halten, »entsteht, wenn der Kern eines Atoms instabil ist. Dann zersetzt es sich selbst, um eine stabilere Form zu erreichen. Ein radioaktives Element spaltet sich so lange, bis es stabil wird, und während seines Zerfalls gibt es Strahlung in Form von Energie und subatomaren Teilchen ab.«

Cates Blick durchdringt mich. Etwas Undeutbares schimmert in ihren eisblauen Augen. »Etwas ist also instabil und zerstört sich selbst, um sich zu helfen – setzt aber auf seinem Weg zur Besserung Energie frei, die allem um es herum schadet.«

»Das ist eine poetische Sichtweise.«

Ihre Lippen formen ein halbes Lächeln, das ihre Augen nicht erreicht. »Marie Curies Leben war eine bittersüße Tragödie, finden Sie nicht?«

»Was meinen Sie?«

»Sie ist die erste Frau, die den Nobelpreis erhalten hat, die erste Person, die ihn in zwei verschiedenen Feldern bekommen hat … Sie hat so viele Preise gewonnen und alle abgelehnt, hat sogar das Preisgeld wieder für die Wissenschaft gespendet. Ihre Entdeckungen hat sie nie patentieren lassen, damit andere ihre Arbeit fortsetzen können. Während des Ersten Weltkriegs hat sie mobile Röntgengeräte für Feldlazarette gebaut und ihre Arbeit hat etliche Leben gerettet. Sie war eine unglaubliche Person, die sich nie vom Ruhm verderben ließ. Dennoch musste sie so viel Leid ertragen: Sie verlor ihren Mann durch einen Unfall, lebte in Kriegszeiten und starb, weil sie an radioaktiver Strahlung forschte.«

»So habe ich noch nie darüber nachgedacht«, erwidere ich. »Und Sie haben gelogen, als Sie meinten, dass Sie kaum etwas über Marie Curie wissen.«

»Ich weiß einiges über ihr Leben, aber das heißt noch lange nicht, dass ich ihre Arbeit verstehe.«

Ich erwidere Cates leichtes Lächeln. »Marie Curies Leben war bittersüß, ja. Aber es war bedeutungsvoll. Und sie hat eine Tochter hinterlassen, die ihr Werk fortgeführt hat. Sie ist eine Heldin, deren Arbeit noch immer Leben rettet. Ich hoffe also, dass ihre Geschichte eher süß als bitter ist.«

Cates Blick verweilt auf mir und meine Wangen glühen schon wieder. Ich wünschte, ich würde in ihrer Anwesenheit nicht ständig rot werden, aber sie hat solches Charisma, dass es mir vorkommt, als wäre ich in der Gegenwart der Sonne.

Sie trinkt den Rest ihres Kokosnusswassers aus und stellt die leere Flasche auf der Küchenzeile ab. Ich versuche, dabei nicht auf ihre unwiderstehlich attraktiven Hände zu starren. Ich weiß noch, wie ihr Griff sich angefühlt hat, als Cate ihre Nummer auf meine Handfläche schrieb.

»Ihre Recherche ist vermutlich viel hilfreicher als alles, was ich Ihnen erzählen kann«, sage ich. »Ihre Lebensgeschichte. Ich weiß bloß, was sie zur Wissenschaft beigetragen hat.«

»Das ist ein wichtiger Bestandteil davon, wer sie war. Ich muss verstehen, was genau sie gemacht hat.«

Ich nicke und überlege, was ich ihr sonst noch erzählen kann. »Eine der Entdeckungen, die sie nie hat patentieren lassen, war die Isolation von Radium. Sie hat Jahre dafür gebraucht, das Radium aus Pechblende zu extrahieren.«

»Was musste sie dafür tun?«

»Mehrere Tonnen des Minerals raffinieren, um auch nur eine winzige Menge Radiumchlorid freizusetzen. Und daraus hat sie dann das reine Radium isoliert. Ein wirklich langwieriger Prozess von mehreren Jahren. Dafür hat sie den zweiten Nobelpreis erhalten.«

»Ein Streben nach Isolation«, sagt Cate leise.

Ich muss lächeln. Was für eine faszinierende Frau.

»Es ist interessant, wie unterschiedlich Menschen, die in unterschiedlichen Bereichen arbeiten, die Welt wahrnehmen«, murmle ich. »Wo ich bloß sich verändernde Elemente sehe, sehen Sie eine Geschichte, einen Weg von einer Existenzform zur anderen.«

»Da haben Sie recht.«

»Mein Vater baut zum Beispiel Häuser. Er sieht einen Garten mit einer wunderschönen Weide und sagt: *Diese Wurzeln werden das Fundament zerstören.*«

»Komische Vorstellung, etwas Negatives in einer Weide zu sehen«, meint Cate mit einem schiefen Lächeln.

»Um ehrlich zu sein, denke ich dabei als Erstes an Spinnen, die mir auf den Kopf fallen.«

Cate lacht und ihre Augen glitzern im Tageslicht, das durch das Fenster scheint. »Und ich sehe einen perfekten Platz, um ein Buch zu lesen – oder ein Skript zu lernen.«

Ich nippe an meinem Granatapfel-Wasser und kann fühlen, dass sie mich weiter betrachtet. Hoffentlich sind meine wissenschaftlichen Erklärungen hilfreich.

»Wenn Ihr Vater Häuser baut, haben Sie dann Ihre Liebe für Bastelprojekte von ihm?«

»Genau«, sage ich, überrascht davon, dass sie sich an mein Geständnis erinnert, ein riesiger Nerd zu sein.

»Was haben Sie denn sonst noch so selbst gebaut?«

»Oh, wo soll ich da nur anfangen?«, frage ich. »Als Kind haben wir ein Gokart gebaut, einen Sensor, der unseren Hund automatisch in den Garten gelassen hat, einen Spielautomaten …«

Cate lacht auf. »Das hört sich nach einer spaßigen Kindheit an.«

»Hat mich jedenfalls dazu gebracht, ein ehrgeiziger Streber zu werden.«

Sie mustert mich und ich wüsste zu gern, was sie gerade denkt. Sie löst ihre zuvor überkreuzten Beine und legt einen Arm über die Rückenlehne der Couch. Die Bewegung bringt sie näher zu mir.

»Mögen Sie Ihr Studium?« Ihr Tonfall ist anders, weicher und entspannter als zuvor.

»Es ist stressig, macht aber Spaß. Die Leute an der Uni sind cool, die Kurse mal besser, mal schlechter.«

»Hm.« Cate spielt mit ihrem perfekt frisierten Haar und wickelt sich eine blonde Locke um einen Finger. »Manchmal frage ich mich, was ich verpasst habe, weil ich nicht weiter hingegangen bin.«

»Ich glaube nicht, dass Sie viel verpasst haben.« Schwer zu glauben, dass jemand, der im Leben so viel erreicht hat wie sie, irgendwelche Entscheidungen rückgängig machen wollen sollte.

»Es entgeht einem doch immer irgendetwas. Alles zu haben ist schlicht unmöglich.«

Ich beiße auf meine Lippe, während ich über ihre Worte nachdenke. »Und wenn Sie etwas nachholen könnten, was wäre das?«

Sie hält meinen Blick, die Stirn gerunzelt, die Lippen leicht geöffnet. Ihr ist anzusehen, dass eine Menge in ihr vorgeht. Entweder weiß sie die Antwort nicht, weil sie noch nie darüber nachgedacht hat, oder sie weiß es und ist nicht sicher, ob sie es aussprechen soll.

Jemand klopft an die Wohnwagentür und ich zucke zusammen. Cate schaut nur gelassen zur Tür, als hätte sie das erwartet.

»Cate?«, ruft Sean.

Sie steht auf. »Komm rein.«

Die Tür fliegt auf und Sean hält Cate einen Müsliriegel entgegen. »Protein. Du bist bald dran.«

Mein Magen zieht sich zusammen. Könnten wir nicht noch ein paar Minuten mehr miteinander haben?

Cate tritt vor und nimmt den Riegel. Sie sieht mich mit so etwas wie Bedauern an.

»We… Wenn Sie im Laufe des Drehs noch Fragen haben, können Sie mir gern schreiben«, schlage ich vor. Hoffentlich fällt ihr noch etwas ein. Ich bin noch nicht bereit dafür, unser Gespräch zu beenden.

»Danke.« Cate zögert. Röte steigt ihr in die Wangen. »Wissen Sie was, ich würde mich gern noch mal mit Ihnen treffen, wenn Sie wollen. Sie waren mir eine große Hilfe. Darf ich Sie am Sonntagabend auf einen Drink einladen?«

In meiner Brust scheint sich ein Ballon aufzublasen. Drinks mit Cate Whitney? O mein Gott.

»Ja«, bringe ich erstickt heraus. »Sehr gern.«

Ein breites Lächeln erhellt ihr Gesicht. »Gut. Suchen Sie doch aus, wo Sie hingehen möchten.«

Ich weiß nicht, womit ich das verdient habe. Vielleicht sollte ich dankbar sein, dass wir vom Thema abgekommen sind. So sind noch ein paar Fragen unbeantwortet geblieben und nun darf ich Cate wiedersehen.

Hektisch versuche ich, mich an alle Bars in der Umgebung mit Außenterrassen zu erinnern. Wir brauchen einen etwas gehobeneren Laden, mit Blick aufs Wasser, wo wir den Sonnenuntergang beobachten können. Gleichzeitig keine Terrassen direkt am Straßenrand, wo jeder vorbeigehende Fußgänger Cate anstarren kann. Ich entscheide mich letztlich für ein Restaurant, das eine Terrasse im ersten Stock hat, was für mehr Privatsphäre sorgt.

»Das *Oceanfront* hat eine überdachte Terrasse mit schöner Aussicht.«

»Klingt gut. Treffen wir uns dort am Sonntag um halb acht?«

Ich nicke und habe Mühe, gleichmäßig zu atmen. »Dann bis Sonntag.«

Kapitel 6

Kalte Drinks und heiße Blicke

Ich war noch nie in meinem Leben so nervös. Vor keinem Vorstellungsgespräch und keinem ersten Date war mein Inneres derartig in Aufruhr.

Abby sitzt im Schneidersitz auf meinem Bett und kommentiert jedes Outfit, das ich ihr hinhalte, während ich meinen Kleiderschrank auseinandernehme. Wir beide kreischen quasi die ganze Zeit, seit Cate mich um ein weiteres Treffen gebeten hat.

»Aufs Set zu gehen, um über ihre Arbeit zu reden, war eine Sache«, sage ich, kalter Schweiß auf meiner Stirn. »Aber jetzt sind es nur wir beide, zusammen an einem Tisch, und sie hat nicht einmal angedeutet, worüber sie mit mir reden will. Warum sollte sie mich treffen wollen?«

Schwer atmend presse ich ein Hemd an meine Brust.

»Lass das«, erwidert Abby und bindet ihr Haar zu einem unordentlichen Dutt zusammen. Sie trägt ein übergroßes T-Shirt und keine Hose, als ob sie gleich ins Bett geht. »Sie ist ein normaler Mensch und ihr werdet über normale Dinge reden.«

Ich atme tief durch. Cate ist mir bloß dankbar, dass ich ihre Wissenschaftsfragen beantwortet habe, und will mich dafür auf einen Drink einladen. Das ist alles.

»Stell dir einfach vor, du bist auf einem Date mit einer Frau von einer App«, schlägt Abby vor. »So ähnlich könnt ihr euch dann auch unterhalten.«

»Ich kann doch nicht so tun, als hätte ich ein Date mit Cate Whitney!«, rufe ich. »Das macht es noch schlimmer!«

»Atme tief ein und zähl bis vier«, fordert Abby mich auf und atmet mit mir.

Wir entscheiden uns schließlich für eine schwarze Hose mit hoher Taille und ein lockeres weißes Tanktop, das an den Seiten gefährlich weit ausgeschnitten ist und mein Tattoo zeigt – und nicht nur das.

Während Abby sich auf die Couch verzieht und Videospiele spielt, style ich mein Haar und stutze ein paar verirrte Strähnen. Dann verschwende ich absurd viel Zeit für mein Make-up. Contouring, Lidschatten, Lippenstift, das volle Programm.

»Nicht schlecht«, sage ich zu meinem Spiegelbild und versuche, Selbstvertrauen heraufzubeschwören.

»Schnapp sie dir«, nuschelt Abby mit dem Mund voller Chips.

Als ich mit flatterndem Magen im Restaurant ankomme, lächelt Cate gerade für ein Selfie mit dem Oberkellner am Empfang. Sie trägt einen sommerlichen pfirsichfarbenen Anzug und ich glaube, meine Knie geben gleich nach. Ihre Diamantohrringe und die passende Kette reflektieren das Sonnenlicht. Ihr blondes Haar ist in sanften Wellen gestylt und ihr Make-up ist dezent.

Ken steht hinter ihr. Sein Gesichtsausdruck ist so ernst, wie seine Sonnenbrille dunkel ist.

»Hier entlang, Miss Whitney«, sagt der Oberkellner mit hochroten Wangen und stolpert über seine eigenen Füße.

Bevor sie ihm folgt, lässt Cate ihren Blick über mich schweifen, von meinem Gesicht bis hin zu der Haut, die mein Tanktop frei lässt, und dann wieder zurück zu meinem Gesicht. Ihre Lippen formen ein Lächeln und ich habe das Gefühl, ich würde schweben. Diesen anerkennenden Blick habe ich schon öfter zugeworfen bekommen. An Cate gefällt er mir sehr.

»Wir kommen schon klar, Ken«, sagt sie.

Er schaut sich um, offensichtlich auf der Suche nach etwas Verdächtigem, findet jedoch nichts. »Ich warte im Wagen.«

Cate nickt und Ken bleibt zurück, während wir dem Oberkellner folgen.

Gott, sie ist so cool. Wie es wohl ist, einen persönlichen Bodyguard zu haben, der tut, was auch immer man will? Es ist wirklich kein Wunder, dass viele Stars zu Diven werden.

Über meine Schulter sehe ich, wie Ken mit einem der Kellner spricht und auf uns zeigt. Der andere Mann nickt, stellt sich aufrechter hin und schüttelt Kens Hand.

Cate und ich schlendern durch den Innenraum und die Gäste, an deren Tischen wir vorbeikommen, stecken die Köpfe zusammen und flüstern aufgeregt. Es muss Jahre gedauert haben, bis sie sich daran gewöhnt hatte, unter ständiger Beobachtung zu stehen.

Wir ziehen unsere Stühle zurück, doch ich zögere. »Hier, tauschen Sie den Platz mit mir. Bessere Sicht auf das Meer und Sie können mit dem Rücken zu denen sitzen.« Mein Blick huscht kurz zu dem starrenden Pärchen am Nebentisch.

Cate blinzelt.

Ich weise auf den Stuhl, an dem ich stehe.

»Danke.« Sie klingt überrascht.

Unsere Stühle sind zum Wasser hin ausgerichtet und ich spüre ihren Blick auf mir, während ich vorgebe, meinen Stuhl in die richtige Position zu bringen. Eigentlich brauche ich bloß noch einen Augenblick, um mich zusammenzureißen.

Die Sonne geht langsam unter, der Abend ist kühl und klar. Eine Brise bringt den salzigen Geruch des Meeres zu uns. Unter uns spazieren Leute am Ufer entlang. Sie sind außer Sicht und ihre Stimmen nur ein entferntes Murmeln. Ich gratuliere mir im Stillen selbst für meine Restaurantwahl.

Cate bestellt einen Moscow Mule und ich bestelle dasselbe, denn ich bin zu nervös, um in die Karte zu schauen.

»Sicher?« Sie zieht eine Augenbraue hoch.

»Ein guter Drink für den Sommer.«

»Ich rede mir ein, dass der Ingwer ihn gesund macht. Detox, nur mit Wodka.«

Ich lache.

Cate zieht ihre pfirsichfarbene Jacke aus und hängt sie über die Rückenlehne ihres Stuhls. Darunter trägt sie ein weißes Spitzenoberteil, das ihre sonnengeküssten Schultern zeigt.

»Läuft der Dreh gut?«, frage ich und unterdrücke das Flattern in meinem Magen.

»Es ist die übliche Tortur. Zwölf-Stunden-Tage, die meistens noch ein paar Stunden länger dauern, Nickerchen an ungemütlichen Plätzen, zu viele Egos an einem einzigen Ort und zu wenig Privatsphäre …«

»Aber Sie mögen es?«

»Ich liebe es.« Ihre Augen strahlen.

Eine Pause entsteht und ich warte darauf, dass sie mir eine Frage stellt. Sie muss sich bei diesem Treffen etwas gedacht haben, oder? Will sie noch mehr über Marie Curie wissen?

Doch sie sagt nichts. Sie blickt über das Meer, wo ein Streifen Sonnenlicht den Strand mit dem Horizont verbindet. Das Licht umhüllt ihre glatte Haut und lässt sie glühen.

Ich will mehr über Cate wissen, aber ich traue mich nicht, zu fragen. Sind persönliche Fragen unangebracht? Würde sie denken, ich bin auf Informationen über ihr Privatleben aus?

»Bist du hier glücklich?«

Die Frage kommt so plötzlich, dass ich einen Moment brauche, um sie zu verarbeiten – zumal Cate zum Du gewechselt ist. Bin ich glücklich? Ja, mal mehr, mal weniger. Ist Vancouver ein guter Ort zum Leben? Ja, auch mal mehr, mal weniger. Ihre Frage bezieht sich vermutlich eher auf Letzteres.

Ich nicke. »Meine Wohnung ist gleich neben dem Filmset und ich kann von dort aus sogar ein bisschen das Meer sehen. Es ist eine wunderschöne Stadt zum Leben und man kann hier viel unternehmen, besonders wenn man gern draußen ist.« Ob Cate wohl gern wandert?

»Im Sommer, ja«, beantwortet sie meine unausgesprochene Frage. »Im Winter eher weniger.«

»Dito. Ich habe immer ein schlechtes Gewissen, wenn ich jemandem gestehen muss, dass ich keinen Gefallen daran finde, mit Holzlatten an den Füßen schneebedeckte Berge runterzuschlittern.«

Sie lacht und atmet hörbar aus. »Gut zu wissen, dass es nicht nur mir so geht.«

Ich grinse. »Jedenfalls ist Vancouver eine tolle Stadt. Die Nachteile sind allerdings die hohen Mietkosten und der schreckliche Verkehr. Von September bis Juni regnet es außerdem konstant und im Sommer steht alles in Flammen. Davon abgesehen ist es hier super.«

Cate lacht aus vollem Herzen und das Geräusch schickt einen Rausch bis in meine Fingerspitzen und Zehen. »Einige dieser Probleme kommen mir bekannt vor. In L.A. ist es ähnlich.«

Unsere Drinks kommen und wir bedanken uns bei dem Kellner. Cate lässt mich nicht aus den Augen, während sie ihren Moscow Mule annimmt.

»Cheers«, sagt sie.

Ich hebe meinen Kupferbecher und wir stoßen an. Sie lächelt und wir trinken beide einen Schluck. Die kalte, würzige Flüssigkeit rinnt meinen Hals hinunter und mein Herz schlägt dabei so laut, dass sie es bestimmt hören kann. Warum muss sie mich bloß so nervös machen?

Ich räuspere mich. »Genieß die Berge, solange du hier bist. Selbst wenn du bloß an einem schönen Tag den Highway nach Osten entlangfährst. Die Gebirgskette ist mein persönliches Highlight in der Umgebung.«

Cate nickt. »Ich bin froh, dass du mir nicht die Capilano Suspension Bridge empfiehlst. Jeder sagt mir, dass ich dorthin soll, aber niemand macht sich Gedanken darum, ob ich vielleicht Höhenangst haben könnte.«

Ihre Worte erinnern mich an etwas und ich unterdrücke ein Lachen.

»Amüsiert dich mein Leid?«, fragt Cate lächelnd.

»Nein, ich verstehe das. Meine Mitbewohnerin mag Höhen auch nicht. Allerdings hat sie das erst herausgefunden, als wir mitten auf der Seilbrücke waren. Ich musste sie an ihren Händen in Sicherheit zerren. Letztlich hat sie die restliche halbe Brücke auf ihrem Hintern zurückgelegt.«

Cate lacht. »Du bist eine gute Freundin. Du und deine Mitbewohnerin, steht ihr euch nah?«

»Beste Freundinnen seit der Highschool.«

Die Brise nimmt zu, was das Flüstern der Wellen verstärkt.

Cate hebt eine Hand, um eine wehende Strähne ihres goldenen Haars zu zähmen. Für einen Augenblick sehe ich eine Veränderung in ihrem Blick. Ein Anflug von Traurigkeit. Weil ich eine beste Freundin erwähnt habe?

»Vermisst du dein Zuhause?«, frage ich.

»Nicht wirklich. Ich bin L.A. ein wenig Leid, wenn ich ehrlich bin. Aber ich vermisse meine Schwester. Sie ist die Person, die mich auf dem Hintern von der Seilbrücke ziehen würde.«

Ich lächle. Hinter ihrer Antwort verbirgt sich noch mehr, aber ich will nicht zu neugierig sein.

Eine Bewegung hinter uns bringt mich dazu, einen Blick zurückzuwerfen. Der Kellner, dem Ken die Hand geschüttelt hat, hält zwei junge Frauen davon ab, zu uns zu kommen. Sie unterhalten sich in gedämpftem Tonfall, bevor die beiden mürrisch von dannen ziehen.

Jetzt erst wird mir bewusst, dass Ken den Kellner vermutlich dafür bezahlt hat, dass er dafür sorgt, dass wir nicht gestört werden.

»Warst du vorher schon mal hier?«, frage ich Cate. Hoffentlich hat sie die Szene nicht bemerkt. Sie muss so etwas zwar andauernd erleben, aber ich schäme mich dafür, dass Menschen aus meiner Heimatstadt so dreist sind.

»Einmal war ich mit meinem Ex-Mann in Whistler. Eine wunderschöne Stadt, auch wenn es seinetwegen so überhaupt kein schöner Urlaub war. Wir waren nicht mal in einem Pub, weil wir die ganze Zeit nur gestritten haben.«

Okay, diese privaten Details hat sie eindeutig von sich aus preisgegeben. Also ist es wohl in Ordnung, wenn ich ihr Fragen stelle.

»Das tut mir leid«, sage ich.

Cate zuckt leicht mit den Schultern. »Du weißt ja, wie Männer sind. Immer so empfindlich. Ich hatte es einfach satt, ständig seinem Ego schmeicheln zu müssen.«

Ich lege den Kopf schief. »Meine Erfahrung mit Männern hält sich eigentlich in Grenzen.«

»Andere Gender?«, fragt sie, ohne zu zögern.

»Größtenteils Frauen.«

Cate nickt, ohne den Blick von mir abzuwenden.

Moment mal, hatte sie es etwa darauf abgesehen zu erfahren, ob ich lesbisch bin?

»Bist du in einer Beziehung?«, fragt sie weiter und ihr Blick huscht zu meiner Hand. Dahin, wo ich einen Ehering tragen würde.

»Single.«

Ähm, was soll diese spezifische Fragerunde?

Cate nickt – und haben ihre Mundwinkel gerade gezuckt? Oder habe ich mir das nur eingebildet? Warum hat sie mich nach meinem Beziehungsstatus gefragt? Wenn wir in einem Club wären, würde ich darauf schwören, dass sie mit mir flirtet. Aber das kann nicht sein. Sie ist ein Star und einfach nur freundlich.

Wir trinken unsere Cocktails und eine Weile ist das Murmeln der Spaziergänger unter uns und der Gäste um uns herum das einzige Geräusch. Mein Herz flattert immer noch.

»Es ist schön, mal an einem neuen Ort zu drehen«, meint Cate. »Ich glaube, letztlich landen wir immer da, wo wir sein sollen, weißt du?«

»Du glaubst nicht, dass alles im Leben schlicht Zufall ist?«

»Oh, ich bin davon überzeugt, dass alles zufällig geschieht – aber ich glaube auch, dass wir mehr Einfluss darauf haben, als wir denken. Als sich zum Beispiel die Gelegenheit für diesen Film ergeben hat, habe ich sie ergriffen, obwohl es noch andere Optionen gab. Mir scheint, wir bekommen im Leben immer das, was wir gerade brauchen.«

Womöglich steckt da ein Funke Wahrheit in ihren Worten. »Ich sollte eigentlich gar nicht hier sein an dem Tag, als ich, ähm, so peinlich ins Set geplatzt bin. Eigentlich hätte ich noch auf einem Campingausflug sein sollen. Vielleicht war es Schicksal, dass ich einen Tag früher heimgekommen bin.«

Cate hebt die Augenbrauen. »Warum bist du denn früher abgereist?«

Mist. Wie viel soll ich ihr erzählen? Ich will meine Probleme nicht bei Cate abladen, und ich will auch nicht, dass sie weiß, was für unglaublich dumme Entscheidungen ich getroffen habe. »Der Ausflug war … ein Reinfall. Die Frau, wegen der ich dort war, stand doch nicht auf mich. Aber wäre das nicht passiert, würden wir jetzt vielleicht nicht miteinander hier sitzen. Also … Ich schätze, ich bin froh, dass mir das Herz gebrochen wurde.« Und das meine ich ernst. Drinks mit Cate sind viel besser, als Julia hinterherzulaufen. Immerhin wollte Cate mit mir ausgehen.

Mir bleibt bei der Erkenntnis die Luft weg. *Cate Whitney wollte mit mir ausgehen.* Auch wenn es kein Date ist: Sie wollte mehr Zeit mit mir verbringen.

Cate lächelt. »Wie schön, dass du das denkst. Und außerdem, wer deine Gefühle nicht erwidert hat, ist zweifellos ein Riesendepp.«

»Das ist nett von dir.« Nervös male ich Linien in das kalte Kondenswasser meines Kupferbechers. »Das Problem war, glaube ich, dass sie und ich unterschiedliche Dinge wollten. Ich meine, ich wusste, was ich wollte, aber sie wollte es erst noch herausfinden. Und mich dazu benutzen.«

Cate legt den Kopf leicht schief. »Das ist hart. Du verdienst eine Frau, die weiß, was sie will.«

»Das ist eben das Schwierige. Alle in meinem Alter scheinen so in der Schwebe zu hängen. Mit Anfang zwanzig wissen die wenigsten, wer sie sind und was sie wollen.«

Cate betrachtet mein Gesicht mit einem unlesbaren Glanz in den Augen. Ihre Frage, ob ich in einer Beziehung bin, schwirrt immer noch in meinem Kopf herum.

Sie öffnet den Mund, doch bevor sie etwas sagen kann, erscheint der Kellner wieder neben uns und fragt, ob wir noch einen Wunsch haben. Wir reißen uns vom Anblick der jeweils anderen los und wenden uns ihm zu.

»Ich möchte noch einen«, sagt Cate und hebt ihren fast leeren Becher. »Rachel?«

»Gern.«

Ein angenehmes Kribbeln erfüllt mich. Wenn sie es eilig hätte zu gehen, hätte sie mich nicht nach einem zweiten Drink gefragt.

Nachdem der Kellner gegangen ist, wendet Cate sich wieder mir zu. »Sean hat dasselbe Problem mit dem Dating.«

Ich nicke. Wollte sie das auch sagen, bevor wir unterbrochen wurden? »Sean wirkt nett. Er hat mir erzählt, dass er schon lange für dich arbeitet.«

»Einige Jahre schon. Wir sind inzwischen gute Freunde. Ehrlich gesagt habe ich ihn von meinem Ex-Mann abgeworben.«

»Ach?« Ich wollte das Gespräch nicht auf ihre Scheidung lenken, muss aber zugeben, dass ich neugierig bin.

»Ich habe Sean als Assistenten behalten, aber Phil hat Waffles bekommen.«

»Waffles?«

»Unser Kater. Das Arschloch weiß, wie sehr ich diesen Kater liebe.«

»O Gott, das tut mir leid. Das muss schrecklich sein. Ich hatte als Kind einen Hund und kann mir gar nicht vorstellen –«

Sie winkt ab und beugt sich zu mir. »Verrate es keinem, aber meine Schwester hat ihn für mich zurückgestohlen. Sie hat ein Fenster offen gelassen, damit Phil denkt, der Kater sei weggelaufen. Waffles lebt jetzt bei ihr und ich kann ihn ganz oft besuchen.«

Ich schnappe nach Luft. »Nicht im Ernst!«

Ihre Wangen werden rot und Cate schenkt mir ein hinreißend schelmisches Grinsen. »Nun, ich bin sicher, dass du alles über das Debakel mit Phil gehört hast.«

»Das war eine Weile lang überall das Thema Nummer eins.« Ich schneide eine Grimasse.

Der Kellner bringt unsere zweite Runde und Cate spricht erst weiter, nachdem er wieder weg ist.

»Als ich ein Kind war, haben sich meine Eltern scheiden lassen und die ganze Verwandtschaft hat Seiten gewählt. Eine Scheidung ist doch eigentlich eine Angelegenheit zwischen zwei Leuten, aber dadurch wurde es eine Riesensache. Bei der Trennung von Phil musste ich all das noch einmal durchleben, ein purer Albtraum – doch neben der Familie haben sich noch Tausende von Fans eingemischt.«

»Hört sich furchtbar an.«

»War es. All das zusätzlich zu dem Schmerz, den eine Scheidung immer schon mit sich bringt. Nach so vielen Jahren zusammen, habe ich Freunde verloren, die Hälfte meiner Sachen, die Rolle in dem Film, den wir zusammen drehen sollten, ganz abgesehen davon, dass ich viele Songs und Serien jetzt nicht mehr genießen kann. Und trotzdem … Wie gesagt, das Leben bringt uns dorthin, wo wir sein müssen. Wenn all das nicht passiert wäre, hätte ich die Rolle in *Clockwork Curie* womöglich nicht bekommen. Ich hätte nie erfahren, wer meine wirklichen Freunde sind. Und ich würde jetzt nicht mit dir hier sitzen.«

Das ist wahr. Und welche höhere Macht auch dafür verantwortlich ist, dass ich mit Cate auf dieser Restaurantterrasse gelandet bin, ich bin ihr dankbar.

»Wie fühlst du dich damit inzwischen?«

Sie schweigt einen Augenblick. »Mir geht es … besser.«

»Besser ist gut«, sage ich nickend. »Besser ist Fortschritt.«

»Stimmt.« Sie zögert. »Und danke, dass du fragst.«

Erkundigt sich sonst denn niemand danach, wie es ihr geht? Ich kann mir nur schwer vorstellen, wie es ist, wenn so viele Menschen aus den falschen Gründen an jemandes privaten Angelegenheiten interessiert sind. Es ist schön, dass sie sich mit mir wohl genug fühlt, um über ihr Leben zu reden.

Ihr Blick wandert über mich. Cate scheint viel Zeit in ihrem eigenen Kopf zu verbringen – vielleicht eine Art Schutzmechanismus für jemanden, dessen Leben so öffentlich ist.

Wir leeren unsere Drinks, während die Sonne hinter dem Horizont verschwindet.

»Sollen wir gehen?«, fragt sie und winkt den Kellner heran.

Cate bezahlt trotz meiner Proteste, dass das nicht nötig ist.

Als wir aufstehen, bedeutet sie mir, vorzugehen – und legt ihre Hand auf meinen unteren Rücken. Mein Körper reagiert sofort auf die Berührung. Die Wärme ihrer Hand dringt durch mein dünnes Top, während sie uns an einer Gruppe Gäste vorbeiführt.

»Ich schreibe Ken«, sagt sie, als wir an der belebten Straße angekommen sind. »Können wir dich zu Hause absetzen?«

»Gern«, antworte ich sofort, obwohl es auch zu Fuß nicht weit zu meiner Wohnung ist.

Mein Kopf ist watteweich, doch das liegt eher an ihrer Berührung als den Moscow Mules.

»Cate!«, ruft ein Mann aus der Ferne.

Cate schließt die Augen und atmet tief durch.

Auf der anderen Straßenseite richten zwei Männer teuer aussehende Kameras auf uns und schießen Fotos.

Etwas sticht in meiner Brust und Panik wallt in mir auf. Ich habe noch nie im realen Leben Paparazzi gesehen und hätte nicht gedacht, dass es in Vancouver welche gibt. Automatisch bedecke ich mein Gesicht und drehe mich weg. Eine eisige Hand legt sich um meinen Hals und ich ringe nach Atem.

Verdammt. Ich hätte wissen sollen, dass das passieren könnte, wenn ich mich mit Cate treffe.

Sie berührt meinen Arm. »Wie schnell kannst du rennen?«

Bevor ich etwas erwidern kann, wirft sie mir ihr typisches verschmitztes Grinsen zu und läuft los, den Bordstein entlang, mit ihren Stilettos in der Hand.

Kapitel 7

Hexenkram

Ich renne Cate nach.

Die beiden Männer mit den Kameras rufen uns von der anderen Straßenseite hinterher. Ein Auto hupt und Räder quietschen. Sie müssen auf die Straße gelaufen sein, um uns zu folgen.

Haben die ein Foto von meinem Gesicht bekommen? Wo wird es auftauchen und welche Geschichten werden sie über Cate und mich verbreiten?

Ich ringe nach Atem und laufe noch etwas schneller. Zum Nachdenken bleibt keine Zeit. Die Paparazzi treiben uns schreiend vor sich her, als wären wir Wild und es wäre Jagdsaison. Ich hole Cate schließlich ein, denn in meinen Vans kann ich besser laufen als sie barfuß.

»Gleich kommt ein Geschäft«, keuche ich. »Die Tür mit den Windspielen. Da rein.«

Cate weicht zwei Frauen in Yogahosen aus und stürmt hinein. Ich folge ihr, ohne abzubremsen.

Die Windspiele klirren schrill, als wir in den ruhigen Laden platzen. Der Geruch von Räucherstäbchen steigt mir sofort in die Nase und ich muss niesen. Die Frau hinter dem Verkaufstresen ist sichtlich irritiert von unserem abrupten Auftritt.

»Entschuldigung, ist ein Notfall.« Ich greife nach Cates Hand und ziehe sie durch die Gänge. »Wenn zwei Männer mit Kameras reinkommen, sagen Sie denen bitte nicht, dass wir hier sind. Ich verspreche, ich kaufe auch etwas.«

Die Frau blinzelt. Mehr Zeit, sie zu überzeugen, habe ich nicht.

Ich war schon einmal in dem Geschäft. Es ist vollgestopft mit Klamotten und Krimskrams, bietet also jede Menge Versteckmöglichkeiten. Es ist ein spiritueller Laden, aber nicht auf die religiöse, sondern auf die hexische Art. Die Regale sind voll mit ätherischen Ölen, Glasperlen, Kristallen, Edelsteinen, geflochtenen Körben, aus Holz geschnitzten Tiergesichtern,

Zimmerbrunnen und Büchern über Chakren. Abby und ich haben hier mal ein Bund Salbei gekauft, nachdem sie bei allem, was ihr heilig war, geschworen hatte, dass ein Geist durch unser Wohnzimmer geschwebt war.

Geduckt ziehe ich Cate durch einen Ständer mit langen Röcken und Haremshosen. Die Kleiderbügel quietschen auf der Metallstange. »Umkleide. Schnell.«

Die Windspiele erklingen, als sich die Ladentür erneut öffnet. Ich kann lautes Atmen im Geschäftsraum hören.

Ich öffne den Vorhang einer Umkleidekabine nur so weit, dass wir hineinschlüpfen können. Der Laden hat offensichtlich kürzlich eine neue Lieferung bekommen, denn die Kabine ist voller Kartons. Eine geöffnete Kiste offenbart einen Stapel Bücher über die Vernichtung des Patriarchats und einige T-Shirts mit dem Aufdruck »Frag mich nach meiner Meinung«.

Das verspricht Gutes für meine Bitte an die Ladenbesitzerin.

Und tatsächlich erklingt gleich darauf ihre schneidende Stimme: »Kann ich Ihnen helfen?«

»Ist Cate Whitney hier reingekommen?«, fragt ein Mann keuchend.

»Nein, ist sie nicht«, erwidert die Frau. Ihr Tonfall ist ernst und herausfordernd. »Und Fotos sind in meinem Laden nicht erlaubt. Steht hier auf dem Schild.«

Eingequetscht zwischen den Kartons und der Wand, halten Cate und ich uns die Hände vor den Mund, um unsere hektischen Atemzüge zu unterdrücken.

Bitte findet uns nicht.

Dieser Abend hat ohnehin schon eine so schlechte Wendung genommen, da will ich nicht auch noch vor Cate Whitney einen kamerabedingten Nervenzusammenbruch erleiden.

Cate bewegt sich leicht und mein Magen macht einen Satz, als ich merke, wie nah wir beieinanderstehen. Zwischen den Kisten und der Wand ist kaum Platz, darum pressen wir uns regelrecht aneinander. Ich muss den Oberschenkel sogar zwischen ihre Beine schieben.

Keine von uns regt sich.

Schritte poltern durch die Gänge. Etwas klappert.

»Kann ich Ihnen helfen?«

Die Männer ignorieren die Verkäuferin. Wieder klirrt etwas. So wie es klingt, ist etwas Zerbrechliches auf den Boden gefallen.

»Wenn Sie nur hier sind, um meinen Laden zu zerstören, muss ich Sie bitten zu gehen«, sagt die Frau in einem oberlehrerhaften Tonfall, der nicht nur Schüler in Angst und Schrecken versetzt.

»Okay, okay«, brummt einer der Männer.

Cates Brust hebt sich gegen mich. Ihr Atem streift meine Haut und ein angenehmer Schauer durchfährt mich. Sie sieht mich an. Ich ertrinke in den Details ihrer eisblauen Iris. Ihr süßes, sommerliches Parfüm ist berauschend.

»Danke«, formt sie mit den Lippen.

Ich nicke. Ihre Anwesenheit beruhigt die Panik, die beim Anblick der Kameras in mir hochgekocht ist.

Die Windspiele klirren, das entfernte Geräusch von Verkehr dringt herein, dann schließt sich die Tür.

Stille.

Noch immer geht Cates und mein Atem hektisch und stoßweise. Ihr Gesicht ist meinem so verlockend nah. Wir schauen uns in die Augen. Ein Knistern liegt in der Luft, das tief in mir ein Feuer entfacht. Ich habe den absurden Drang, den Abstand zwischen uns zu verringern.

»An eurer Stelle würde ich noch ein paar Minuten versteckt bleiben«, ruft die Frau. »Ich weiß nicht, ob sie mir geglaubt haben.«

Cate zuckt zusammen, als hätte sie vergessen, wo wir sind. »Vielen Dank«, ruft sie zurück. Ihr Atem kitzelt meine Lippen, süß von den Moscow Mules.

»Ist so etwas für dich normal?«, murmle ich.

Sie nickt. »Wenn du das schon schlimm findest, solltest du mal sehen, wie es in L.A. zugeht. Seit meiner Scheidung ist es noch schlimmer geworden. Ich habe kein Problem mit Fotos, denen ich zugestimmt habe – Werbetouren, rote Teppiche –, aber ich habe es satt, dass sie mein Privatleben dokumentieren. Ich habe nie darum gebeten, dass Fotos von mir gemacht werden, während ich eine Terrasse, den Sonnenuntergang und dich genieße.«

Wir sind uns so nah, dass ihr Flüstern in mir vibriert. Es fällt mir schwer zu atmen.

Sie bückt sich, um ihre Stilettos abzustellen, und ihr Haar streift meine nackte Schulter. »Es tut mir leid, dass du das miterleben musstest.«

»Du musst dich nicht entschuldigen. Wie sie dich behandeln, ist furchtbar. Deshalb versuche ich, mir nie Paparazzi-Fotos anzusehen.«

Hoffentlich merkt sie, dass ich es ernst meine. Ich fühle mit ihr, auch wenn ich ihr nicht sagen kann, *warum* das so ist.

»Du bist bemerkenswert, Rachel.«

»Bemerkenswert? Ist es schon bemerkenswert, wenn man deine Privatsphäre respektiert? Das sollte doch ganz normal sein.«

Cates Handy summt in ihrer Tasche, doch sie ignoriert es. »Du wärst überrascht. Mein Privatleben und meine Geheimnisse sind viel wert. Ich, ähm …« Sie bricht ab, als sei sie unschlüssig, ob sie weitersprechen soll. »Ich habe meine beste Freundin verloren, weil sie der Klatschpresse Details zu meiner Scheidung verkauft hat. Sie haben ihr Geld geboten und sie kam mit einem Gegenangebot zu mir. Ich wurde wütend und habe mich geweigert, sie zu bezahlen, also hat sie mir den Rücken gekehrt und ihnen alles erzählt.«

»Scheiße. Es tut mir so leid, dass dir das passiert ist«, sage ich, auch wenn mir meine Worte im Angesicht dessen, was sie durchgemacht hat, hohl vorkommen.

»Es ist ja auch nicht so, als hätte ich ihr nie etwas gegeben. Letztes Jahr habe ich ihr ein Auto gekauft, verdammt noch mal.« Ihre Augen werden glasig und sie blinzelt ein paar Mal. »Entschuldige, ich weiß nicht, warum ich –«

»Du warst ihr nichts schuldig. Gar nichts.« Ärger durchströmt mich. »Sie hätte der Klatschpresse ins Gesicht lachen sollen. Sie war eine falsche Freundin und selbst wenn du sie bezahlt hättest, hat sie eure Freundschaft in dem Moment ruiniert, als sie Schweigegeld von dir verlangt hat.«

Wie konnte irgendjemand Cate das antun? Wahrscheinlich war sie deswegen vorhin so traurig, als ich ihr von meiner besten Freundin erzählte.

Cate atmete tief durch. »Ich wollte eigentlich nur sagen, dass es manchmal schwer ist einzuschätzen, wer dich als Person mag und wer nur von deinem Geld angezogen wird. Je größer der Erfolg, desto flüchtiger ist das Vertrauen.«

»Vielleicht hast du bloß noch nicht die richtigen Leute getroffen«, erwidere ich.

Cate lächelt beinahe, doch so ganz schafft sie es noch nicht.

Mein Inneres kribbelt noch immer. Das ist so viel mehr als die typische Schwärmerei für einen Star. Nachdem ich mit Cate etwas trinken war und mich tatsächlich mit ihr unterhalten habe, bin ich jetzt wohl tatsächlich in sie verknallt.

Hilfe.

Sie schaut mir forschend ins Gesicht. »Du zitterst. Geht es dir gut?«

Mist, ich zittere wirklich.

Kurz überlege ich, ihr zu verraten, dass es mir die Brust zuschnürt, wenn Fotos oder Videos von mir gemacht werden, und dass ich seit der Highschool nichts mehr auf Social Media gepostet habe – aber das kann ich nicht bei jemandem abladen, den ich gerade erst kennengelernt habe, und ganz besonders nicht bei Cate Whitney.

»Alles gut«, antworte ich also lächelnd. »Ich habe so etwas bloß noch nie erlebt.«

Ich weiß nicht, ob sie mir wirklich glaubt, doch sie nickt.

Ihr Handy summt noch einmal und seufzend zieht sie es aus ihrer Handtasche. »Das ist sicher Ken.«

»Sorgt er sich, weil ich dich weggelockt habe?«

»Höchstwahrscheinlich.« Sie beantwortet seine Nachricht, greift dann nach dem Vorhang und linst aus der Kabine. »Ich glaube, sie sind weg. Ken holt uns vor dem Laden ab.«

Vorsichtig verlassen wir die Umkleidekabine.

»Oje, ich hätte keine hohen Schuhe anziehen sollen.« Cate verzieht das Gesicht. Sie hebt einen Fuß, um in den Stiletto zu schlüpfen – doch statt sich an der Wand neben ihr abzustützen, legt sie mir eine Hand auf die Schulter. Ihre Haut ist warm und der Griff sicher und sanft.

Hitze scheint von ihrer Hand in meinen Körper zu sickern.

Ähm, hat sie etwa gerade nach einer Ausrede gesucht, um mich zu berühren?

Hör auf. Du redest dir das bloß ein.

Sie ist Schauspielerin, natürlich ist sie offener und freundlicher als andere Leute. Stars berühren in Interviews und auf dem roten Teppich doch ständig die Leute um sich herum, ohne sich groß dabei etwas zu denken.

Oder flirtet sie mit mir? Was, wenn sie *doch* queer ist? Sie war mit einem Mann verheiratet, aber das heißt noch lange nicht, dass sie hetero ist.

Cate fummelt an ihrem Schuh herum, während ich angestrengt den Kopf recke, um herauszufinden, ob mit dem Stiletto tatsächlich irgendetwas nicht stimmt.

Ich habe keine Ahnung. Entweder überinterpretiere ich einen tatsächlich schmerzenden Schuh, oder sie wollte wirklich die Gelegenheit nutzen, mich zu berühren. Und was ist mit der Art, wie sie im Restaurant ihre Hand auf meinen Rücken gelegt hat?

Ich muss dringend mit Abby reden.

Wir kaufen jede Menge Sachen in dem Hexenladen, darunter Haremshosen und Sonnenhüte, die wir zur Tarnung anziehen.

Die Besitzerin stellt sich uns als »Rainbow« vor und kann ihre Aufregung kaum im Zaum halten, als Cate ein Foto mit ihr macht und eine unterschriebene Notiz als Dank für ihre Hilfe hinterlässt.

Wir treten in die kühle Dämmerung hinaus und bringen uns dann gleich in dem schwarzen SUV mit den getönten Scheiben in Sicherheit.

»Unbändige Lust zu shoppen gehabt?«, fragt Ken beim Anblick all der Einkaufstaschen, die wir in den Fußbereich stopfen.

»Wie immer«, erwidert Cate locker.

Die Anspannung in meinen Schultern lässt nach und ich atme auf. Alles in Ordnung. Die Kameras sind weg.

»Wir bringen erst dich nach Hause.« Cate zieht einen Schuh aus und massiert ihren Fuß. »Mein Hotel ist zwanzig Minuten entfernt.«

Vielleicht schmerzt ihr Fuß wirklich. Womöglich habe ich ihre Körpersprache falsch eingeschätzt, weil ich ein hoffnungsloses Fangirl bin und mir einbilde, dass sie mit mir flirtet, obwohl sie es gar nicht tut. Vielleicht weigere ich mich aber auch, ihr Flirten als solches zu erkennen, weil ich davon ausgehe, dass Cate Whitney nie im Leben an mir interessiert sein würde.

Was davon ist es? Missverstehe ich ihre freundliche Art oder bin ich mir meiner eigenen Wirkung zu wenig bewusst?

Im Alltag ist es schon schwierig einzuschätzen, ob eine Frau flirtet, weil manche Heterofrauen ihre durch und durch platonische Zuneigung auf verwirrend zärtliche Weise zeigen. Aber jetzt ist nicht die Zeit für Ungewissheit. Ich muss jetzt sofort wissen, ob Cate Whitney mit mir flirtet.

Wenn nicht, gut. Und wenn doch … *Gott*. Das zu verarbeiten, könnte eine Weile dauern.

Auf der vierminütigen Fahrt zu meiner Wohnung unterhalten wir uns lachend darüber, dass wir in Rainbows Geschäft so viel Kram gekauft haben.

»Ich sollte diese Hose in meine Alltagsgarderobe aufnehmen«, meint Cate und zupft am Hosenschritt, der sich an ihren Knien befindet.

»Wenigstens siehst du damit süß aus«, erwidere ich gequält. »Ich sehe nur aus wie ein komischer Hippie.«

Sie lacht und genau in diesem Moment hält der Wagen vor meinem Wohnhaus. Zum ersten Mal wünsche ich mir, meine Wohnung läge weiter vom Strand entfernt.

Unschön, aber wahr: Meine Zeit mit Cate ist vorüber. Ich habe ihr geholfen, Marie Curie besser zu verstehen, sie hat mich zum Dank auf ein paar Drinks eingeladen, und das war's. Der Abend ist vorbei.

Mein Innerstes fühlt sich leer an, als Ken die Tür öffnet und ich aus dem SUV steige. Das war vermutlich die beste Verabredung, die ich je hatte.

Ken will gerade die Autotür schließen, da sprudeln Worte aus meinem Mund, unaufhaltsam: »Ich würde mich gern noch mal mit dir treffen. Falls du noch wissenschaftliche Fragen hast oder eine Tour durch Vancouver machen willst. Nicht zur Seilbrücke, natürlich.«

Die Worte sind raus und meine Wangen glühen. Aber ich konnte nicht einfach gehen. Ich musste einen Versuch wagen.

Ich halte den Atem an, während Cate mich betrachtet. Die Pause ist quälend lang.

»Das fände ich sehr schön«, sagt sie schließlich und lächelt.

Ich atme erleichtert aus. »Gut. Okay. Dann können wir schreiben.«

»Gern.«

Zum zweiten Mal will Ken die Tür schließen, doch Cate legt eine Hand an die Tür und hält ihn auf. »Eins noch.«

Mein Herz macht einen Sprung. *Du kannst eine Million Dinge von mir haben, Cate.*

»Wolltest du wirklich Beraterin für *Clockwork Curie* werden?«

Okay, kann ich mich jetzt in ein Loch verkriechen und sterben? Ich suche angestrengt nach einer akzeptablen Antwort und die Hitze in meinem Gesicht nimmt während der langen Pause immer mehr zu.

»Ich stehe einfach total auf Marie Curie …«

Ein strahlendes, wunderschönes Lächeln überzieht Cates Gesicht. »So etwas habe ich mir schon gedacht.«

Hat sie mich durchschaut? Ist es ihr egal?

»Hab noch eine gute Fahrt, Cate.«

Sie streicht ihre neue Hose glatt und tippt zum Abschied an die Krempe ihres Sonnenhuts. »Es wird einsam sein, da bin ich mir sicher. Gute Nacht, Rachel.«

Kapitel 8

Für die Wissenschaft

Abby und ich jubeln und kreischen so lange, bis meine gewöhnliche Schlafenszeit kommt und geht. Ich bin immer noch zu aufgedreht zum Schlafen. Abby geht es wohl genauso, denn wir spielen noch bis zwei Uhr morgens Videospiele.

Als ich endlich den Mut aufbringe, davon zu erzählen, dass ich gemischte Signale von Cate gespürt habe und dass sie meinen Rücken und meine Schulter berührt hat, legt Abby mitten im Spiel ihren Controller zur Seite.

»Warte, noch mal auf Anfang«, sagt sie. »Du glaubst, sie könnte mit dir geflirtet haben?«

»Ich weiß nicht.« Unsere beiden Charaktere sterben auf dem Bildschirm. »Ich habe erwähnt, dass ich lesbisch bin, nachdem sie mich gefragt hat, ob ich in einer Beziehung bin und –«

»Sie hat *gefragt*, ob du in einer Beziehung bist?«

»Ja. Aber vielleicht hat sie mir auch bloß normale, freundliche Fragen gestellt und mich auf normale, freundliche Art berührt. Meinst du nicht?«

Abby beißt sich auf die Lippe. »Bei jeder anderen Frau würde ich dir an den Kopf schlagen, aber … Viele Promis wirken locker und flirty, also ist es möglich, dass Cate sich einfach nur von ihrer besonders sozialen Seite gezeigt hat.«

»Genau. Ich kann sie nicht fragen, ob sie mit mir ausgehen würde, oder sie sonst wie anmachen. Das wäre komisch, wenn sie bloß freundlich war. Außerdem soll sie wissen, dass ich sie respektiere, und wenn ich sie frage, ob sie mit mir flirtet, könnte das so aussehen …« Ich zögere und ziehe eine Grimasse. »Ich bin sicher, dass sie in ihrem Leben schon viele ungewollte Annäherungsversuche erleben musste.«

»Denkst du, sie geht auf Distanz, wenn du zu direkt bist?«

Ich fummle an meinem Controller herum. »Soweit ich das miterlebt habe, sind die Leute ihr gegenüber immer unangenehm aufdringlich. Ich will nicht so sein.«

Ihre Fans posieren viel zu offensiv mit ihr, streichen ihr über das Haar, legen ihr die Hände auf den Rücken, pressen ihre Gesichter an ihres. Als gäbe es für sie keine persönlichen Grenzen, weil Cate berühmt ist.

Ich weiß nicht, wie sie damit klarkommt. Mir ist immer noch übel bei dem Gedanken, dass die Paparazzi Fotos von mir gemacht haben, als wir aus dem Restaurant kamen. Was werden sie damit machen? Werden die Fotos in Artikeln auftauchen, in denen Leute darüber spekulieren, wer ich bin und was ich mit Cate in einem Restaurant verloren habe?

Es ist übergriffig, wie eine unerwünschte Berührung oder Taschendiebstahl – oder wie ein Video von mir, das ohne meine Erlaubnis online gestellt wurde.

Ich schlucke und greife meinen Controller fester.

Ich werde deswegen nicht in Panik verfallen. Auf keinen Fall.

»Jedenfalls hat sie mir gesagt, dass es ihr schwerfällt, Leuten zu vertrauen.« Hoffentlich bemerkt Abby nicht, wie sehr meine Stimme zittert.

»Das erklärt, warum sie so schwer einzuschätzen ist. Sie ist vorsichtig.«

»Stimmt.«

»Verdammt.« Abby lehnt sich auf der Couch zurück. »Du wirst deine Hypothese austesten und mehr Daten sammeln müssen. Unverfänglich mit ihr flirten und so.«

Mein Wissenschaftshirn setzt bereits an, einen mentalen Laborbericht zu schreiben.

Problematik: Ich bin total in Cate Whitney verknallt und weiß nicht, ob sie mich auch mag.

Hypothese: Cate Whitney steht auf mich.

»Genau das habe ich vor«, erwidere ich aufgeregt. »Mehr Beweise sammeln.«

»Und auf dieser Basis kannst du ihr dann die unangenehmen Fragen stellen, damit es zwischen euch so richtig schön komisch wird.«

Ich grinse. »Danke, Abby.«

»Dafür, dass ich dich noch mehr verunsichere? Kein Problem.«

Bzzz-bzzz, bzzz-bzzz.

Was vibriert da?

Noch nicht einmal halbwach rolle ich mich zur Seite. Mein Handy leuchtet auf. Jemand drückt auf den Türsummer, um ins Gebäude zu kommen. Wenn das wieder irgendein Trottel ist, der falsch geklingelt hat, raste ich aus. Es ist acht Uhr morgens.

Ich greife nach dem Handy. »Ja?«, frage ich ein wenig schnippisch.

»Hi. Rachel?«

Heilige Scheiße. Das ist die Stimme von Cate Whitney.

Ich springe so schnell aus dem Bett, dass mir schwindelig wird. »Ja. Hi. Cate?«

»Hi. Tut mir leid, dass ich dich so früh störe. Kann ich kurz hochkommen?«

»Sicher. Klar.« Ich schaue an mir runter. Ich bin in meiner Unterwäsche eingeschlafen. Um mich herum liegen überall Klamotten, als wäre mein Kleiderschrank explodiert. »Dritter Stock, Nummer 338.« Ich drücke das Feld zum Türöffnen in meiner App und lege auf.

»Fuck«, flüstere ich. Abby schläft noch und das sollte besser so bleiben.

Mir bleibt ungefähr eine Minute, bis sie mit dem Fahrstuhl oben ankommt. Das gibt mir Zeit, entweder mich oder die Wohnung halbwegs in Ordnung zu bringen, aber nicht beides. Mit einem verzweifelten Grummeln renne ich ins Badezimmer, um meine Blase zu leeren, Mundwasser zu benutzen und Deo aufzutragen, dann haste ich zu meinem Kleiderschrank, um mir etwas anzuziehen.

Klopf, klopf.

»Fuck«, flüstere ich wieder, während ich auf einem Bein auf der Stelle hüpfe, im Versuch, möglichst schnell in die Jeansshorts zu schlüpfen. Zuletzt schalte ich den Raumerfrischer an. Hoffentlich ist noch genug Orangenöl drin, damit die Wohnung innerhalb der nächsten fünf Sekunden weniger muffig riecht.

Auf dem Weg zur Tür werfe ich Geschirr in das Spülbecken, trete Müll in Schränke hinein und schließe alles, was offen ist. Mein Elch-Schwimmtier, das ich nach dem Zelten nicht weggeräumt habe, stopfe ich in den Flurschrank. Es gibt ein Furzgeräusch von sich, als es gegen das Schuhregal schrammt.

Dann halte ich inne, atme tief durch und setze ein Lächeln auf, bevor ich die Tür öffne.

»Hallo, Cate.« Glücklicherweise ist ihr Name so kurz, denn kaum habe ich ihn ausgesprochen, gibt meine Stimme den Geist auf. Cate trägt das extrem figurbetonte Steampunk-Kleid, das in dem schmuddeligen Hausflur völlig deplatziert ist.

Bin ich im Himmel? Vielleicht hat mich bei meinem betrunkenen Spaziergang um den See letzte Woche ja doch ein Bär gefressen.

»Rachel«, sagt sie und ein Lächeln erhellt ihr professionell geschminktes Gesicht. »Hör zu, ich werde nicht lange bleiben. Sean flippt gerade bestimmt völlig aus. Ich wollte bloß kurz hochkommen, weil der Moment gerade günstig war.«

»Okay.« Ich bin zugleich enttäuscht und erleichtert, dass sie keine Anstalten macht, in unsere katastrophale Wohnung zu kommen.

»Ähm …« Sie senkt den Blick auf ihre Stiefel und streicht sich eine Haarsträhne hinters Ohr, als wäre sie nervös. »Dieses Wochenende gehe ich zu einer Veranstaltung, mit rotem Teppich und allem, was dazugehört. Ich fliege für eine Nacht hin und muss am nächsten Tag zurück in Vancouver sein. Willst du als mein Gast zu der Gala mitkommen?«

Ich starre sie an. Möchte ich als Cate Whitneys Gast an einer Gala teilnehmen? Ist das überhaupt eine Frage?

Sofort schießen mir jede Menge Gegenargumente durch den Kopf – zuallererst muss ich wirklich für meine Masterarbeit recherchieren, außerdem habe ich auf einer Promi-Gala nichts zu suchen, von der unangenehmen Erinnerung an die Paparazzi ganz zu schweigen, und was das Schlimmste ist: Ich würde womöglich auf dem roten Teppich fotografiert werden. Doch die ruhige, selbstbewusste Präsenz der Frau vor mir verdrängt alle meine Bedenken.

Das Schweigen muss einen Takt zu lange angedauert haben, denn Cate fügt hastig hinzu: »Vielleicht ist das egoistisch von mir, aber es wäre gute Presse für *Clockwork Curie*, eine Expertin dabeizuhaben. Die Leute werden wissen wollen, wer du bist, und ich kann ihnen sagen, dass ich mit dir über die wissenschaftliche –«

»Ja«, beeile ich mich zu sagen. »Natürlich würde ich wahnsinnig gern mit dir zu einer Gala gehen.«

Hinter mir wird eine Tür geöffnet. Abby muss aufgewacht sein.

Ich drehe mich zur Seite und ziehe die Tür näher an mich heran, damit sie und Cate sich nicht sehen können. Es ist ziemlich wahrscheinlich, dass Abby nur in Unterwäsche unterwegs ist. Einmal schlief sie in nichts als einer Socke.

»Super!« Cates Lächeln wird breiter. »Um acht Uhr am Samstagmorgen hole ich dich ab. Um dein Haar, Make-up und um die Abendgarderobe kümmere ich mich auch, du brauchst also nicht viel einzupacken. Ist dir ein Kleid oder Anzug lieber?«

Ich brauche einen Moment, um ihre Worte zu verarbeiten. »Beides ist in Ordnung«, stottere ich. »In Hosen fühle ich mich aber wohler, denke ich.«

»Eher maskuline oder feminine Passform?«

Vor meinem geistigen Auge gehe ich die Anzüge durch, die ich in der Vergangenheit getragen habe. »Feminin.«

»Ich weiß genau, welcher Smoking für dich der richtige ist«, meint Cate schmunzelnd. »Schwarz und Gold. Du wirst darin umwerfend aussehen. Kann ich morgen einen Stylisten herschicken, der deine Maße nimmt?«

»Sicher. Danke.« Meine Lippen fühlen sich taub an.

Sie zupft an ihrem Korsett. »Ich gehe besser wieder runter. Je eher wir fertig sind, desto eher kann ich dieses Ding ausziehen. Wir sehen uns dann am Samstag, Rachel.«

»Samstag. Okay. Bis dann.«

Sie geht den Flur entlang zurück zum Aufzug und es dauert eine Weile, bis mir bewusst wird, dass ich ihr hinterherstarre. Ich mache einen Schritt zurück und schließe leise die Tür.

»War das ernsthaft Cate Whitney?«, fragt Abby laut.

»Sch!«, zische ich sie an und wedle mit den Händen. Das Gebäude ist alt und man kann auch durch geschlossene Türen Geräusche hören – und wenn Cate noch nicht im Aufzug war, hat sie das definitiv gehört.

Abby trägt natürlich keine Hose. Ihr Tanktop ist so verdreht, dass eine ihrer Brüste beinahe rausfällt. Vom Schlaf ist ihr Haar so verwuschelt, dass es weit absteht. Sie hat die Augen zusammengekniffen und starrt mich unfokussiert an, da sie ihre Brille noch nicht aufgesetzt hat.

»Ja, das war Cate Whitney«, flüstere ich. »Sie hat mich eingeladen, sie am Wochenende zu einer Gala zu begleiten.«

Abby hat bereits vergessen, dass sie leise sein sollte, denn sie schreit auf. Man sollte meinen, dass wir gestern Abend schon genug für das ganze Jahr gekreischt haben, doch anscheinend ist dem nicht so. Ich quietsche zwar nicht, doch ich recke meine Faust triumphierend in die Luft.

»Du wirst mit ihr über Nacht dort sein«, sagt Abby. »Gott, Rachel, stell dir vor, vielleicht ist sie ja wirklich an dir interessiert. Du bist ihre *Begleitung*.«

Mein Herz rast, aber ich schaffe es, weiterhin logisch zu denken. »Sie hat ganz klar gesagt, dass sie mich wegen des Films dabeihaben will. Ich bin ihre wissenschaftliche Beraterin.«

»Bloß zur Tarnung«, beharrt Abby.

»Das ist doch lächerlich. Sie ist weit außerhalb meiner Liga und viel älter als ich.«

»Hey, Siri, wie alt ist Cate Whitney?«, ruft Abby.

»Cate Whitney ist einundvierzig Jahre alt«, antwortet ihr Handy.

Gott, hoffentlich ist Cate schon im Aufzug.

»Nur achtzehn Jahre.« Abby hebt eine Augenbraue. »Ha! Ich wusste nicht, dass du so oberflächlich bist, Rachel Janssen.«

»Ich bin nicht … wie kannst du –«

»Hör auf, nach Ausreden zu suchen. Ihr seid beide heiß, klug und gut in dem, was ihr tut – und du versuchst gerade, eine Tür zu schließen, bevor du überhaupt weißt, was sich dahinter verbirgt.«

Ich beiße auf meine Unterlippe. Ich habe Cate schon immer bewundert, aber das war auch schon alles. Einfach eine Schwärmerei als Fan. Nie hätte ich angenommen, dass es ansatzweise im Rahmen des Möglichen sein würde, tatsächlich mit ihr auszugehen.

Das führt mich zur nächsten Frage: *Will* ich mich auf sie einlassen?

Ich zögere so lange, dass Abby eine Augenbraue hochzieht.

»Was ist mit meinem … Problem mit Fotos?«, frage ich und blinzle, den Blick an die Decke gehaftet. Zu einer Gala zu gehen ist das eine, aber ich weiß nicht, wie ich auf den roten Teppich und die Fotos von mir reagieren werde, die fraglos hinterher online auftauchen werden. Egal ob ich aus professionellen oder romantischen Gründen dort bin, ich will mich nicht blamieren, indem ich vor allen zusammenbreche und heule.

Wie lächerlich und unglaublich peinlich, dass ich es immer noch nicht geschafft habe, über das hinwegzukommen, was vor fünf Jahren passiert ist.

Abby atmet tief durch, dann kommt sie näher zu mir und drückt meine Arme mitfühlend. »Du solltest ihr davon erzählen, damit sie versteht, warum du nicht im Rampenlicht stehen willst. Aber, Rachel, du wirst dich unmöglich aus sämtlichen Fotos und Videos raushalten können, wenn du an Cate Whitneys Arm hängst. Das ist dir bewusst, oder?«

»Ja«, sage ich und ziehe das Wort dabei in die Länge.

»Also wirst du eine Entscheidung treffen müssen. Wenn du, du weißt schon, *deine Hypothese testen willst*, dann musst du akzeptieren, dass Kameras dazugehören. Aber wenn du all das lieber vermeiden willst, dann solltest du Cate für die Gala absagen.«

Ich öffne meinen Mund, doch es kommt kein Ton heraus.

Kann ich meine Abneigung gegen das Rampenlicht überwinden?

»Aber was, wenn ich mit ihr flirte und sich herausstellt, dass sie nicht interessiert ist?«, frage ich, um auch wirklich alle meine Zweifel bei Abby abzuladen. »Das wäre schon wieder genau dasselbe wie mit Julia. Mein *Herz.*«

»Deshalb musst du deine Hypothese testen, bevor du zu tief in der Sache drinsteckst. Dreh deinen Charme ein wenig auf und schau, wie sie reagiert.«

Ich behalte für mich, dass ich möglicherweise jetzt schon zu tief in dieser Sache mit Cate und mir drinstecke. Auch wenn ich sie erst kurz kenne, hat Cate mich schon komplett in ihren Bann gezogen. Ich rase eine Einbahnstraße hinunter und es gibt kein Halten.

Aber ich will nicht bremsen. Sie ist das Risiko wert, dass mir noch mehr Liebeskummer bevorsteht – und sie ist es wert, für sie vor Kameras zu treten. Für Cate werde ich darüber hinwegkommen. Selbst wenn sich rausstellt, dass sie mich bloß für die gute Presse eingeladen hat, kann ich die Chance nicht ausschlagen, einen weiteren Abend mit ihr zu verbringen.

Die Antwort auf meine Frage ist *Ja.* Wenn Cate Whitney an mir interessiert ist, will ich mich natürlich auf sie einlassen.

»Ich muss putzen«, sage ich, während ich aufgeregt zu meinem Zimmer laufe. »Morgen kommt jemand vorbei, um meine Maße zu nehmen.«

Abby quietscht. »Das ist so cool. Ich hole das Putzzeug raus.«

»Danke«, rufe ich und leere meine Reisetasche auf dem Boden meines Zimmers aus. Meine zerknitterten, noch feuchten Campingklamotten fallen raus. Der Gestank ist schrecklich. Zeit, die Waschmaschine anzuwerfen, den Staubsauger anzuwerfen und diese Wohnung bereit für einen Promi-Stylisten zu machen.

Von allen Menschen dieser Welt hat Cate Whitney mich als ihren Gast ausgesucht. Wie auch immer ich das interpretiere, es ist großartig. Es wird sich erst noch zeigen, ob sie an meinem Fachwissen interessiert ist oder ob sie hofft, dass es zwischen uns funkt – aber bis zum Ende der Gala werde ich es wissen.

Kapitel 9

Mile High Club

Nach neun peinlichen Minuten mit dem Stylisten, gefolgt von mehreren Tagen des Wartens, die sich wie neun Jahre anfühlen, sitze ich endlich mit Cate im Flugzeug.

Erste Klasse zu fliegen ist noch viel besser als erhofft. Neben mir steht ein Champagnerglas, vor mir befindet sich ein Fernsehbildschirm und ich habe einen gemütlichen verstellbaren Sitz mit großzügiger Beinfreiheit. Jenseits der Fenster wird die wunderschöne Skyline von Vancouver und Richmond immer kleiner, während sich der glitzernde Pazifik sich ins Unendliche erstreckt.

Es ist so cool, dass Cate erfolgreich genug ist, um luxuriös zu reisen, und sie tut es mit solchem Selbstbewusstsein. Sie hat sich diese Plätze durch jahrelange harte Arbeit verdient und ist stolz darauf. Sie sitzt neben mir in einem lässigen Outfit aus Jeans, Vans und einem verblichenen gelben T-Shirt mit der *We-Can-Do-It*-Frau als Aufdruck. Auf ihrer Nase sitzt eine schicke Sonnenbrille. Ich trage auch Jeans und ein T-Shirt, aber anders als an mir sieht an Cate sogar Flugzeugkleidung modisch aus.

Sie ist die ultimative Powerfrau und das ist sowohl sexy als auch inspirierend. Sie hat sogar ihr eigenes Team – Ken, Sean, ihren Agenten, ihren Manager, ihre Pressesprecherin und wer auch immer bei ihr daheim sonst noch für sie arbeitet.

»So wird mein Leben auch aussehen, wenn ich erst mal Karriere gemacht habe«, sage ich mit einem sehnsüchtigen Seufzen und streiche über die ledernen Armstützen.

»Mit medizinischer Physik kann man sicher gut verdienen, nehme ich an«, erwidert Cate und lehnt sich über mich, um aus dem Fenster zu schauen.

Genau, *sie lehnt sich über mich.* Und kommt mir dabei ganz nah. Ihr süßer Duft steigt mir in die Nase und ihr weiches Haar kitzelt mein Gesicht. Keine Ahnung, ob sie sich wirklich für die Aussicht auf British Columbia interessiert oder ob sie die Gelegenheit ausnutzt, mir nahe zu sein. Aber normalerweise lehnen Leute sich nicht so eng über ihre Sitznachbarn, um aus dem Fenster zu schauen. Und sie berühren dabei auch sicher nicht ihre Oberschenkel. Außerdem hat sie mir doch erzählt, dass sie Höhenangst hat – und laut meines Bildschirms sind wir in sechs Kilometer Höhe.

»Wenn ich es schaffe, diagnostische Radiologin zu werden? Definitiv.« Ich ignoriere das Flattern in meinem Magen. »Dann sollte ich 200.000 bis 300.000 verdienen.« Normalerweise würde ich mir angeberisch vorkommen, von meinem zukünftigen Einkommen zu reden, aber da Cate mit jedem Film Millionen von Dollar verdient, macht mir das weniger aus.

»Das will ich doch hoffen. So klug, wie du bist, und so sehr, wie du dafür brennst, Leben zu retten. Das freut mich für dich.«

Hinter uns werden Stimmen laut.

»Bitte gehen Sie zurück zu Ihrem Platz«, sagt die Flugbegleiterin.

»Ich wollte nur … Gibt es hier eine Toilette?«, entgegnet eine junge weibliche Stimme.

»Nur für die erste Klasse. Bitte nehmen Sie wieder Platz.«

Mit dem Handy in der Hand versucht ein Teenager, sich durch den Vorhang zu schieben. Sie reckt den Hals, um einen Blick auf die Personen in der ersten Klasse zu erhaschen.

Ken steht auf – und mehr muss er nicht machen. Bei seinem harten Blick schreckt das Mädchen zurück und murmelt eine Entschuldigung.

Als sie weg ist und Ken wieder sitzt, schaut Cate mich an, als sei nichts geschehen. »Wohin willst du dann zuerst fliegen?«

Ich brauche einen Moment, um wieder ins Gespräch zu finden. »Ähm, die Niederlande.«

»Warum dahin?«

»Meine Großeltern leben dort. Ich war schon ein paar Mal da und es ist wie eine zweite Heimat.«

»Das erklärt deine Vorliebe für Crêpes – oder sollte ich *Pannenkoeken* sagen?«

Ich lache. »Genau richtig.«

Sie schiebt sich die Sonnenbrille in die Haare und in meinem Bauch stieben die Schmetterlinge auf, als unsere Blicke sich treffen. Sie hat mir den Körper zugewandt und auch die Beine hat sie in meine Richtung gestreckt und nicht zum Gang.

Es ist Zeit, meine Hypothese zu testen.

»Bist du jemals dem Mile High Club beigetreten?«, frage ich leise genug, dass Ken und Sean es nicht hören.

Cate hatte gerade einen Schluck von ihrem Champagner getrunken und hält sich schnell die Hand vor den Mund, um ihr Lachen zu unterdrücken. Sie schluckt und stellt das Glas weg. »Man sollte annehmen, dass so etwas vorkommt, wenn man ein paar Mal in Privatjets geflogen ist, aber nein. Da sind einfach immer Leute um einen herum, die genau wissen, was man tut.«

»Und das Risiko, erwischt zu werden, findest du nicht aufregend?«

Sie neigt den Kopf zur Seite. »Ich glaube, ich bevorzuge das Gegenteil – zu wissen, dass wir beide allein sind und niemand uns stören wird. Und du?«

Ich brauche bei dieser Vorstellung einen Moment, um mein Gehirn wieder auf Kurs zu bringen. »Ich habe es mal in der Economy gemacht, unter einer Decke«, gebe ich zu. »Falls das zählt.«

Sie schaut mich eindringlich an, ihre Augen funkeln. »Erzähl.«

»Ich war auf dem Weg nach Mexiko mit einer Frau, mit der ich frisch zusammen war, und mit ein paar ihrer Freunde. In ein All-inclusive-Resort. Einfach ein Wochenende zum Feiern.« Ich habe schon lange nicht mehr an diese Reise gedacht. Sie und ich waren nur zwei Monate zusammen und es war eine wilde Romanze, die so schnell endete, wie sie begann. Eine gemeinsame Reise ist immer gut, um herauszufinden, ob man in jemanden verliebt ist oder nicht. »Wir sind nachts geflogen, die Lichter waren aus, alle haben geschlafen. Wir saßen allein in einer Sitzreihe. Und haben uns eine Decke geteilt …« Ich drehe mich zu Cate und berühre ihren Oberschenkel. Sie soll selbst schlussfolgern, was genau passiert ist.

Ihr Atem stockt und ihre Lippen öffnen sich leicht. Als ich meine Hand wegnehme, räuspert sie sich. »War es schwierig, leise zu sein?« Ihre Stimme klingt heiser und ihre Wangen sind gerötet.

»Die offensichtlichen Geräusche zu vermeiden ist einfach«, erwidere ich schmunzelnd. »Aber schwierig ist es mit den leiseren. Unregelmäßiges Atmen oder zu viel Bewegung hätte uns schon verraten können.«

Mein Herz rast. Cate hat sich nicht von mir abgewandt oder das Thema gewechselt. Im Gegenteil, sie lehnt sich sogar noch ein bisschen dichter an mich.

Die Flugbegleiterin kommt vorbei und fragt, ob wir etwas brauchen. Wir zucken beide kurz zusammen, als hätten wir etwas zu verbergen.

Als sie wieder weg ist, sehen Cate und ich uns an und müssen lachen.

Abbys Warnung fällt mir ein, dass ich Cate von meiner Panik vor Kameras erzählen sollte. Aber jetzt, wo wir unterwegs sind, sind meine Sorgen ganz weit weg und so unwichtig. Bei so vielen Prominenten auf dem roten Teppich wird sich doch keiner wirklich für mich interessieren, also könnte das eine gute Gelegenheit sein, meine Ängste zu überwinden. Wenn ich mich darauf einlasse, den Abend zu genießen, könnte er tatsächlich aufregend und spaßig werden.

Außerdem hält Cate mich bestimmt für total seltsam, wenn ich ihr sage, dass ich Angst vor Kameras habe.

Ich werde schon klarkommen.

Nach der Landung in Los Angeles steigen wir in eine Limousine.

Sofort schaltet Sean wieder in den Assistentenmodus. »Zum Spa!«, ruft er und klatscht in die Hände. »Haare, Make-up, Maniküre. Euer Gepäck schicke ich ins Hotel.«

»Ich hatte keine Maniküre, seit ich dreizehn war – das war auf einer Geburtstagsparty«, sage ich. Hoffentlich ist der Zustand meiner Fingernägel nicht zu peinlich. »Ich halte sie eigentlich nur kurz. Logischerweise.«

Cate schaut mich wissend an und beißt sich auf die Unterlippe.

Ich grinse. Ich liebe es, dass sie meine Anspielung verstanden hat, und noch mehr, dass sie es zeigt.

Die Limousine bringt uns zu einem traumhaften Spa, das aussieht, als gehöre es ins alte Griechenland.

»Wir werden unsere Hotelsuite erst nach dem Event beziehen können«, meint Cate, als wir vor dem Eingang halten. »Davor haben wir einen engen Zeitplan. Aber wir übernachten in dem Hotel, in dem die Gala stattfindet, und mach dich schon mal auf was gefasst. Es ist ein Sechs-Sterne-Hotel, das Zimmer ist also eher eine komplette Wohnung.«

»Wow.« Ich war noch nie in einem Fünf-Sterne-Hotel, geschweige denn einem mit sechs. Ehrlich gesagt wäre ich auch begeistert, wenn wir in einem heruntergekommenen Motelzimmer mit nur einem Bett übernachten würden – aber die Suite ist in anderer Hinsicht großartig.

Und es ist großartig, dass sie von *unserer* Hotelsuite gesprochen hat.

Sobald wir aus der Limousine gestiegen sind, eilt eine Frau in Yogashorts und Batikshirt über den Parkplatz auf uns zu.

O nein, noch ein aufdringlicher Fan? Ich zucke zusammen. Bestimmt stürzt Ken sich gleich auf sie und reißt sie zu Boden.

»Überraschung!«, ruft sie.

Cate stößt einen erfreuten Schrei aus. »Josie!«

Ich atme erleichtert aus, als sie sich umarmen.

Als Cate sich von ihr löst, deutet sie auf mich. »Das ist Rachel. Sie ist meine Begleitung heute Abend. Rachel, das ist meine kleine Schwester Josie.«

»Schön, dich kennenzulernen«, sagt Josie und umarmt mich. Sie ist einen Kopf kleiner als Cate, brünett und wirkt sportlich. Ihre Augen sind so eisblau wie Cates.

»Hi«, stoße ich hervor, nervös und aufgeregt, ein Mitglied von Cates Familie zu treffen. »Sie hat mich gezwungen, dir nichts zu verraten, Cate«, sagt Sean, während er auf seinem Handy tippt.

»Das stimmt«, erwidert Josie grinsend. »Ich habe angedroht, ihm sonst meinen Roundhouse-Kick vorzuführen.«

»Josie ist Kickbox-Trainerin«, erklärt Cate an mich gewandt. »Unter anderem. Sie unterrichtet verschiedene Fitnesskurse.«

»Cool!«

Sean umarmt Josie kurz von der Seite. »Du kannst froh sein, dass ich Ken Bescheid gesagt habe, sonst würde er dir gerade *seinen* Roundhouse-Kick zeigen, nachdem du uns so überfallen hast. Dann los, lasst uns reingehen. Ich habe für euch drei gebucht.«

Josie geht energetisch voran. »Ich habe den Nachmittag frei, also wollte ich dich überraschen. Wie ist Kanada? Hast du schon einen Biber gesehen?«

»Wie immer wunderschön«, antwortet Cate. »Und nein.«

Sean meldet uns an und das Personal führt uns in eine Lounge, wo sie uns Eistee und Snacks anbieten. Ich kann nicht anders, als bei dem Gedanken zu grinsen, auf diese Art meinen Nachmittag zu verbringen. Josies Energie nimmt mir einen Teil der Anspannung und lässt mich in Cates Nähe ruhiger werden. Das ist auch dringend nötig.

»Wie geht's Waffles?«, frage ich Josie.

Sie strahlt. »Du hast es ihr erzählt!«, ruft sie an Cate gewandt, ehe sie mir antwortet: »Er ist der Beste. Ich habe ihm beigebracht, eine Glocke zu läuten, wenn er Hunger hat, und die Toilette zu benutzen, also muss ich nie das Katzenklo sauber machen.«

Cate lacht. »Er ist fast schon erschreckend klug. Früher hat er immer um die Ecke neben der Küche gewartet, bis Phil rauskommt und über ihn stolpert. Ich kann gar nicht sagen, wie oft das passiert ist. Ich bin überzeugt, er hat das absichtlich gemacht, um mich zum Lachen zu bringen.« Sie seufzt wehmütig. »So ein guter Kater.«

Sie ist sichtlich entspannt, jetzt, da ihre Schwester hier ist.

Als wir uns für unsere Maniküren in kuschelige Stühle setzen, frage ich: »Bereitest du dich immer so auf Events vor? Limos, Wellnesstag und all das?«

Cate lächelt, während sie ihre Ringe von den Fingern zieht. »Nicht ganz so extravagant. Heute ist etwas Besonderes.«

Ich will fragen warum, aber ich habe Angst vor der Antwort. Wahrscheinlich würde sie nur sagen, dass diese Gala eine besonders wichtige Veranstaltung ist und sie sich daher besonders gründlich darauf vorbereiten muss. Bestimmt hat es nichts damit zu tun, dass ich hier bei ihr bin. Auch wenn ich es mir wünsche. Allein die Vorstellung, dass sie den heutigen Tag für mich zu etwas Besonderem macht, dass sie mich beeindrucken will, zaubert ein Kribbeln in meine Brust.

Die Nageldesignerin beginnt mit ihrer Arbeit an meinen Händen und Cate lacht.

»Was?«, frage ich grinsend.

»Du sollst die Maniküre eigentlich genießen. Deine Schultern sind aber bis zu den Ohren hochgezogen.«

Ich schüttle mich, um die Spannung in meinen Schultern zu lockern. »Aber es kitzelt!«

Während unsere Hände mit tropisch riechender Feuchtigkeitscreme massiert werden, werfe ich einen unauffälligen Blick neben mich. Die Nageldesignerin streicht langsam über Cates zarte Finger und Handflächen und plötzlich wünsche ich mir, Cate selbst die Maniküre zu geben.

Der Überraschungsbesuch von Josie hat etwas in mir verändert – mich dazu gebracht, in Cate mehr als nur die Schauspielerin zu sehen. Sie ist eine Schwester, eine Freundin, eine Katzenmutter, eine Frau, die schon so viel erlebt hat. Ich bekomme einen Einblick in ihr Leben außerhalb des Sets und ich mag diese Seite von ihr.

Nach den Händen sind unsere Haare dran und der Stylist fragt mich, was ich möchte. Ich sage ihm, dass er im Grunde alles so lassen soll, wie es ist, lasse mich aber zu dezenten Strähnchen überreden.

»Färb sie dir blau und lass dir einen Wolf Cut verpassen, Cate«, fordert Josie. »Sei mal wild.«

Cate lacht.

»Also tragen könntest du es wahrscheinlich«, sage ich. Jedenfalls kann ich mir die Frisur an Cate tatsächlich vorstellen.

»Siehst du, du bist überstimmt. Versuch es.«

»Für nächstes Mal denke ich darüber nach.« Cate schüttelt den Kopf. »Aber du brauchst bessere Argumente, um mich zu überzeugen. Ich will eine PowerPoint-Präsentation.«

»Abgemacht.« Josie grinst mir zu.

Ich glaube, sie kann mich gut leiden – das sollte mir eigentlich nicht so wichtig sein, aber ich will, dass Cates Schwester mich mag.

»Ich hatte mal pinke Haare«, erzähle ich. »Meine Mitbewohnerin und ich haben vor ein paar Jahren mal verrückte Farben ausprobiert. Hat scheußlich ausgesehen.«

»So etwas muss jeder irgendwann im Leben mal ausprobiert haben«, meint Cate.

Ich ziehe eine Augenbraue hoch. »Und was hast du mal Verrücktes gemacht?«

Josie kichert.

Cate lächelt schief. »Bauchnabelpiercing.«

»Nein!«

»Als Teenager. War ein Riesenfehler. Ich bin beim Stechen ohnmächtig geworden und mein Vater war richtig sauer, als er es herausgefunden hat. Aber ich habe das Piercing schon lange nicht mehr.«

Josie krümmt sich vor Lachen. »Dad ist ausgeflippt.«

»Bis du mit dem Tattoo auf dem Schulterblatt aufgetaucht bist«, erwidert Cate. »Da hat er mein winziges Piercing schnell vergessen, oder nicht?«

»Ja, na ja, ich denke gern, dass ich dazu beigetragen habe, dass er ein bisschen liberaler wurde.«

»Hat aber nicht allzu gut geklappt. Er betet noch immer jedes Mal für mich, wenn ich einen Film mit einer Sexszene drehe.«

»Macht er nicht!«, ruft Josie aus.

»Macht er wohl«, meint Cate. »Bei meinem letzten Besuch hat er mich mit Weihwasser besprüht.«

Josies lacht so laut, dass der ganze Wellnessbereich sie hören kann. Cate stimmt ein und reibt sich die Lachtränen aus den Augen.

Ich grinse bloß.

Als man Cate zu den Waschbecken führt, um ihre Haare zu waschen, wendet Josie sich an mich. »Es ist schön, Cate so zu sehen. Wie lange kennt ihr euch schon?«

»Erst kurz. Sie filmt in Vancouver direkt vor meiner Haustür.«

Josie nickt. »Sie lässt es sich nicht anmerken, aber das Fiasko mit Phil hat sie mitgenommen. Deshalb bin ich eigentlich heute gekommen. Ich dachte, die braucht etwas familiäre Aufheiterung. Aber es scheint ihr gut zu gehen.« Sie mustert mich von oben bis unten, öffnet den Mund, schließt ihn dann aber wieder.

Mein Herz macht einen Satz. Was wollte sie sagen?

Sie zögert noch kurz. »Sei ihr gegenüber loyal, okay?«

»Okay«, antworte ich, obwohl ich nicht genau weiß, was sie damit meint. »Sonst zeigst du mir deinen Roundhouse-Kick?«

Josie lacht auf. »Genau.«

Loyal. Das sollte mich nicht überraschen. Eine Scheidung in breiter Öffentlichkeit und Freunde, die deine Geheimnisse verkaufen – das muss wehtun, auch wenn Cate nach außen hin stark wirkt.

»Du musst dir keine Sorgen machen«, füge ich noch hinzu und Josie lächelt breit.

»Wie willst du deine Haare an den Seiten?«, fragt mein Stylist und zieht meine Aufmerksamkeit so auf sich. »Willst du Rasurlinien?«

»Gern. Überrasch mich.«

Das war die richtige Entscheidung. Er rasiert ein beeindruckendes Dreiecksmuster in meine Haare und ich wünschte, ich wäre dazu in der Lage, es nach meiner Rückkehr beizubehalten. Mit dem Schnitt und den Highlights sieht mein Haar besser aus als je zuvor.

Nachdem wir dann noch geschminkt wurden, kann ich es nicht leugnen: Ich sehe heiß aus. Cate natürlich auch, aber sie sieht sowieso immer heiß aus.

Josie hat eine frische braune Tönung im Haar, einen schicken neuen Pony und zartrosa Nägel. Sie schnappt sich ihre Handtasche. »Das war's für mich. Ich unterrichte nachher noch Aerobic.«

»Okay«, sagt Cate. »Ich bin so froh, dass du gekommen bist. Das war so eine schöne Überraschung.«

»Hat mich gefreut, dich kennenzulernen«, füge ich hinzu.

Josie umarmt erst mich und dann Cate. »Mich auch! Liebe dich, Schwesterherz. Habt einen schönen Abend.«

Sie verlässt das Spa und Cate wendet sich mir zu. »Ich hoffe, das war in Ordnung für dich.«

»Machst du Witze? Das war total lustig. Josie ist super.«

Ein Lächeln breitet sich auf Cates Gesicht aus. Ich kann gar nicht genug davon bekommen, wie sie mich heute ansieht.

Bevor ich noch etwas hinzufügen kann, scheuchen die Angestellten uns in separate Umkleideräume. Meiner hat einen plätschernden Brunnen, einen Ganzkörperspiegel mit verziertem Messingrahmen und einen Tisch mit Weintrauben und Käse. Gütiger Gott.

Sean taucht auf, versichert mir, dass ich umwerfend aussehe, und reicht mir einen schwarzen Kleiderbeutel. »Ihre Abendgarderobe, die Dame. Alexander McQueen.«

»Danke«, sage ich atemlos. Ich nehme den Anzug so vorsichtig entgegen wie ein Neugeborenes. Alexander McQueen? Ach du *Heilige*. Ich habe mir noch nie viel aus Mode gemacht, trotzdem lässt mich die Aussicht, ein Designer-Outfit auf einer Promi-Gala zu tragen, innerlich aufquietschen.

Einige Minuten später starre ich fassungslos in den Spiegel. Wie angekündigt ist der Smoking schwarz und gold, aber diese Beschreibung wird dem Kunstwerk, das ich trage, keineswegs gerecht. Das einreihige Jackett hat eine Sanduhrsilhouette, die Taille ist mit goldenen Blumen bestickt. Auf dem Bügel befand sich kein Hemd, also soll ich die Jacke wohl ohne etwas darunter tragen – der tiefe Ausschnitt verläuft zwischen meinen Brüsten und enthüllt das aufreizendste Dekolleté, das ich je gezeigt habe. Die Hose schmiegt sich an meine Oberschenkel und läuft unten weit aus, um mich an den richtigen Stellen zu umschmeicheln. Was auch immer das für ein Material ist, es fühlt sich unglaublich leicht und weich an.

Mit diesem Anzug und mit meinen professionell frisierten Haaren und dem Make-up sehe ich aus, als würde ich auf einen roten Teppich gehören.

Was ist dieses Flattern in mir? Ist das Aufregung? Von den Kameras einmal abgesehen, komme ich mir mit jeder Minute mehr vor wie in einem Traum.

Ich schlüpfe gerade in ein Paar schlichte schwarze Stilettos, als es leise an der Tür klopft.

»Herein.«

Cate tritt ein und mir stockt der Atem. Ich kenne so viele Fotos von ihr auf dem roten Teppich, aber das ist überhaupt nicht damit vergleichbar, sie in echt so zu sehen.

Sie trägt ein goldenes, bodenlanges Kleid mit V-Ausschnitt, das im gedämpften Licht des Spas schimmert. Als sie auf mich zuschreitet, gibt ein hoher Schlitz den Blick auf ihr Bein frei und ich kann einen goldenen Stiletto sehen, dessen Farbe perfekt zum Kleid passt. Ihr sanft gelocktes, schulterlanges Haar ist auf einer Seite hinter das Ohr gesteckt und an ihrem Ohrläppchen glitzert ein Diamantanhänger. Ein passender Anhänger hängt an einer langen Kette und liegt genau zwischen ihren Brüsten.

Reglos starren wir einander an. Ich könnte ihren Anblick stundenlang in mich aufsaugen. Auf dem gesamten Planeten gibt es niemanden, der schöner ist als sie.

Cate muss meinen Gesichtsausdruck bemerken, denn sie klatscht in die Hände und dreht sich, um mir ihr Kleid von allen Seiten zu präsentieren. »Direkt aus Italien importiert.«

Meine Knie werden weich. Ihr Rücken liegt frei, erst knapp über ihrem Steißbein läuft der Rückenausschnitt in einer Spitze zusammen.

»D-du siehst absolut umwerfend aus«, stammle ich. Gibt es hier kein Fenster? Ich brauche frische Luft.

»Das wollte ich dir auch sagen«, murmelt Cate und tritt näher. »Du siehst wirklich atemberaubend aus, Rachel. Ich kann mich glücklich schätzen, dich heute Abend an meiner Seite zu haben.«

Direkt vor mir bleibt sie stehen. Mit den hohen Schuhen ist sie einen Kopf größer als ich und ihre Präsenz umhüllt mich wie eine Umarmung.

Ihre Worte zaubern mir ein Kribbeln in den Bauch. Kann ich mir erlauben, mich in Cate zu verlieben? Mag sie mich wirklich so, wie ich bin, oder wird sie mir das Herz brechen?

»Wir passen gut zusammen«, meint sie mit dem Blick auf die goldenen Elemente meiner Jacke. »Wir werden auf Fotos fantastisch nebeneinander aussehen.«

Ich nicke starr. Ist das der richtige Moment, ihr zu sagen, dass ich mich vor Kameras unwohl fühle, bevor wir auf dem roten Teppich ankommen und überall welche sind? Ich öffne den Mund, doch bekomme die Worte einfach nicht heraus. Wie soll ich überhaupt anfangen?

Die Tür fliegt auf und eine Frau in schwarzem Anzug und mit Krawatte kommt mit klickenden Stilettos herein. »Cate, du siehst perfekt aus«, sagt sie. »Wie passt es?«

»Fühlt sich okay an«, antwortet Cate. »Rachel, das ist Mandy Chung, meine Pressesprecherin. Mandy, das ist meine Begleitung, Rachel Janssen.«

Mandy schüttelt mir fest die Hand. »Rachel. Passt der Anzug gut?«

Ich nicke. »Ja, Ma'am.«

Mandy umkreist Cate und mich, drückt und zieht unsere Outfits zurecht, bis sie mit uns zufrieden ist. Dann schaut sie auf ihre übergroße Armbanduhr und geht wieder zur Tür. »Ray wartet draußen.«

Cate und ich sehen uns kurz an, dann folgen wir ihr. Ich kann nicht einschätzen, was sie wohl gerade denkt.

Wir treten hinaus in die glühende kalifornische Hitze. Sean hält uns die Tür der Limousine auf. »Ihr seht wie Königinnen aus.«

»Das Problem mit engen Kleidern, Edelsteinen und Pailletten ist«, sagt Cate leise zu mir, während sie an ihrem Kleid zupft, »dass sie unbequem sind und kratzen. Ich würde lieber ein lockeres Schlafshirt und keine Hose tragen, du nicht auch?«

»Immer.«

»Zumindest dauert es nicht mehr lange, bis ich in etwas Bequemeres schlüpfen kann, wenn wir später in unserem Zimmer sind. Du musst mir aber vermutlich helfen, das hier auszuziehen.« Sie zwinkert mir zu und ihre Hand streift über meine Taille, als sie an mir vorbeigeht.

Sie lässt sich von Ken beim Einsteigen helfen. Mir schwirrt indes der Kopf. Ich spüre ein Kribbeln zwischen meinen Beinen.

Okay, das kann ich auf keinen Fall falsch verstanden haben. »In etwas Bequemeres schlüpfen« ist *ein Klassiker*. Und dann die Berührung an meiner Taille? *Komm schon.*

Mit rasendem Herzen steige ich nach ihr ein. Es ist ganz schön schwer, eine gelassene Fassade zu bewahren. Innerlich kreische ich nämlich.

Ich habe genug Daten für meine Hypothese gesammelt. Es wird Zeit, meinen Laborbericht zu schreiben.

Schlussfolgerung: Cate Whitney flirtet definitiv mit mir.

Kapitel 10

Der berüchtigte rote Teppich

Als unsere Limousine sich dem roten Teppich nähert, zwingt die Ansammlung von ankommenden Wagen uns dazu, langsamer zu werden. Am Straßenrand stehen Menschenmengen wie bei einer Parade, rufen laut und recken sich, um einen Blick auf die ankommenden Stars zu erhaschen.

Autos hupen, die Menge schreit, jemand benutzt ein Signalhorn – und mir wird erst jetzt wirklich klar, was ich gleich tun werde. Mein Herz rast und mir wird schwindelig.

Neben mir atmet Cate tief ein, als würden wir gleich die Capilano Suspension Bridge überqueren. Ist sie auch nervös?

Mein Mund ist zu trocken, um zu fragen.

»Zwei Interviews auf dem roten Teppich, nicht mehr«, sagt Mandy. Seit wir das Spa verlassen haben, redet sie ununterbrochen. »Ich habe sie bereits mit den Sendern verabredet, also hör auf meine Anweisungen. Rachel, sprich nur, wenn dir jemand eine direkte Frage stellt. Sag ihnen, wen du trägst, und übergib an Cate, wenn sie nach deiner Beteiligung an *Clockwork Curie* fragen oder woher ihr euch kennt.«

»Okay.« Also werden die einzigen Worte aus meinem Mund »Alexander McQueen« sein. Das schaffe ich. Denke ich.

Ich schlucke schwer, meine Zunge plötzlich zu groß für meinen Mund.

Wir passieren eine Sicherheitskontrolle und eine endlos wirkende Minute lang nähert sich die Limousine der Stelle, an der wir aussteigen müssen.

Mein Herz schlägt so schnell, dass ich zittere. Warum war ich vorhin so euphorisch? Dieses Event ist eine Nummer zu groß für mich. Ich dachte, es wäre cool und würde Spaß machen, mit Cate Whitney auf eine Gala zu gehen. Doch die Rachel, die dem zugestimmt hat, war ein Trottel. Ich kann nicht über einen roten Teppich gehen.

Ich wende mich zu Cate, um ihr zu sagen, dass ich das nicht kann, doch ihre Augen sind geschlossen. Meditiert sie? Bittet sie die Engel Lucille und Marilyn um Kraft?

Das ist eigentlich keine schlechte Idee.

Ich schließe die Augen und bekomme sofort einen Schminkpinsel ins Gesicht gestoßen.

»Hey!«

»Nur eine Auffrischung«, meint Mandy, die jetzt das Gleiche mit Cate macht.

Mein Gesicht ist inzwischen ein Sieben-Schichten-Dip.

Mandy zieht unseren Lippenstift nach und reicht Cate ihre Handtasche. »Bereit?«

Cate nickt.

Sean lächelt, sein Gesicht leuchtet vor Aufregung. »Viel Spaß, meine Damen!«

Spaß? Wie soll das denn Spaß machen?

Die Tür der Limousine öffnet sich und eine wahre Druckwelle aus Geschrei und klickenden Kameras spült über uns hinweg. O Gott, die *Kameras*. Ich habe noch nie so viel Blitzlicht gesehen und noch nie so viele Leute nach der Aufmerksamkeit einer einzelnen Person schreien gehört.

Mandy steigt zuerst aus und bedeutet Cate, ihr zu folgen.

Ich kann das nicht. Der Hals schnürt sich mir zu und ich bekomme keine Luft mehr. Schwarze und weiße Flecken flimmern vor meinen Augen. Gleich werde ich ohnmächtig.

Irgendwo am Rande meines Sichtfelds hilft ein Mann Cate aus der Limousine.

Die Schreie werden lauter, als die Menschen Cate erkennen. »Cate! Cate! Cate!« Fans, Reporter und andere Prominente – alle rufen ihren Namen. Ich kann gar nicht mehr sagen, aus welcher Richtung all die Rufe kommen. Alles klingt plötzlich seltsam hohl, als wäre ich unter Wasser.

Mir ist so schwindelig.

»Geh nur, Liebes.« Sean berührt meinen Rücken. »Ken und ich bleiben hier.«

Ich kann mich nicht bewegen. Meine Atemzüge gehen flach und schnell. Schweiß rinnt mir den Nacken hinunter und dringt durch meine Schichten von Make-up.

»Rachel?« Sein Lächeln verschwindet und er beugt sich vor, um mir ins Gesicht zu sehen.

»Ich kann nicht«, stoße ich erstickt hervor. »Die Kameras. Ich sollte nicht … Ich bin noch nicht …«

»Keine Sorge, die Kameras sind allesamt auf Cate gerichtet. Du bist zweitrangig«, sagt Sean. »Und das sage ich dir mit all meiner Liebe und Fürsorge.«

Ich schließe meine Augen, als das Blitzlichtgewitter um Cate herum tobt, aber ich sehe die Lichter trotzdem durch die Augenlider. Ich kann ihnen nicht entkommen.

Atmen. Atme langsam ein.

Ich bedecke meine Augen mit meinen Händen und bemühe mich, meine Atmung in den Griff zu bekommen. Als ich es endlich schaffe, tief einzuatmen, nimmt das Schwindelgefühl ab.

Sean legt seine Hand auf meine Schulter. Mist, ich muss mich beeilen und die Limousine verlassen. Cate wartet sicher schon auf mich.

Er hat ja recht damit, dass ich nicht im Fokus stehe. Genau wie damals, als ich im Kindergarten eine Nebenrolle in unserer Aufführung von *The Sound of Music* gespielt habe. Verglichen mit den Hauptrollen war meine so klein, dass es lächerlich gewesen wäre, nervös zu sein, also war ich es auch nicht.

Aber kann ich diese Situation wirklich mit einem Schultheaterstück vergleichen? Ich bin mit Cate Whitney auf einer Gala. Hinterher werden garantiert Fotos und Videos von mir online auftauchen.

Ich schüttle den Kopf, um den Gedanken loszuwerden. Meine Augen brennen. »Ich bin *Studentin*, Sean. Das da draußen sind Stars.«

Ken beobachtet das Geschehen durch die Scheibe, wachsam wie immer.

Sean packt mich an den Schultern und sieht mir fest in die Augen. »Rachel, du trägst einen *fantastischen* Smoking und siehst mehr als umwerfend aus. Cate Whitney hat dich hierher eingeladen, weil sie dich heute bei sich haben will. Willst du in diesem Auto bleiben und sie im Stich lassen, oder willst du an ihrer Seite sein?«

Draußen dreht Cate sich von den Kameras weg und streckt mir einladend die Hand entgegen. Sie runzelt die Stirn, als sie meinen Gesichtsausdruck bemerkt.

»Rachel, komm schon«, sagt Mandy scharf.

Sean hat recht. Cate hat mich mit dem Designer-Anzug und dem professionellen Make-over perfekt auf diese Situation vorbereitet, jetzt muss ich meinen Teil beitragen und das entsprechende Selbstbewusstsein finden.

Ich schaue ihr in die Augen. Ich will das hier für sie schaffen. Ich will den Abend stilvoll und mit Fassung hinter mich bringen, als gehöre ich an

Cates Seite. Ich will einen guten Eindruck auf sie, ihre Freunde und die Öffentlichkeit machen. Die Alternative wäre es, den Kopf zu schütteln, die Tür zu schließen und nach Hause zu fahren – aber das will ich nicht. Ich will hier sein, auch wenn es mir Angst macht. Denn Gott, wann bekomme ich jemals wieder so eine Chance?

»Kratz mich vom roten Teppich, falls ich ohnmächtig werde«, sage ich zu Sean und umarme ihn kurz, bevor ich aussteige.

»Du schaffst das!«

Ich nehme Cates Hand und nicke ihr zu, in dem Versuch, ruhiger zu wirken, als ich bin.

»Überwältigt?«, fragt sie mich.

»Ein wenig.«

Sie drückt meine Hand. Vermutlich weiß sie, dass das eine Untertreibung ist. »Du machst das großartig.«

Mein Geist scheint außerhalb meines Körpers zu schweben, als ich Cate über den roten Teppich folge. Sie lächelt und posiert, während Mandy sich um ihr Kleid kümmert und die Fotografen sie herumkommandieren.

»Cate!«, rufen sie und ihr Name wird als Echo immer weitergetragen.

»Cate, schau hierher!«

»Dreh dich mal um!«

»Über die Schulter!«

»Weitergehen, weitergehen«, sagt Mandy immer wieder und schiebt uns von einer Gruppe Kameras zur nächsten.

Ich lächle mit Cate. Hoffentlich sehe ich nicht ganz so panisch aus, wie ich mich fühle. Während sie posiert, halte ich mich im Hintergrund. Sie sieht wie eine Göttin aus, als sie genau die richtigen Positionen für die Kameras einnimmt. Es ist ganz schön harte Arbeit, auf Fotos gut auszusehen.

Ich habe keine Ahnung, ob ich eine gute Seite habe oder auf bestimmte Weise posieren sollte, und ich bin gerade auch nicht dazu in der Lage, es herauszufinden.

»Cate! Cate! Cate!«

Ihr Name klingelt in meinen Ohren, bis ich sie mir zuhalten will. Wie würde es sich wohl anfühlen, wenn all diese Fremden um meine Aufmerksamkeit kämpfen und meinen Namen rufen würden, bis ich davon abgestumpft wäre?

Die Rufe gehen ineinander über, wie bei einem DJ, der beim Übergang von einem Lied zum nächsten beide Spuren vereint. Hinter uns muss jemand Neues angekommen sein.

»Kristen! Kristen! Kristen!«

Dass die Fotografen ihre Aufmerksamkeit auf jemand anderes richten, bringt ein wenig Erleichterung, wie eine kühle Brise.

»Cate, hier«, sagt Mandy und führt sie zu einer Frau mit Mikrofon.

Cate tritt vor, während ich bei Mandy zurückbleibe. Aber mir sind nur wenige Sekunden der Ruhe vergönnt, dann schaut Cate zurück zu mir und Mandy schiebt mich vorwärts.

»Das ist Rachel Janssen, meine Beraterin für *Clockwork Curie*«, erzählt Cate der Reporterin. Sie legt einen Arm um meine Hüfte und zieht mich an sich. »Sie hilft mir dabei, Marie Curies Arbeit besser zu verstehen.«

»Schön, Sie kennenzulernen, Rachel«, sagt die Frau mit dem Mikrofon. »Wen tragen Sie heute Abend?«

»Alexander McQueen«, antworte ich. Immer noch fühlt sich meine Zunge so furchtbar groß an.

»Das habe ich mir gedacht«, meint die Frau aufgeregt. »Sie sehen beide absolut hinreißend aus. Vielen Dank und viel Erfolg heute Abend, Cate.«

Die Frau dreht sich zurück zur Kamera und Cate zieht mich weiter den roten Teppich entlang.

Okay, das war in Ordnung. Nichts Peinliches passiert. Ich habe gesagt, was ich sagen sollte.

Ich klammere mich an Cates Hand, als triebe ich auf offener See und als wäre sie eine rettende Boje. Ich konzentriere mich ganz auf sie und versuche angestrengt, alles andere auszublenden.

Und dann haben wir es endlich geschafft. Wir erreichen die Eingangstür des Hotels.

»Gut gemacht, ihr beide.« Mandy führt uns hinein. »Geht in den Ballsaal und mischt euch unter die Leute. Ich melde euch an und schicke euch eine Nachricht mit euren Sitznummern. Ruft mich an, wenn ihr etwas braucht.«

Sie wartet, bis wir beide genickt haben, dann verschwindet sie durch die Menge in der Lobby.

Ich atme tief ein, als würde ich jetzt erst an die Oberfläche kommen, nachdem ich die ganze Zeit unter Wasser gefangen war.

Cate nimmt wieder meine Hand und drückt sie fest. Ihre Finger sind kalt und klamm und ihr Lächeln ist ausdruckslos. So abwesend kenne ich sie gar nicht. Vielleicht bin ich doch nicht die Einzige, der das schwergefallen ist.

Ich drücke ihre Hand, um sie zu beruhigen.

»Zeit für Cocktails?«, fragt sie mit unkonzentriertem Blick.

»Willst du dich vorher noch zehn Minuten im Bad verstecken? Das ist mein liebster Partytrick.«

Ich erhasche einen kurzen Blick auf ein echtes Lächeln, bevor eine weitere Kamera aufblitzt und es auslöscht.

»Mir geht's gut. Komm, lass uns was zu trinken suchen.«

Sie lässt meine Hand los und erst jetzt nehme ich geschockt die Umgebung wahr. Das ist mit Abstand das beeindruckendste Hotel, das ich je gesehen habe. Überall sind Kristalle, sogar im Boden, und wir folgen einem echten Bachlauf bis zum Ballsaal.

Hunderte der reichsten und schönsten Menschen der Welt tummeln sich unter der gewölbten Decke, an der ein Kristallkronleuchter von der Größe eines Elefanten schimmert – er ist fast, aber nicht ganz so atemberaubend wie die Frau an meiner Seite.

»Cate!«, ruft eine Frauenstimme.

Sie muss ihren Namen inzwischen leid sein. Das erinnert mich an eine Hundebesitzerin, die ich mal im Park gesehen habe. Sie hat ihren Labrador so oft gerufen, dass er aufgehört hat, auf seinen Namen zu reagieren. Es war echt witzig, wie sie ihn vergeblich daran hindern wollte, einem Eichhörnchen nachzujagen.

Cate scheint ihren Namen genauso wenig wahrzunehmen wie damals der Hund, denn die Frau muss noch zweimal rufen, bevor Cate herübersieht.

»Oh, da ist Meredith«, sagt sie erleichtert.

Die Rufende ist eine große Frau, die von zahlreichen Bewunderern umringt wird – und wow, das ist Meredith Cheema, die mehrfach preisgekrönte Schauspielerin, Regisseurin, Autorin und noch viel mehr. Sie sieht wunderschön aus in ihrem figurbetonten roten Kleid.

»Ich kann uns etwas zu trinken holen und dann dort drüben wieder zu euch stoßen«, biete ich an.

Cate schaut mich an. Sie wirkt weniger distanziert als noch vor einer Minute. »Wie lieb von dir. Das wäre nett.«

Ich bin immer noch zitterig, als wir uns trennen, und der Schweiß läuft mir den Rücken hinunter. Dieser rote Teppich hat beinahe in einer Katastrophe geendet. Ich war so kurz davor, die Tür der Limousine zuzuschlagen und den Fahrer zu bitten, weiterzufahren. Ich hoffe, Cate hat nicht bemerkt, was für ein Feigling ich war. Bei alldem, was vor sich ging, ist es schwer zu sagen, ob sie meine Panik bemerkt hat.

Wenigstens habe ich den ganzen Abend Zeit, das wiedergutzumachen. Ich werde so verdammt charmant sein, dass die Leute sich fragen werden, in welchem Film ich die Hauptrolle spiele.

Ich schlängele mich durch die Menge und komme an so vielen Prominenten vorbei, dass ich mich von Sekunde zu Sekunde kleiner fühle. Das ist surreal – und fantastisch. Ich mache mir mentale Notizen zu jedem Detail im Raum und zu jeder Person, an der ich vorbeigehe. Ich will bloß nichts vergessen.

Ich kann das. Ich kann einen guten Eindruck machen und so tun, als würde ich hierhergehören. Mein Selbstvertrauen ist vielleicht erzwungen, aber das ist in Ordnung, oder? Ich habe schon unzählige Male bei Prüfungen Selbstvertrauen vorgetäuscht, und es hat immer geklappt.

Ich schnappe mir zwei Champagnergläser vom Tablett eines Kellners, drehe mich um und stoße fast mit jemandem zusammen.

»Entschuldigung!«, keuche ich sofort. »Das tut mir so leid.«

Ein großer Mann mittleren Alters starrt auf mich herab. Manche würden ihn wahrscheinlich als Silberfuchs bezeichnen. Er ist so weit in meinen persönlichen Raum eingedrungen, dass ich seine Mundspülung riechen kann.

»Ihr zwei scheint ja ein nettes Date zu haben.« Durch das Summen der Menge kann ich ihn kaum verstehen.

»Wie bitte?«

Er zieht eine Augenbraue hoch, als würde er scherzen, doch die Anspannung in seinem Gesicht sagt mir, dass er das absolut nicht tut.

Da wird mir klar, wer der Mann ist.

Phil Niles. Cates Ex-Ehemann.

Kapitel 11

Der Wolf und das Kätzchen

Scheiße.

Ich habe so viel Zeit damit verbracht, mich vor den Kameras zu fürchten, dass ich keinen Gedanken an die andere große Gefahr des Abends verschwendet habe – darauf, dass Cates Ex-Mann hier sein könnte.

»Ich bin Cates Beraterin für ihre Rolle als Marie C…«

»Ich muss schon sagen, das ist ein süßes Foto von euch beiden.« Phil hält sein Handy hoch. Er hat ein Paparazzi-Foto von Cate und mir aufgerufen, das uns zeigt, als wir letztes Wochenende das *Oceanfront* in Vancouver verlassen haben. Cates Hand liegt auf meinem Rücken und ich schaue auf meine Füße. Ich habe nicht bemerkt, wie Cate mich in diesem Moment ansah. In ihrem Blick liegen eine Zärtlichkeit und Neugierde, die ein Flattern in meine Brust zaubern.

»Wir haben uns getroffen, um über Radiologie zu reden«, sage ich.

»Ah, rein geschäftlich also.« Seine Augenbrauen sind immer noch hochgezogen, während er das Bild studiert.

Mein Herz klopft schneller. Er hat nichts Drohendes gesagt, warum fühle ich mich also bedroht? Andererseits ist es interessant, dass er so aggressiv darauf reagiert, Cate und mich zusammen zu sehen. Hat er Cates Körpersprache als Flirten interpretiert? Wusste er vor ihrer Scheidung, dass sie auf Frauen steht?

»Sie hat mir von eurer Scheidung erzählt.« Ich begegne seiner latent bedrohlichen Haltung mit ebenso herausforderndem Ton. »Tut mir leid, das zu hören.«

Seine Miene verhärtet sich und jetzt erinnert er mich an seine letzte Filmrolle als jähzorniger Werwolf. »Kitty brauchte Freiraum. Wir haben das schon einmal durchgemacht, aber das Kätzchen kommt immer zu ihrem Wolf zurück.«

»Kitty?«, frage ich und in meinem Tonfall schwingt deutlich mein Ekel mit.

Phil greift an mir vorbei nach einem Champagnerglas. Seine breite Brust stößt dabei gegen meine Schulter. »Ein Kosename. Weißt du, wenn man so lange mit jemandem zusammen ist, kommen Spitznamen einfach –«

»Ich weiß, was ein Kosename ist.«

Übelkeit will in mir hochsteigen. Ich kämpfe gegen den Drang an, ihm in sein perfekt geschnittenes Gesicht zu schlagen.

Er legt den Kopf schief. »Betrachte dies als freundliche Warnung, es dir an Cates Seite nicht zu gemütlich zu machen, Süße. Bald wird es sie langweilen, eine Durchschnittsfrau zu bespaßen, und sie wird wieder jemanden wollen, der mehr auf ihrem Niveau ist.«

»Und du glaubst, dass du das bist?« Ich verzichte auf eine Bemerkung über Wutanfälle und sein zartes Ego.

Phil hebt eine Hand und ich zucke unwillkürlich zusammen, als wolle er mich schlagen. »Dieser Manschettenknopf ist mehr wert, als du auf dem Konto hast, Schätzchen.«

Mir schnürt sich der Hals zu und ich konzentriere mich auf unsere Umgebung – den Lärm und das Gelächter der Party. Die Welt ist größer als das, was dieser Idiot auf mich projiziert, und ich muss mich nicht mit ihm abgeben. Ich muss nur zurück zu Cate und alles wird gut.

»Es war solch ein Vergnügen, dir über den Weg zu laufen«, sage ich. Während er mich noch mit einer hochgezogenen Augenbraue anstarrt, schlüpfe ich durch die dichte Menschenmenge, bevor er mich aufhalten kann.

Ein paar Schritte später riskiere ich einen Blick über meine Schulter. Er steht bei einer Gruppe von Leuten, klopft einem Typen auf die Schulter und lacht herzlich. Sie lächeln und umarmen sich wie Freunde, die sich schon lange nicht mehr gesehen haben – als hätte er sich nicht erst vor fünf Sekunden wie ein Arschloch benommen. Ob sie es wissen? Ist er Jekyll mit einem heimlichen Hyde oder sind sich diese Leute seiner unangenehmen Seite durchaus bewusst und ignorieren sie, weil er berühmt ist?

Zum Teufel mit ihm. Was ist sein Problem? Verkraftet er die Trennung nicht? Selbst wenn er nicht über Cate hinweg ist, gibt ihm das nicht das Recht, jeden zu stalken, der mit ihr befreundet ist.

Ich sammle jedes bisschen Kraft, damit ich mit einem Lächeln zu Cate zurückkehren kann. Besser, ich erzähle ihr nicht, dass ich Phil getroffen habe. Das würde sie an einem Abend, der sie ohnehin schon stresst, nur noch mehr aufregen.

Cate sieht mich kommen und obwohl Meredith mit ihr spricht, sind ihre Augen auf mich gerichtet. Sie schenkt mir ein Lächeln, das mich dahinschmelzen lässt.

Ja, alles ist in Ordnung.

»Rachel, das ist Meredith.« Cate nimmt den Champagner entgegen und legt einen Arm um meine Schultern. »Ich habe Meredith gerade von dir erzählt.«

»Die Physikberaterin! Schön, eine so brillante Frau kennenzulernen.« Meredith schüttelt mir die Hand und ich bin schon wieder total eingeschüchtert und hingerissen.

»Freut mich auch, Sie kennenzulernen.«

»Cate hat gerade furchtbar schlecht zu erklären versucht, was Ihre Fachrichtung ist.«

Cate lacht.

»Ich studiere medizinische Physik«, sage ich.

»So weit war ich auch schon«, murmelt Cate abwehrend.

»Ja, aber was das bedeutet, konntest du mir nicht so recht erklären«, neckt Meredith.

»Es geht um die Diagnose und Behandlung von Krankheiten mithilfe von Röntgenstrahlen, Ultraschall, MRTs, radioaktiven Substanzen und so weiter.«

»Erstaunlich.« Meredith sagt das, als wäre ich der erste Mensch auf der Welt, der das studiert. »Eines Tages werden wir Sie auf der Titelseite der *TIME* sehen für Ihren Durchbruch in der Strahlentherapie. Merken Sie sich meine Worte.«

Ich lächle geschmeichelt. »Das wäre ein Traum.«

Wahrscheinlich will sie einfach nur nett sein. Sie kann ja nicht wissen, dass diese Art von Ehrgeiz mich durchaus antreibt. Ich habe mich auch deswegen für diesen Berufsweg entschieden, weil ich hoffe, irgendwann zu einem Team zu gehören, das einen medizinischen Durchbruch erzielt. Das ist ein kühner Traum, aber kein unmöglicher.

Ich kann Cates Blick auf meinem Gesicht spüren. Vielleicht denkt sie über Merediths Worte nach und fragt sich, ob ich Potenzial dazu habe.

»Wissen Sie, Rachel, ohne Cate wäre ich nie in diesem Business geblieben«, sagt Meredith.

»Oh, hör auf.« Cate schüttelt den Kopf in einer bezaubernden Geste der Bescheidenheit.

»Wirklich! Ich wurde von einer Fernsehserie fallen gelassen und stand kurz davor aufzugeben, als ich Cate am Set von *Rainfall* kennengelernt habe. Es gibt niemand Netteren in diesem Business. Niemanden.«

Es ist süß, wie Cate bei diesem Kompliment errötet, und noch süßer ist es, dass jemand meine Theorie bestätigt, dass sie einer der nettesten Menschen überhaupt ist.

»Wie war es denn, mit Paulsen an einem Film zu arbeiten?«, frage ich Meredith. »Ist sie eine so gute Regisseurin, wie alle sagen?«

Meredith reagiert begeistert auf meine Frage – und Hoffnung steigt in mir auf. Der Abend könnte doch noch gut verlaufen. Abgesehen von dem roten Teppich und dem Vorfall mit Phil Niles, den ich am liebsten aus meinem Gedächtnis streichen würde, schaffe ich es in dieser Menge unglaublich erfolgreicher Menschen erstaunlich gut, mein Selbstwertgefühl aufrechtzuerhalten. Cate und Meredith sind offensichtlich befreundet und wenn Meredith mich mag, ist das schon mal ein großer Erfolg.

Während Meredith mich mit ihren Geschichten unterhält, lächelt Cate mich immer wieder an. Ihr Arm liegt um meine Taille und als ich mich an sie lehne, bewegt sie sanft ihre Finger – ein Geheimnis, das wir miteinander teilen.

Ihre Hand streicht auf eine so intime Art über mich, wie ich es von einer Geliebten erwarten würde, und mir wird ganz schwindelig davon.

Während wir uns mit unseren Drinks unter die Gäste mischen, streichelt sie meinen unteren Rücken, meine Taille und sogar meinen Nacken – sie treibt mich in den Wahnsinn. Ich lehne mich ihren Berührungen entgegen, drücke ihre Hand und lächle sie an, um ihr zu zeigen, dass es mir gefällt.

Gott, ich will sie. So sehr.

Ich brenne darauf, die Berührungen zu erwidern – aber von uns ist sie die Berühmte, nicht ich, und das hier ist ihre Gala, nicht meine. Ich will nichts Unerwünschtes tun.

Aber warum berührt sie mich so, obwohl wir uns an dem öffentlichsten Ort befinden, den man sich vorstellen kann, und überall Kameras sind, die alles dokumentieren?

Vielleicht ist es so, wie Abby und ich vermutet haben: Prominente sind einfach aufgeschlossen und flirty. Von außen betrachtet sind unsere Interaktionen womöglich sogar unauffällig. Alle um uns herum berühren und umarmen sich und geben einander Wangenküsse.

Vielleicht will sie aber auch, dass die Welt uns sieht. Vielleicht will sie, dass Gerüchte über ihre Sexualität die Runde machen, und sie zeigt es eher, als dass sie es ausspricht.

Auch wenn Cate mich heute Abend als Beraterin vorgestellt hat, merke ich an ihrer Nähe und ihren Gesten, dass meine Hypothese stimmt. Mein Herz schlägt schneller. Was wird heute Abend wohl in unserem Hotelzimmer passieren? Soll ich mich zu ihr beugen und ihr zuflüstern, dass ich mich darauf freue, ihr nachher aus dem Kleid zu helfen? Ist das zu direkt?

Hitze breitet sich in meiner Mitte aus, als ich mir vorstelle, wie ich ihr das goldene Kleid von den Schultern schiebe, sie am ganzen Körper küsse und sie lecke, bis sie keucht und stöhnt.

Gott, fühlen sich ihre Hände gut auf meinem Körper an. Ich fühle mich hoffnungslos zu ihnen hingezogen, wie zu jedem anderen Teil von ihr auch. Ich versuche, kurze Blicke auf sie zu erhaschen, während Cate spricht, ohne sie allzu offensichtlich anzustarren – doch so, wie Meredith meinen Blick auffängt, ist es peinlich offensichtlich, wie verknallt ich in sie bin.

Ich erwidere Merediths kleines Lächeln und senke meinen Blick auf den schicken Teppich.

Dann steigen Phils subtile Drohungen in meinem Gedächtnis hoch. *Kitty ... Wenn man so lange mit jemandem zusammen ist ... Dieser Manschettenknopf ist mehr wert, als du auf dem Konto hast ...*

Ich atme tief durch. Er ist zu weit gegangen und ist es nicht wert, dass ich mir Gedanken über ihn mache.

Während Cate in ein Gespräch mit einem Drehbuchautor vertieft ist, den sie seit Jahren nicht mehr gesehen hat, lehnt sich Meredith zu mir und sagt leise: »Ich habe Phil vorhin mit dir reden sehen. Alles in Ordnung?«

»Ja«, antworte ich zu schnell.

Sie verzieht den Mund, als wüsste sie, dass ich lüge. »Seit ihrer Trennung versucht er, von sämtlichen gemeinsamen Bekannten Informationen über sie zu erschnüffeln. Mich hat er auch angerufen, aber ich habe ihm gesagt, dass er sich zum Teufel scheren soll. Seitdem haben wir nicht mehr miteinander gesprochen.«

»Ich wusste, dass ich dich mag«, sage ich und sie lächelt. Betont beiläufig frage ich: »Also, was ist sein Problem?«

Meredith seufzt. »Er und Cate waren sieben Jahre lang zusammen. Nach außen hin sah es so aus, als wären sie verrückt nacheinander. Luxusurlaube, schicke Abendessen, Partys – Gott, sie haben großartige Partys geschmissen.

Sie waren ein Power-Paar. Keine Kinder und auch keine Pläne, je welche zu bekommen. Es gab nur die beiden und ihr aufregendes Leben. Aber hinter der Fassade … Nun, ich glaube, er hat sich irgendwann eingebildet, dass dieses perfekte Bild, das sie in der Öffentlichkeit abgaben, der Wahrheit entspricht. Als Cate die Scheidung wollte, war er wirklich am Boden zerstört. Er hat viele gescheiterte Beziehungen hinter sich, ihm ist so oft das Herz gebrochen worden, und ich glaube, das setzt einem Menschen mit der Zeit zu.«

»Das gibt ihm noch lange nicht das Recht, ein Arschloch zu sein«, sage ich etwas schärfer als beabsichtigt. Es ist nicht so leicht zu verdauen, was für ein tolles Leben die beiden hatten.

»Nein, tut es nicht.« Meredith leert ihren Champagner. »Ich weiß nicht, ob ich das Recht habe, dir das zu erzählen, aber na ja, seine Eifersucht war etwas toxisch. Er behielt Cate genau im Auge und hasste es, wenn sie enge Freunde hatte, ganz gleich welchen Geschlechts.«

Mein Inneres verkrampft sich unangenehm. Hat Phil Angst vor dem, was er zwischen Cate und mir sieht? Ist er eifersüchtig? Ich weiß nicht, wie ich mich dabei fühlen soll. Ich will nicht, dass er überhaupt an Cate und mich denkt.

Eine tiefe Stimme dröhnt aus den Lautsprechern und fordert die Gäste auf, ihre Plätze einzunehmen.

»Gott sei Dank«, sagt Cate und legt mir eine Hand auf den Rücken. »Es wird schon Brot auf den Tischen stehen. Ich habe im Spa kaum zu Mittag gegessen.«

Ich zucke ein wenig zusammen und versuche es dann zu überspielen, indem ich mein Jackett zurechtrücke. »Super. Es war schön, mit dir zu reden, Meredith.«

»Ebenso, Liebes«, erwidert sie mit einem Zwinkern. »Bleib selbstbewusst.«

Möglicherweise ahnt sie, was das Gespräch über die Ehe von Phil und Cate in mir ausgelöst hat. Es ist ganz schön schwer, mein Selbstvertrauen zu aktivieren, denn andauernd schwirren mir Bilder von ihnen durch den Kopf – von dem Hollywood-Traumpaar, das jahrelang ein wildes und freies Leben führte, bevor ich Cate kennengelernt habe.

»Geht es dir gut?«, fragt Cate, als sie mich zu unseren Plätzen führt.

»Ja«, antworte ich automatisch. »Dieses Hotel ist unglaublich.«

»Warte erst, bis du das Essen probiert hast.«

Gemurmel lässt mich in die Runde blicken. Die Menge macht Platz, schaut auf etwas hinter mir – und dann umfasst jemand fest meine Schulter.

»Miss, kommen Sie bitte mit mir.« Es ist ein Wachmann, aber nicht so ein entspannter Typ wie der vor dem Set in Vancouver. Er sieht viel eher aus wie jemand von einem SWAT-Team, komplett mit Helm und Einsatzweste.

»Ich?«, frage ich schrill. »Ich glaube, Sie haben die falsch…«

»Hier entlang«, unterbricht er mich.

Eine absurde Sekunde lang frage ich mich, ob sie gemerkt haben, dass ich nicht hierhergehöre – eine Durchschnittsfrau aus einer ganz anderen Dimension, die in Hollywood nichts zu suchen hat.

»Entschuldigen Sie«, sagt Cate scharf. »Wer sind Sie?«

»Miss, treten Sie zurück«, blafft er sie bloß an, ehe er mich von ihr wegzieht.

Meine Ohren klingeln.

Cate schreit etwas, das ich nicht verstehe.

Ein weiterer Sicherheitsbeamter nähert sich, die beiden flankieren mich. Sie zwingen mich, meine Füße zu bewegen, und ziehen mich in die Lobby.

»Was ist hier los?« Merediths laute Stimme schallt durch den Saal.

Leute schnappen nach Luft. Aller Augen sind auf mich gerichtet. Schockiert, verwirrt und vor allem mitleidig schauen sie mich an. Die Sicherheitsleute eskortieren mich aus dem Ballsaal, während sämtliche amerikanischen Top-Schauspieler zusehen und miteinander tuscheln.

Kapitel 12

Mit dem ersten Elch zurück nach Kanada

Zwei Sicherheitsbeamte zerren mich durch die opulente Hotellobby, einen ruhigen Flur entlang und in einen leeren, schummrigen Konferenzraum. Stühle und Tische sind in einer Ecke gestapelt, es riecht nach Teppichreiniger und deprimierenden Meetings.

»Können Sie sich ausweisen?«, fragt der Mann, der mich gepackt hat. Sein blasses, glatt rasiertes Gesicht hat einen rosigen Schimmer und seine blauen Augen glänzen vor Aufregung. Dieses Arschloch ist begeistert, den Helden zu spielen, der gerade einen Bösewicht gefangen hat.

Ich taste meine Taschen ab, bevor ich mich daran erinnere, dass Sean unser Gepäck aufs Zimmer geschickt hat. Das Einzige, was ich bei mir habe, ist mein Handy.

»Mein Ausweis liegt oben in unserem Zimmer. Mein Name ist Rachel Janssen und ich habe noch nie in meinem Leben etwas gestohlen oder etwas Illegales getan.«

Der Superheld beäugt mich wie ein skeptischer Zollbeamter und tastet dann grob meine Taille und Beine ab.

»Was machen Sie da?«, rufe ich. »Lassen Sie mich los!«

Schritte hallen über den Flur und Cate reißt die Tür auf. »Rachel!«

Der zweite Mann – eher ein Junge mit Babyface – tritt ihr entgegen und hält sie davon ab, näher zu kommen.

Sie versucht vergeblich, ihn zur Seite zu schieben. »Sagen Sie mir, was hier los ist!«

Weitere Schritte kommen näher und Mandy stürmt keuchend in den Raum. »Was zum Teufel soll das? Lassen Sie sie sofort los.«

Der Superheld kneift die Augen zusammen. »Ist diese Frau der Gast von Miss Whitney? Wir haben einen Tipp bekommen, dass sie eine Waffe bei sich trägt und einen Anschlag plant –«

»Verdammt noch mal«, ruft Cate und macht einen Schritt nach vorn, was Babyface dazu bringt, seine Arme unbeholfen um sie zu legen. »Wer hat das behauptet?«

»Ma'am, bleiben Sie zurück!«, schreit der Superheld so laut, dass Cate erschrocken zurückweicht.

»Cate, bleib ruhig«, sagt Mandy.

Moment, hat er *Waffe* gesagt?

Mandy dreht sich zu Cate, wodurch sie mir den Rücken zuwendet, und sagt mit leiser Stimme: »Ich habe gerade erfahren, dass Phil hier ist, also könnte er etwas damit zu tun haben.«

Cate knurrt, tritt an Mandy vorbei und deutet auf die Sicherheitsleute. »Hat Phil Niles Ihnen den Tipp gegeben? Oder sein Assistent? Jemand aus seinem Team?«

Die Sicherheitsbeamten werfen einander einen undefinierbaren Blick zu.

Mir schwirrt der Kopf. Phil Niles? Was zum Teufel?

»Unsere Scheidung war überall in den Klatschblättern und Rachel ist heute Abend mein Date. Können Sie eins und eins zusammenzählen?« Cates Wangen sind gerötet, ihr gelocktes Haar ist durcheinandergeraten, ihre Ohrringe schwingen hin und her. Das einzige Mal, dass ich Cate so wütend gesehen habe, war in der Rolle einer Spionin, die von ihrem Land verraten wird. Sie im wirklichen Leben so wütend zu sehen, ist erschreckend.

Im Raum wird es still. Mein Puls pocht in meinen Ohren.

»Ich schlage vor, dass ihr Jungs diesen *Tipp* überprüft, bevor ihr etwas tut, was ihr später bereut«, sagt Mandy mit einer Autorität, die die Sicherheitsmänner deutlich einschüchtert.

»Miss Whitney, würden Sie bitte mit mir kommen?«, fragt Babyface mit einem unsicheren Blick auf Mandy. »Ich muss Ihnen ein paar Fragen stellen.«

Cates Blick ruht auf mir. Ich nicke und tue mein Bestes, ihr zu bedeuten, dass es mir gut geht – auch wenn ich mir nicht sicher bin, ob das stimmt.

Der Mann führt Cate aus dem Raum.

Mandy folgt ihnen zur Tür, dreht sich aber noch einmal um und zeigt mit ihrem Handy auf das aggressive Arschloch neben mir. »Fassen Sie Rachel nicht an, sprechen Sie nicht mit ihr, sehen Sie sie nicht einmal an, bis ich Ihnen etwas anderes sage.«

»Bei allem Respekt, Ma'am, ich muss sie befragen«, erwidert er viel weniger selbstbewusst als noch vor einer Minute.

Sie flucht leise. »Rachel, ich komme, so schnell ich kann, zu dir zurück.«

Ich bin zu verblüfft, um zu antworten oder gar zu nicken.

Nach einem weiteren drohenden Blick auf den Sicherheitsmann stürmt Mandy mit klackernden Stilettos hinter Cate her.

Ich halte mir die Augen zu und versuche, regelmäßiger zu atmen. In was für eine verfluchte Trennung bin ich da hineingeraten?

Der Superheld stellt mir eine endlose Liste von Fragen. Woher komme ich? Wie lange bin ich schon hier? Woher kenne ich Cate? Welche Fluggesellschaft habe ich genommen? Ich beantworte sie alle und werfe ein paar meiner eigenen Fragen zurück. Glauben Sie wirklich, dass ich eine Waffe verstecke? Hat Phil Niles Ihnen gesagt, dass ich eine Bedrohung bin? Kann ich einfach gehen und nach Hause fliegen? Er weigert sich, mir zu sagen, wer ihn gewarnt hat und welche Art von Waffe ich angeblich bei mir tragen soll. Allmählich frage ich mich, ob Phil sie dafür bezahlt hat oder ob sie wirklich glauben, dass ich eine Gefahr bin.

Demütigung überwältigt mich, eisig, erdrückend wie Wellen, die mich zu ertränken drohen.

Ich kann nicht glauben, dass all diese Prominenten gesehen haben, wie ich von der Gala eskortiert wurde. Ich wollte einen guten Eindruck auf Cates Freunde machen. Ich wollte den Abend so durchstehen, als würde ich an ihre Seite gehören. Ich kann nie wieder einem von ihnen in die Augen sehen.

Dann schaut der Superheld ins Nichts und sagt: »Ja. Ja. Okay. Verstanden.«

Jemand muss über den Stecker in seinem Ohr mit ihm gesprochen haben.

Ohne zu lächeln, ohne den Tonfall oder die Körperhaltung zu ändern, tritt er zur Seite und weist auf die Tür. »Sie können gehen. Einen schönen Abend noch.«

Einen Moment lang starre ich ihn an, ringe nach Worten, bevor ich herausplatze: »Willst du mich verarschen?«

Dieses Arschloch erwartet von mir, dass ich zurück in den Ballsaal gehe und so tue, als wäre ich nicht gerade öffentlich gedemütigt worden?

Er antwortet nicht, sondern zuckt nur mit den Schultern und verlässt den Raum.

Ich widerstehe dem Drang, ihn anzuschreien, und gehe zittrig in die Lobby. Meine Brust ist wie zugeschnürt, meine Augen brennen.

Durchatmen.

Die Türen des Ballsaals sind geschlossen, und dahinter halten zwei Menschen eine lebhafte Rede. Gedämpft dringen ihre Stimmen zu mir. Das Publikum lacht.

Die Lobby ist leer. Cate ist nirgends zu sehen. Ist sie noch bei dem anderen Wachmann, oder ist sie zurück in den Ballsaal gegangen? Was ist mit Mandy?

Ich überlege, ob ich zum nächsten Strand gehen soll, um frische Luft zu schnappen und um den Kopf frei zu bekommen. Aber ich habe keine Ahnung, wo wir sind, und ich habe keine Lust, nachts in einer fremden Stadt herumzulaufen. Also laufe ich auf die Toilette und schließe mich in einer Kabine ein.

Mit zitternden Händen rufe ich Abby an, bevor ich noch anfange, zu hyperventilieren.

»O mein Gott, du rufst mich von der Gala an?«, sagt sie statt einer Begrüßung.

»Ja«, antworte ich mit heiserer Stimme.

Eine Pause.

»Scheiße«, sagt sie ernst. »Ist etwas passiert?«

»I-ich habe Cates Ex-Mann getroffen.« Ich erzähle Abby von dem Treffen nach unserer Ankunft und dass er den Sicherheitsleuten gesagt hat, ich hätte eine Waffe dabei, und was danach passiert ist. Als ich schließlich erwähne, dass ich mich gerade in einer Toilettenkabine verstecke, laufen mir Tränen übers Gesicht. Und ich habe ihr noch nicht einmal von meiner Panik vor dem roten Teppich erzählt.

»Scheiße«, wiederholt Abby und atmet hörbar aus. »Wir müssen dich da rausholen.«

Ich atme tief ein und aus. »Ich weiß. Dieser ganze Abend ist eine Katastrophe. Wenn das Event in Vancouver wäre, würde ich schon längst in meinen Stöckelschuhen nach Hause sprinten. Ich schätze, ich könnte bis zum Morgen warten und –«

»Hör mir genau zu, Rachel Janssen. Ich bringe dich zurück nach Vancouver, und wenn ich einen Elch anheuern muss, um dich abzuholen.«

Ich lächle und wische mir die Tränen von den Wangen, dem Kinn und dem Hals.

Mausklicks und Tastaturschläge dringen durch das Telefon. »In zwei Stunden geht ein Flug nach Hause. Kannst du ein Taxi nehmen und es rechtzeitig zum Flughafen schaffen?«

Wie lange haben wir gebraucht, um hierherzukommen? Kann ich das schaffen?

»Ich denke schon.«

Mehr Mausklicks. »Okay. Wie es aussieht, ist es zu spät für mich, dir online ein Ticket zu kaufen, aber vielleicht schaffst du es als Standby-Flieger. Ich hole dich ab, wenn du landest – das wird wohl gegen Mitternacht sein.«

»Du bist die Beste, Abby.« Ich reibe mir die Stirn. Mein Make-up ist so dick, dass es eine merkliche Schicht zwischen meinen Fingern und der Haut bildet, wie Zuckerguss.

»Hey, in meinem Dodgeball-Team ist eine Frau, die definitiv lesbisch und total Single ist«, meint Abby. »Sie ist echt cool und ich glaube, du würdest sie mögen. Ich kann ein Date für dich ausmachen und du kannst diese Hollywood-Eskapaden der letzten Wochen wieder vergessen.«

Ich weiß, dass sie mir helfen will, diese Tortur hinter mir zu lassen, aber mein Herz schmerzt bei dem Gedanken, mit jemandem verkuppelt zu werden – bei dem Gedanken, mit jemand anderem als Cate zusammen zu sein. Denn trotz alledem habe ich immer noch Gefühle für sie. Sie ist der unglaublichste Mensch, den ich je getroffen habe, und ich will nicht, dass der verdammte Phil Niles unsere Verbindung zerstört.

Außerhalb der Kabine öffnet sich die Tür und das Klackern von Absätzen erklingt.

»Rachel?«

Mein Herz setzt beim Klang von Cates Stimme einen Schlag aus.

Abby schnappt nach Luft. Sie muss Cates Stimme durch das Telefon ebenfalls erkannt haben.

»Ich muss los«, flüstere ich Abby zu. »Ich halte dich auf dem Laufenden.«

Dann lege ich auf.

»Rachel, bist du hier drin?«, fragt Cate, inzwischen etwas näher.

Ich atme durch die Nase ein und durch den Mund aus, bevor ich es wage, die Tür zu öffnen.

Cate steht mit geröteten Augen vor mir, als hätte sie ebenfalls geweint. »Es tut mir so leid«, flüstert sie.

»Schon gut«, lüge ich.

Es fällt mir schwer, ihren wunderschönen blauen Augen in diesem Moment zu begegnen. So viele Gefühle wüten in mir, und Scham ist eines davon. Cate müsste das jetzt nicht durchmachen, wenn ich nicht hierhergekommen wäre.

»Mandy telefoniert gerade mit meinem Anwalt. Ich werde Phil auf dem Rechtsweg abfertigen. Er, ähm, er hat mich schon lange vor der Scheidung verbal misshandelt.« Ihre Worte sind stockend, sie hat Probleme, sie herauszubringen. »Seine Eifersucht war bestenfalls unerträglich. Ich habe mich mit der Situation privat auseinandergesetzt, aber heute Abend hat er eine Grenze überschritten. Ich hätte nie gedacht, dass er so bösartig werden würde. Rachel, es tut mir so leid, dass du zwischen die Fronten geraten bist.«

Ich nicke, unsicher, was ich sagen soll. Der Gedanke an das, was Cate in ihrer Ehe ertragen musste, schmerzt mehr als alles andere.

»Wie kommt es, dass jemand wie du mit so jemandem zusammen war?«, flüstere ich.

»Es war nicht immer so. Am Anfang … Am Anfang war es, als wären wir seelenverwandt. Doch im Laufe der Jahre hat er sich verändert. Er wurde eifersüchtiger, machte abfällige Bemerkungen, erwartete von mir, dass ich die Hausfrau spiele und mich um alles kümmere – oder vielleicht habe ich es auch nur erst spät gemerkt. Er sagte mir ein paar Mal zu oft, wen ich nicht sehen durfte, und der Tropfen, der das Fass dann zum Überlaufen brachte, war, als er Josie beleidigte. Es war gar nichts wirklich Schlimmes, er nannte sie nervig oder so, aber an diesem Tag hat es mir gereicht.«

Es ergibt Sinn, dass sie lange nicht bemerkt hat, wie sich der Mann, den sie liebte, allmählich veränderte. Aber ich hasse ihn. Ich verschränke die Arme.

»Warum ist er so? Was könnte jemanden dazu bringen, so …« Ich wedle mit der Hand, weil ich nicht weiß, welches Wort passt. Rachsüchtig? Schrecklich? Scheiße? Merediths Erklärung, dass er nach einer Reihe von gescheiterten Beziehungen verunsichert ist, reicht nicht aus. Das ist mehr, als nur traurig darüber zu sein, dass man ein paar Mal abserviert wurde.

Cate zuckt mit den Schultern. »Er hasste es, über seine Kindheit zu sprechen, und ich habe seine Eltern in all den Jahren, die wir zusammen waren, nur ein paar Mal getroffen. Ich hatte den Eindruck, dass er nie gut genug für sie war. Obwohl er als Teenager viele Theaterpreise gewann, weigerten sie sich, ihn zu unterstützen oder zu seinen Aufführungen zu kommen. Sie verlangten, dass er gute Noten bekommt, doch stattdessen brach er die Schule ab und begann mit der Schauspielerei. Ich glaube, er hing wegen seiner Mutterkomplexe zu sehr an mir und … konnte nicht damit umgehen, verlassen zu werden.«

»Ich hasse ihn deshalb nicht weniger.«

Cate tritt näher. Ihr Gesichtsausdruck ist ernst, doch in ihren Augen liegt ein Funkeln. »Rachel, du hast mich gefragt, warum ich heute mit der Limousine und dem Wellness-Tag so viel Aufwand betrieben habe. Das war für dich. Ich wollte, dass der heutige Tag perfekt für dich wird. Es tut mir so leid –« Ihre Stimme bricht. Sie schluckt und schüttelt den Kopf.

Diese Worte hätten vielleicht vorhin etwas in mir ausgelöst, aber im Moment fühle ich mich leer.

»Es ist okay«, sage ich, denn obwohl es das nicht ist, kann ich es nicht ertragen, wenn sie meinetwegen so traurig ist.

»Ich weiß, dass dieser ganze Abend anstrengend war. Der rote Teppich war auch für mich ganz schön viel. Ich hätte dich besser vorbereiten müssen.«

»Es ist nicht deine Schuld. Wie hättest du wissen sollen, dass ich Angst vor dem roten Teppich haben würde?«

Sie mustert mich, als versuche sie zu verstehen, was genau ich damit meine. Wir haben nie über meinen Anflug von Panik vorhin gesprochen.

Ich muss es ihr erklären. Sie muss verstehen, warum ich die Nerven verloren habe und warum ich vielleicht auch weiterhin Probleme haben werde, wenn wir von Kameras umzingelt werden. Wenn sie deswegen nichts mit mir zu tun haben will, hat sie jetzt die Chance, das zu sagen. Ich kann nach Hause gehen, und wir ziehen einen Schlussstrich unter diese Sache mit uns.

»Vor ein paar Jahren, gegen Ende der Highschool, hatte ich eine … Mobbing-Situation.« Ich spreche eher mit dem Waschbecken hinter ihr, denn wenn ich ihr in die Augen sehe, kann ich vielleicht nicht weiterreden. »Da war dieses Mädchen, Lauren, die mich die ganze Schulzeit über tyrannisiert hat. Sie drohte mir ständig, mich zu verprügeln. Sie hat es nie getan, aber Gott, die Dinge, die sie zu mir sagte, waren …« Ich schüttle den Kopf. »Je älter wir wurden, desto fieser wurde sie. Eines Tages gingen alle aus meiner Stufe zu dieser Gartenparty. Ich habe mich ziemlich betrunken und mit meiner Freundin Sarah hinter einem Schuppen rumgeknutscht. Lauren und ihre Freunde … Sie haben uns gefilmt. Sie haben das Video online gestellt und jeder in der Schule hat es gesehen.«

Mir wird übel, während ich all das erzähle, aber es muss raus. Ich werde mich hinterher besser fühlen.

Cate bewegt sich nicht, ihre Aufmerksamkeit liegt komplett auf mir.

»Es ist so … Sarah war nicht geoutet«, fahre ich leise fort. »Ihre Eltern waren superkonservativ. Nach dieser Sache hat sie mich abgrundtief gehasst und wir haben nie wieder miteinander gesprochen. Ihre Eltern zwangen sie, die Schule zu wechseln, und ich wurde noch mehr tyrannisiert. Die

Leute haben mich, ähm …« Ich tue so, als würde ich ein Foto machen. »Sie haben sich über mich lustig gemacht, schätze ich. Sie versuchten, mich zu provozieren. Haben so getan, als würden sie Fotos von mir machen, während des Unterrichts, auf dem Flur … Einmal sind ein paar Jungs zu meinem Haus gekommen und haben durch mein Schlafzimmerfenster ein Foto von mir gemacht. Mein Vater rief die Polizei. Jedenfalls war es mir peinlich, ich schämte mich … und ich bereute so ziemlich alles, was mit diesem ganzen Vorfall zu tun hatte. Sogar, dass ich lesbisch bin. Ich fing an, die Schule zu schwänzen, und wäre geflogen, wenn eine meiner Lehrerinnen nicht gewesen wäre. Sie sorgte dafür, dass ich die Noten angerechnet bekam, die ich verdiente, und dass ich mir die Zulassung zur Universität nicht vermasselte.«

Meine Stimme versagt und ich räuspere mich.

Cate tritt näher. »Oh, Rachel …«

»Das ist der Grund, warum ich mit Kameras nicht klarkomme. Es hat etwas … in mir ausgelöst. Nach dieser Sache … Immer wenn ich mich umgedreht habe und jemand eine Kamera auf mich gerichtet hat – und sei es nur meine Mutter, die bei Familientreffen filmen wollte –, bekam ich dieses schreckliche, beklemmende Gefühl in der Brust. Also habe ich aufgehört, Fotos zuzustimmen. Manchmal breche ich immer noch zusammen. Ich arbeite daran, aber … es ist schwer.«

»Und trotzdem hast du zugestimmt, Zeit mit mir zu verbringen, der Königin der unerwünschten Fotos.«

Ich zucke mit den Schultern. »Du bist es wert.«

Röte steigt in ihre Wangen. Sie öffnet und schließt den Mund, bevor sie schließlich weiterredet. »Rachel, du hättest es mir sagen sollen. Dann hätte ich dich nicht gebeten, mit mir hierherzukommen.«

Ich schüttle energisch den Kopf. »Das ist es ja gerade. Ich muss darüber hinwegkommen. Ich *will* es. Ich kann doch nicht zulassen, dass das mein Leben ruiniert – oder das, was ein toller Abend für uns sein könnte.«

»Aber wir hätten deine Ängste langsam bewältigen können, anstatt dich direkt ins offene Feuer zu stürzen«, sagt sie mit einem atemlosen Beinahe-Lachen. »Wir hätten mit einem Selfie anfangen können.«

Meine Mundwinkel zucken unwillkürlich ein Stück nach oben.

Nach meinem Geständnis fühle ich mich schon besser. Ich weiß nicht, ob sie deswegen weniger von mir hält oder ob sie Mitleid mit mir hat oder etwas ähnlich Beschämendes, aber ich fühle mich leichter, freier, jetzt, wo die Worte heraus sind. Ihre Reaktion ist so gut, wie sie nur sein kann, und jetzt habe ich keine Geheimnisse mehr.

»Willst du die Party sausen lassen und hoch in unsere Suite gehen?«, fragt Cate.

Ich blinzle. »Wirklich?«

Sie nickt und ihre losen blonden Locken hüpfen.

»Aber … die Gala …«

»Wir haben unseren Part auf dem roten Teppich erledigt und ich habe Mandy und Sean bereits gesagt, dass ich für heute Abend genug habe. Ich gehe jetzt in unsere Suite, du kannst also gern mitkommen.«

Ihr Gesichtsausdruck hat etwas Flehendes und ich möchte ihr in die Arme fallen.

Auch wenn ich emotional am Tiefpunkt angelangt bin, hilft mir ihre Einladung, wieder etwas aufrechter zu stehen. Obwohl ich auf der Gala vor allen gedemütigt wurde, will Cate immer noch Zeit mit mir verbringen. Und sie ist die einzige Person, die zählt.

»Okay.«

Ihre Lippen formen fast, aber noch nicht ganz, ein Lächeln.

Die flirtende Stimmung von vorhin ist längst verflogen. Der Abend endet eindeutig ganz anders, als ich gehofft hatte.

Als wir die Toilette verlassen und die Lobby durchqueren, brechen hinter den Türen des Ballsaals Gelächter und Applaus aus.

Wir fahren den Aufzug zu unserer Suite hinauf, ohne uns zu berühren, ohne miteinander zu sprechen. Innerlich verfluche ich den verdammten Phil Niles.

Kapitel 13

Vor- und Nachteile von Sechs-Sterne-Hotels

Auf dem Couchtisch in unserer Suite steht der größte Geschenkkorb, den ich je gesehen habe. Hinter der transparenten Verpackung blitzen hochwertige Alkoholika und Trüffel hervor. Warum bekommen reiche Leute eigentlich immer alles umsonst?

Wie versprochen hat die Suite mehrere Räume – eine voll ausgestattete Küche, ein Wohnzimmer mit einem großen Tisch, ein riesiges Badezimmer und zwei Schlafzimmer.

An der hinteren Wand, die komplett aus Glas besteht und den Blick auf einen wunderschönen kalifornischen Strand freigibt, steht eine Badewanne für zwei Personen. Mein Gesicht brennt, als ich die romantische Atmosphäre um die Wanne herum bemerke – Schaumblasen, Champagner, Gläser, stimmungsvolle Beleuchtung. Sie haben sogar einen Korb mit Rosenblättern bereitgestellt. In der Decke über der Wanne glitzern Hunderte Kristalle.

»Es ist echt unfassbar, in welchen Hotels du so wohnst«, sage ich staunend. »Als ich aufwuchs, haben wir nur in den billigsten Hotels übernachtet.«

»Oh, ich war als Kind auch nur in Billighotels. Dann hatte ich irgendwann Glück und Hollywood wollte mich. Wobei … Glück ist relativ. Dieses Leben hat auch seine Schattenseiten. Die Zeiten der Billighotels waren viel einfacher.«

Ich warte darauf, dass sie fortfährt, weil ich auf Einblicke in ihre Kindheit hoffe, doch Cate schlendert zur Wanne und wirft eine Handvoll Rosenblätter wie Konfetti in die Luft. »Aber über protzige Unterkünfte und Geschenkkörbe kann ich mich nicht beschweren. Sollen wir den aufmachen?« Sie begutachtet den Champagner.

»Ehrlich gesagt hatte ich heute schon genug Champagner. Glaubst du, es gibt die Zutaten für Moscow Mules in der Minibar?«

Sie grinst. »Lass es uns herausfinden. Ich bin in der Stimmung, mich zu betrinken.«

»Und ich erst.«

Wir beide zwingen uns, locker zu wirken. Mir macht das nichts aus. Irgendwann verschwindet die Spannung vielleicht wieder und wir können diesen schrecklichen Vorfall vergessen.

Ich schaue mir die Minibar und die Speisekarte an und überlege, ob ich etwas bestellen will. Ich habe zwar einen Knoten im Magen, trotzdem bin ich hungrig.

»Ich lasse den Zimmerservice ein Festmahl bringen«, nimmt Cate mir die Entscheidung ab.

Während ich die Minibar durchstöbere, nimmt sie den Hörer ab und bestellt Sushi, Spaghetti, gegrillte Käsetoasts mit Pommes, Tacos und Brownies.

Nachdem sie aufgelegt hat, zeige ich auf den Geschenkkorb: »Das ist spannender als die Bar.«

Cate linst durch die durchsichtige Verpackung. »Das sind ganz schön viele Proben. Ist das Absinth?«

Ich rümpfe die Nase. »Ja, und der erinnert mich an ein paar schlechte Entscheidungen.«

»Sollen wir den Korb sezieren und alles probieren?«

»Sektionen«, sage ich begeistert. »Du weißt, wie man eine Medizinstudentin anmacht.«

Sie zieht eine Augenbraue hoch und ihr Blick wird verführerisch. Wahrscheinlich ist das als Scherz gemeint, aber ich muss mir trotzdem auf die Lippe beißen.

»Zuerst muss ich aus diesem Kleid raus«, sagt sie und windet sich. »Gott, ich fühle mich, als hätte ich Sandpapier an.« Auf dem Weg in ihr Schlafzimmer befreit sie ihre Arme. Offenbar lässt sich das Kleid durch den offenen Rücken leicht ausziehen.

Ich wende meinen Blick ab, da ich bei dem Anblick ihres nackten Rückens Herzklopfen bekomme. Ich erinnere mich an ihre anzüglichen Worte von vorhin – vor einem halben Leben –, als sie mir sagte, dass ich ihr beim Ausziehen helfen müsse.

Verdammter Phil Niles.

Als Cate zurückkommt, trägt sie ein übergroßes T-Shirt und eine Flanellhose mit Pinguinen darauf. »Viel besser.«

»Das ist also das lockere Schlafshirt, das du versprochen hast«, sage ich schmunzelnd. »Aber war da nicht auch die Rede von *keine Hose*?«

Das war gewagt, aber Cate lächelt, und der Blick, den sie mir hinter halb geschlossenen Lidern zuwirft, würde Eiscreme schmelzen lassen.

Dennoch hängt die Sache mit Phil noch immer in der Luft. Unter ihrer souveränen Fassade ist Cate eindeutig verletzt. Und auch ich bin mir nicht so sicher, wo ich stehe. Vor ein paar Minuten war ich noch kurz davor, in ein Flugzeug zu steigen, von hier zu verschwinden und so zu tun, als wäre der heutige Abend nie passiert.

Vorsichtig frage ich: »Bist du okay?«

»Natürlich«, antwortet Cate sofort. »Mir geht es immer gut.«

Es ist eine Lüge und sie weicht meinem Blick aus, aber ich dränge sie nicht.

»Ich bin da, wenn du über irgendetwas reden willst.«

Jetzt sieht sie mir in die Augen. Ihre Schultern sacken nach unten, als würde die Anspannung aus ihrem Körper weichen. »Danke. Aber du bist es, um die ich mich sorge, Rachel.«

»Mir geht's gut«, erwidere ich, und mit jedem Moment, den ich mit ihr verbringe, wird es wahrer. »Ich bin hier bei dir und wir haben Zimmerservice und diesen grotesken Geschenkkorb, und das ist alles, was ich brauche.«

Sie schenkt mir ein kleines Lächeln. »Bist du sicher?«

Ich nicke. Wenn sie denkt, dass ich darüber hinweg bin, können wir die Gala vielleicht vergessen. Vielleicht ist dieser Abend noch zu retten.

Sie atmet tief durch und kreist mit den Schultern. »Events wie dieses sind anstrengend, selbst an den besten Tagen. Sie sehen lustig und aufregend aus, wie eine Party mit den coolsten Leuten der Welt – und ich schätze, das sind sie auch –, aber Gott, da sind immer eine Menge großer Egos in einen Raum gepfercht. Jeder hier hat Karriere damit gemacht, aufgeschlossen und dramatisch zu sein, und wenn man sie alle zusammenbringt und dann noch Kameras und Presse dazu, dann verwandelt sich der Raum in …« Sie macht eine wirbelnde Bewegung mit ihren Armen.

»In einen Energiestrudel?«, schlage ich vor.

Sie nickt. »Hexen könnten eine Menge dunkle Magie betreiben mit all der Energie, die bei einem Promi-Bankett entsteht.«

Ich lache.

Cate tritt näher. »Jedenfalls bin ich heute Abend viel lieber hier oben.«

Mein Herz macht einen Sprung. »Ich auch.«

Sie öffnet ihre Arme und ich lasse mich von ihr in eine Umarmung ziehen, von der ich nicht gewusst hatte, wie sehr ich sie brauche. Sie ist warm und anhaltend und Cates Hand streicht über meinen Nacken.

Wieder steigen mir Tränen in die Augen. Nach dem, was wir gerade durchgemacht haben, fühlt sich selbst eine einfache Umarmung unglaublich gut an.

Während wir uns gegenseitig festhalten, kann ich ihren Herzschlag an meiner Brust spüren. Die Form ihres Körpers ist perfekt, sie passt an meinen Körper, als würden wir zueinandergehören. Können wir nicht einfach eine Weile so bleiben?

Als wir uns trennen, vermeiden wir den Blick der jeweils anderen, und Cate räuspert sich.

»Ich ziehe den Anzug aus, dann können wir mit unserer Sektion beginnen«, sage ich zögernd und mache mich auf den Weg in mein Schlafzimmer.

O Mann. Vielleicht wäre es klüger, mich aus dem Staub zu machen, jetzt, wo ich weiß, wozu ihr Ex fähig ist, aber in dieser Umarmung lag einfach so viel Gefühl.

In den paar Minuten Privatsphäre, während ich mich umziehe und Cate im Bad verschwindet, schreibe ich Abby.

Zwischen Cate und mir scheint alles in Ordnung zu sein. Ich werde hierbleiben. Danke, dass du so fantastisch bist, Abby. xo

Das klingt gut. Ruf an, wenn du mich brauchst. xo

Ich öffne schnell den Browser und suche nach Phil Niles. Ich werde nicht zulassen, dass er meine Gefühle für Cate beeinflusst, aber ich muss wissen, mit wem ich es zu tun habe.

Ein paar Nachrichtenartikel stehen ganz oben in den Suchergebnissen und Cates Name taucht in allen auf. Sie zeigen Paparazzi-Fotos von den beiden, wie sie sich anschreien oder unglücklich voneinander weggehen. Die Worte *Scheidung*, *Gerichtsverfahren*, *Herzschmerz* und *Albtraum* prangen in den Schlagzeilen und Vorschautexten.

Mein Inneres krampft sich zusammen. Sich mit jemandem einzulassen, der gerade eine chaotische Trennung hinter sich hat, kann schon unter normalen Umständen problematisch sein, doch das hier ist eine ganz andere Größenordnung. Die Scheidung war nicht nur megaöffentlich, sondern auch noch von einem der beliebtesten Schauspieler Nordamerikas. Beim Herunterscrollen fallen mir Phil Niles' beeindruckende Filmografie und seine Social-Media-Accounts ins Auge, die mich daran erinnern, wie erfolgreich er ist. In seinen Headshots ist er unglaublich attraktiv – und wirkt ganz anders als vorhin.

Was hat Phil dazu bewogen, mich nach unserem Gespräch so zu demütigen? Hat er gemerkt, dass ich mich nicht von Cate fernhalten werde und er zu drastischen Maßnahmen greifen musste? Vielleicht hat er sich irgendwie von mir bedroht gefühlt, oder von der Art und Weise, wie Cate sich mir gegenüber verhielt. Was auch immer es war, er schien es für nötig zu halten, mich physisch aus Cates Nähe zu vertreiben.

Das wäre befriedigend und aufregend, wenn er nicht so angsteinflößend wäre.

Das Ende des Abends blitzt vor meinem geistigen Auge auf – die Sicherheitsleute, die mich packen, die Scham, weggezerrt zu werden, während all diese berühmten Leute mitleidig zusehen, und wie sie mir sagten, ich solle zurück in den Ballsaal gehen, als wäre ich nicht gerade grundlos brutal erniedrigt worden.

Nun, das Arschloch hatte Erfolg. Ich bin nicht mehr auf der Party. Cate allerdings auch nicht. Damit hat er wahrscheinlich nicht gerechnet.

Ich höre, wie die Badezimmertür sich öffnet, also schalte ich mein Handy aus. Ich kann später noch mehr über Phil recherchieren. Im Moment will ich einfach nur hier bei Cate sein. Bei der Frau, die eine Promi-Gala verlassen hat, um mit mir zusammen zu sein.

Ungeschminkt und im Schlafanzug sieht sie noch bezaubernder aus als in ihrem schicken Kleid. Mir wird heiß bei der Erkenntnis, dass ich heute Abend die echte Cate sehe.

Es klopft an der Tür – zum Glück ist es nur der Zimmerservice. Während ein Mann unser Festmahl hereinrollt, wasche ich mühsam mein Make-up ab.

Wir setzen uns auf den Plüschteppich und verteilen unsere Gourmetgerichte und den Geschenkkorb zwischen uns. Cate zieht an der Schleife, sodass die Plastikfolie auseinanderfällt. Die Bewegung ist langsam und bedächtig, als würde sie die Schnüre am Rücken eines Kleides aufmachen.

Mein Gott, Rachel, reiß dich zusammen.

Aber wir sitzen zusammen auf dem Boden und beugen uns über einen Korb voller Alkohol und etwas Großes schwebt zwischen uns in der Luft.

Wenn mir eine andere Frau gegenübersitzen würde, nachdem sie mir einen ganzen Abend flirtende Signale geschickt hat, würde ich jetzt definitiv den ersten Schritt machen. Aber auch wenn man den Stimmungskiller vorhin außer Acht lässt: Das hier ist *Cate Whitney*. Phil hatte nicht ganz Unrecht, als er sagte, ich sei zu gewöhnlich für sie.

Sie kippt den Korb um und verteilt Flaschen, Pralinen, Geschenkkarten und Snacks auf dem Teppich.

»Wähle dein Gift. Buchstäblich. Ich wette, die Hälfte hiervon schmeckt nach Benzin.«

Ich könnte einen zaghaften Versuch wagen. Ihre Reaktion wird mir zeigen, ob sie ihre Meinung heute Abend geändert hat. Das ist besser, als sie unbeholfen zu fragen, ob sie an mir interessiert ist. Wenn sie Nein sagt, hätte ich den Rest des Abends auch versaut.

»Oh, ist das Whisky mit Ahornsirup?«, frage ich.

Die Flasche ist hinter sie gerollt. Als ich danach greife, tue ich so, als bräuchte ich ihren Oberschenkel als Stütze und lehne mich so dicht an sie heran, dass sich unsere Wangen berühren. Ihr sommerliches Parfüm ist sanft und beruhigend.

Cate bleibt ganz still.

Mit der Whiskyflasche in der Hand setze ich mich zurück, doch ich halte ihren Blick dabei länger, als ich es gewöhnlich täte, und grinse verschmitzt. »Da fühlt eine Kanadierin sich doch gleich wie zu Hause. Hast du das schon mal probiert?«

Sie schüttelt den Kopf, die Lippen leicht geöffnet. Ihr Gesichtsausdruck ist unlesbar, doch ihr stieg eine leichte Röte in die Wangen.

Okay, sie ist nicht zurückgewichen und hat auch nicht komisch auf die Nähe reagiert.

Ich öffne die Flasche, nehme einen Schluck und seufze zufrieden. »Schmeckt nach daheim. Hier.«

Cate nimmt die Flasche von mir entgegen und kostet vorsichtig. »Oh! Das ist nicht schlecht. Schmeckt wie flüssige Pfannkuchen.«

Ich lache.

Wir wühlen uns durch die Dinge auf dem Boden.

»Ich habe etwas Wichtiges anzusprechen«, sage ich.

Cate zieht eine Augenbraue hoch.

Ich hebe eine Snackpackung auf. »Wer hat sich diesen Mist ausgedacht? Knusprige Asiago-Käse-Häppchen mit eingebackenem Koriander? Wollen die uns verarschen?« Ich tue so, als müsste ich mich übergeben.

Lachend nimmt Cate mir die Packung aus der Hand. »Das muss ein Scherz sein.«

Während wir uns quatschend und lachend durch die Köstlichkeiten vor uns kämpfen und uns mit Essen vollstopfen, das eigentlich nicht zusammenpasst, aber trotzdem lecker ist, fällt allmählich die Anspannung von mir ab. Cates echtes Lächeln, das ich nicht mehr gesehen habe, seit wir im Spa waren, kehrt zurück.

Wir beenden unser Festmahl, probieren alles, was im Korb war, und gehen dann zur Minibar und zum Champagner über. Ich kann den Reiz der Marke nicht nachvollziehen, zum einen, weil ich keinen Gaumen für Champagner habe, zum anderen, weil ich zu betrunken bin, um wirklich zu schmecken, was ich da trinke.

Nach ein paar Stunden drückt Cate sich mit dem Handballen an die Stirn. »Meine Güte, ich glaube, ich habe zu viel getrunken.«

Es ist bezaubernd, dass sie etwas so Altmodisches wie »Meine Güte« sagt, statt zu fluchen.

Unsere Blicke treffen sich und ihrer ist so unfokussiert, wie ich mich fühle. Wir haben definitiv viel zu viel getrunken und die internationale Mischung, die wir zum Abendessen hatten, trägt nicht gerade dazu bei, meinen Magen zu beruhigen.

Ihr Telefon piepst auf dem Couchtisch und sie steht auf, um es zu überprüfen. »Nur eine Erinnerung an den Flug.« Cate seufzt. »Ich denke, wir sollten ins Bett gehen. Wir müssen um sechs Uhr aufstehen.«

Ich stöhne bei der Aussicht, mit einem Kater und zu wenig Schlaf zu fliegen. Als ich mich auf die Beine stemme, schwankt der Boden unter mir.

Wir verharren auf der Stelle, während die Alkoholdämpfe durch den Raum wabern.

»Äh, gute Nacht«, sage ich.

»Gute Nacht«, murmelt sie.

Bilde ich mir die Intensität ein, mit der sie meinen Blick hält?

Wenn sie sich bettfertig machen und schlafen gehen wollte, würde sie das jetzt tun. Aber sie rührt sich nicht. Sie sieht mich an, ein Funkeln in ihren Augen.

Hitze durchströmt mich.

Wenn wir näher beieinander stehen würden, könnte ich mich vorbeugen, sehen, ob sie mir entgegenkommt, sich an mich lehnt. Aber diese verdammte Suite ist riesig und wir sind viel zu weit voneinander entfernt. Ich müsste erst noch zu ihr gehen – und was dann? Was, wenn ich meine Chance für diesen Abend verpasst habe?

Die Stille hält schon zu lange an. Cate unterbricht unseren Blickkontakt und schaut aus dem Fenster, wo die Lichter der Segelboote auf dem Wasser glitzern wie Feen.

»Schöne Aussicht«, sage ich zögernd. »Alles in diesem Hotel ist so schön. Danke, dass du mich hierhergebracht hast.«

»War mir ein Vergnügen.« Sie wendet sich mir wieder zu.

»Gute Nacht«, wiederhole ich und mein Herz hämmert gegen meine Rippen.

»Gute Nacht.« In ihrer Stimme liegt ein Hauch von Resignation.

Ich schließe meine Zimmertür extra langsam, denn insgeheim hoffe ich, dass sie mir folgt.

Worüber denkt sie wohl gerade nach? Warum bin ich zu feige, sie zu fragen?

Weil sie ein Star ist und jeden auf der ganzen Welt haben könnte. Sie war mit Phil Niles zusammen, dem bekanntermaßen heißesten Werwolf der Welt. Und wie er freundlicherweise betont hat, bin ich ein Niemand. Ich bin Rachel aus Vancouver, habe einen hohen Schuldenberg und sonst absolut nichts vorzuweisen.

Langweilig. Durchschnittlich.

Und mit diesem ernüchternden Gedanken lasse ich die Tür hinter mir zufallen.

Als ich meine Hose ausziehe und zwischen die kalten Laken schlüpfe, bin ich hellwach. Mein Puls hört nicht auf zu rasen. Ich wälze mich umher, quäle mich mit der Erinnerung an Cates Flirten, bin wütend auf mich selbst, weil ich keinen Versuch gewagt habe, aber auch dankbar, dass ich es nicht getan habe, weil sie diejenige sein sollte, die den ersten Schritt macht. Und immer wieder kehre ich dazu zurück, jedes ihrer Worte und jede Berührung zu analysieren.

Die absurd helle Hoteluhr zeigt zwei Uhr morgens an. Morgen auf dem Rückflug werde ich definitiv ein Wrack sein.

Tapp, tapp.

Ich setze mich auf.

Habe ich das geträumt?

Das Geräusch wiederholt sich. *Tapp, tapp, tapp.*

»Hallo?«, frage ich.

»Rachel?«, höre ich Cate leise von der anderen Seite meiner Tür.

Mein Atem stockt. Ich springe aus dem Bett und renne zur Tür, als wäre der Feueralarm losgegangen.

Vor meiner Tür steht Cate in ihrem T-Shirt, die Beine nackt, das Gesicht schwach beleuchtet von den Lichtern der Stadt, die durch die Vorhänge dringen.

»Ist alles okay?« Meine Lippen fühlen sich taub an.

»Ja.« Sie steht so dicht vor mir, dass ihr Atem mein Gesicht kitzelt. »Ich … ich konnte nicht schlafen.« Sie schaut mir in die Augen.

Sie ist absolut perfekt. Ihre Haut ist weich im dämmrigen Licht, ihr Blick glüht unter den dichten Wimpern, sie beißt sich auf die volle Unterlippe.

Mein Körper bewegt sich, bevor mein Gehirn eine bewusste Entscheidung treffen kann. Innerhalb eines Wimpernschlags liegt sie in meinen Armen und sie erwidert meinen Kuss mit der gleichen Dringlichkeit.

Ich vergrabe meine Finger in ihrem weichen Haar, ziehe sie näher an mich heran und dränge meine Hüften gegen ihre. Ein Stöhnen entweicht mir, als sie ihre Lippen gegen meine bewegt. Sie beißt mich in die Unterlippe und saugt an der malträtierten Stelle, neckt mich mit der Zunge, zieht meine Hüfte bestimmt enger an sich heran.

»Cate«, flüstere ich gegen ihre Lippen, ehe ich aufkeuche. »Ich war mir nicht sicher, ob du auf Frauen stehst.«

Sie schiebt mich nach hinten, sodass wir in mein Zimmer taumeln. Wir sind hektisch, verzehren uns nach einander, und aus den Funken zwischen uns wird ein Feuer.

Ihre Hände gleiten unter mein Shirt. Das Gefühl ihrer Handflächen an meiner nackten Haut lässt mich erbeben.

»Ich habe es vermutet«, murmelt sie. »Aber nie etwas mit einer Frau gehabt. Vielleicht habe ich nie die richtige Frau dafür getroffen.«

Die Erinnerung an den See mit Julia kocht in mir hoch – betrunken, neugierig, ihr erstes Mal mit einer Frau. Diese Zurückweisung hat ein Loch in meine Brust gerissen, das noch nicht verheilt ist, und ich möchte mich nicht noch einmal in diese Situation bringen. Soll ich die Reißleine ziehen?

Dann stoßen meine Beine an das Bett hinter mir und wir lassen uns darauffallen. Cate landet auf mir, und meine Zweifel lösen sich in einem glückseligen Dunst auf. Wir rutschen bis ans Kopfende und ich schlinge meine Beine um ihre Hüften, wobei mir quälend bewusst ist, dass keine von uns eine Hose trägt.

Ihre Haut ist so weich an der Innenseite meiner Oberschenkel. Ich bin längst feucht.

»Was hat sich geändert?«, frage ich zwischen zwei Küssen.

Sie drückt meine Hände über meinem Kopf in das Kissen, küsst meinen Hals. Sie lässt sich Zeit mit der Antwort. »Ich glaube, manchmal bringt das Universum einem die richtige Person zur richtigen Zeit. Du warst … genau, was ich gebraucht habe. Du bist klug, interessant, lustig, sexy …«

Ich stöhne auf. Das Gefühl ihrer Lippen überall auf mir lässt mir den Kopf noch mehr schwirren. »Hab ich ni… *Gott.* Hab ich nicht auf dem Boden gelegen und war total eingesaut mit Senf und Spinnweben, als wir uns das erste Mal trafen?«

Sie stößt ein leises Lachen aus, das mich am Hals kitzelt. »Und danach warst du rücksichtsvoll und freundlich. Wir hatten eine emotionale Verbindung, von der ich nicht wusste, dass ich mich danach sehnte. Ich hatte das Gefühl, dass du dich aufrichtig um mich bemühst und mir helfen willst. Du warst an dem interessiert, was ich zu sagen hatte, nicht nur an meinem Namen.«

»Nun, ja«, sage ich verwirrt. »Ist das nicht das Mindeste?«

Sie lächelt, und das macht sie nur noch schöner. Dann erobert sie meinen Mund erneut.

Wir bewegen uns gegeneinander, reiben uns aneinander, atmen schwer und stöhnen leise. Ihr Gewicht auf mir und ihre Hände, die mich an die Matratze fesseln, sind berauschender als der Alkohol.

Ich hatte recht. Die Euphorie entfacht ein wahres Feuerwerk in mir. Das ist es, was ich verdiene – eine Frau, die weiß, was sie will, und die sich ihrer Zuneigung zu mir sicher ist. Sie *hat* mit mir geflirtet. Sie wusste, was sie wollte, und hat alles getan, um es zu bekommen. Gott, das ist so heiß. Diese Selbstsicherheit hat sie dahin gebracht, wo sie jetzt ist – und deshalb fühle ich mich so hoffnungslos zu ihr hingezogen. Sie ist schon längst über die unsichere Lebensphase hinweg, durch die sich alle in meinem Alter zu kämpfen scheinen.

Ich drehe uns um und halte sie fest. Einen Moment verharre ich so, um ihren Anblick in mich aufzusaugen. Wie sie unter mir liegt, das blonde Haar aufgefächert, die Wangen gerötet.

Ich lasse meine Hände über ihren Oberkörper gleiten. Noch ist der dünne Stoff ihres T-Shirts zwischen uns. Ich fahre mit meinen Handflächen über ihre Brüste, ihren Bauch hinunter und zu ihrem Slip. Dann schiebe ich eine Hand zwischen ihre Beine, wo ich durch den Stoff ihre Hitze spüren kann.

Sie keucht und drückt sich gegen mich. »Ich will dich, Rachel.«

Ich schließe meine Augen, unerträglich erregt. Mir ist schwindlig, alles in mir verzehrt sich nach ihr.

Kein Stolperstein des Abends spielt noch eine Rolle – nicht meine Panik auf dem roten Teppich, nicht Phil, der behauptete, ich wäre nicht gut genug für Cate, nicht die öffentliche Demütigung. Cate will mich trotzdem und dieser Moment mit ihr ist alles andere wert. Ich würde das alles noch einmal durchmachen, wenn ich wüsste, was auf der anderen Seite auf mich wartet.

Ich beuge mich hinunter, um ihre Lippen mit meiner Zunge zu liebkosen – und ihr Gesichtsausdruck ändert sich schlagartig. Ihr Lächeln verwandelt sich in Überraschung. Sie reißt die Augen auf, der Mund steht ihr offen.

»Scheiße«, sagt sie.

Schnell gleite ich von ihrem Körper. Mein Herz rast. Habe ich etwas falsch gemacht?

»Ich muss …« Sie springt vom Bett auf und hält sich eine Hand vor den Mund, während sie zum Badezimmer rennt.

Ich stöhne und folge ihr, um ihr die Haare aus dem Gesicht zu halten. Meine Lust verfliegt augenblicklich bei dem unverwechselbaren Geräusch von Erbrechen.

Kapitel 14

Nichts zu verstecken

»Abby, erinnerst du dich daran, wie ich für ein paar Stunden aus der Wohnung verschwunden bin, als du dein Bewerbungsgespräch hattest?«

»Ja …«, antwortet sie und beäugt mich misstrauisch. Sie sitzt am Tisch und arbeitet an der Website für *Triple-X POV*. Selbst aus einiger Entfernung kann ich das Bild einer Frau erkennen, die sich so richtig mit dem riesigen Penis des Mannes amüsiert, aus dessen Perspektive das Foto geschossen wurde.

Interessant, wie gut sich die Erfüllung von Fantasien verkauft. Ob die Technik irgendwann einen Punkt erreichen wird, an dem die Leute 3D-Abbildungen ihrer eigenen Körper in Point-of-View-Videos einfügen können?

»Ähm, könntest du heute Abend für ein paar Stunden der Wohnung fernbleiben?« Mein Gesicht glüht, als ich die Worte ausspreche.

Abby starrt mich an. Ich stelle mir vor, wie die Zahnräder in ihrem Kopf rattern, und dann …

Klick.

»Heilige Scheiße!«, schreit sie so laut, dass sie garantiert die Szene, die unten auf der Straße gefilmt wird, neu drehen müssen.

Ich bedecke mein heißes Gesicht mit den Händen. »Nicht so –«

»Fickst du Cate Whitney?« Abby rennt zu mir und zwingt mich, die Hände zu senken.

»Das ist der Plan«, murmle ich schwach.

Abby weicht einen Schritt zurück. »O mein Gott. Ich … Ich muss mich hinlegen.«

Und das tut sie auch, mitten im Wohnzimmer. Die Handflächen richtet sie dabei nach oben wie in der Shavasana-Stellung.

»Ich kann nicht fassen, dass du dich mit Cate Whitney nackt im Bett wälzen wirst«, sagt sie, den Blick Richtung Decke. »Sie steht also wirklich auf dich?«

»Anscheinend.« Auch wenn sie nicht böse gemeint ist: Die Frage tut weh. Denn je mehr ich darüber nachdenke, desto weniger weiß ich, warum Cate auf mich stehen sollte. Ist das alles ein Experiment? Bin ich ein spaßiger Zeitvertreib während ihres Aufenthalts in Vancouver?

Ich muss schlucken. Ich schätze, ich werde es herausfinden.

Eine Woche ist jetzt vergangen seit unserem holprigen, verkaterten Flug von L.A. nach Hause. Wir haben die ganze Woche über miteinander geschrieben, um Pläne für heute Abend zu schmieden – und anhand der vielen zwinkernden Emojis, die Cate benutzt hat, bin ich ziemlich sicher, was später passieren wird.

Es dauert zwanzig Minuten, bis Abby es schafft, vom Boden aufzustehen. »Ich denke, ich kann heute Abend in eine Bar gehen und mir jemanden aufreißen«, sagt sie mit einem Blick auf das Vorschaubild auf ihrem Bildschirm. »Dir zuliebe.«

Den Nachmittag verbringe ich damit, die Wohnung so gründlich wie nie zuvor zu putzen. Ich staple meine Fachbücher in einem Regal, gieße die Pflanzen, werfe die Plastikteile und Kabelbinder weg, die Abby gern in der Küche liegen lässt, und versuche, unsere Reisesouvenirs und die Fotos von Freunden und Familie neu anzuordnen. Wir haben so viel Zeug, dass es unmöglich ist, Ordnung in unsere Wohnung zu bringen, aber nachdem ich alle Oberflächen abgestaubt und den Boden gewischt habe, sieht sie gar nicht mal so schlecht aus. Schließlich fülle ich den Diffusor auf der Kücheninsel mit ätherischem Öl auf.

Nachdem die Wohnung endlich sauber ist und gut riecht, mache ich mich fertig. Ich trage mein heißestes rückenfreies Shirt und schminke mir Smokey Eyes.

»Viel Spaß heute Abend«, sagt Abby in einem anzüglichen Ton, als sie aus ihrem Schlafzimmer kommt. Sie ist aufwendig geschminkt und trägt ein knappes weißes Kleid, das ihre Kurven und ihre warme braune Haut umschmeichelt.

Ich pfeife. »Dir auch.«

Endlich allein in unserer Wohnung, atme ich tief durch.

Cate hat gesagt, dass sie nicht vor neun Uhr hier sein kann, also habe ich wahrscheinlich noch ein paar Stunden. Ich könnte die Zeit nutzen, um die Recherche für meine Masterarbeit nachzuholen, oder …

Ich schnappe mir meinen Laptop und setze mich auf die Couch. Die ganze Woche habe ich den Drang ignoriert, mehr über Phil Niles herauszufinden, aber ich will wissen, was mit ihm los ist. Ich will, dass die Schlagzeilen mir versichern, dass er mit einer anderen Frau gesehen wurde oder für mehrere Jahre nach Australien zieht, um eine Fernsehserie zu drehen, oder dass er eine Erleuchtung hatte und in ein Kloster gezogen ist – oder all das zusammen.

Ich überfliege die Überschriften am Anfang seiner Suchergebnisse und bleibe an einer hängen, die mir den Atem raubt.

»Ich werde nie aufhören, sie zu lieben« – Phil Niles spricht über Cate Whitney und sein gebrochenes Herz

Ich bin hin- und hergerissen, ob ich meinen Laptop schließen oder weiterlesen soll. Letztlich beiße ich die Zähne zusammen. Ich muss es wissen. Wenn er weiter so aggressiv vorgeht, kann ich Cate sagen, dass Phil mir Sorgen macht, und sie kann … was? Was erwarte ich von ihr? Sie hat bereits gesagt, dass sie ihren Anwalt einschaltet.

Wenn ich ehrlich bin, hoffe ich, dass Cate ihre unendliche Macht und ihr Geld nutzen kann, um ihn endgültig loszuwerden. Aber er hat auch unendlich viel Macht und Geld, was wahrscheinlich der Grund ist, warum die Scheidung so hässlich war.

Ich verziehe das Gesicht, öffne den Artikel aber. Ich überfliege ihn schnell und fange erst nach der Hälfte an richtig zu lesen, als würde die Seite explodieren, wenn ich mich dort zu lange aufhalte.

Es ist Monate her, dass die Welt mit ansehen musste, wie sich das perfekte Paar trennte. Jetzt spricht Phil offen über seine Fehler und seine Gefühle für die Frau, die er seine Seelenverwandte nennt. Wir schmelzen bei seinen ehrlichen Worten dahin. »Ich habe es vermasselt«, gesteht er uns. »Die gleichen Eigenschaften, die mich zu einem Top-Star machen, machen mich auch ein wenig egoistisch und stur. Aber was soll ich sagen? Ich bin ein Alphatier. Das hat sie letztlich dazu gebracht, sich von mir abzuwenden.«

O Gott. Ich muss gleich kotzen.

Die Fans haben von Anfang an Partei ergriffen. Nach der chaotischen Scheidung sind die Anhänger von »Team Phil« der Meinung, dass Cate sich unfair verhält.

»Ich will nicht, dass jemand fordert, meine Kitty soll mich zurücknehmen«, mahnt er mit erhobenem Finger. »Sie kann diese Entscheidung treffen, wenn sie dazu bereit ist. Ich werde genau hier sein – ein Prinz, der auf die Rückkehr seiner starken, feurigen Prinzessin wartet.«

Auf die Frage, ob er hofft, sie zurückzugewinnen, füllen sich seine ausdrucksstarken braunen Augen mit Tränen. »Ich kann mir ein Leben ohne sie nicht vorstellen.«

Ich fluche und klappe meinen Laptop zu. Meine Brust schnürt sich zusammen.

Okay, das war nicht das, was ich lesen wollte.

Wenn ich auch nur einen Funken Selbstachtung habe, mache ich einen Rückzieher, bevor Phil mich zur meistgehassten Person des Internets macht. Er hat mir bereits gezeigt, wozu er fähig ist. Er kann das wieder tun, oder noch Schlimmeres.

Aber will ich mich wirklich von Phil einschüchtern lassen? Nein. Was ich will, ist seine Existenz zu ignorieren – und die Existenz von Paparazzi. Ich weiß nicht, ob es überhaupt möglich ist, einen so wesentlichen Teil des Lebens eines Prominenten zu ignorieren, aber ich habe nicht wirklich eine Wahl. Ich muss stark sein, wenn ich mit Cate zusammen sein will.

Mein Handy piept. Wenn man vom Teufel spricht.

Bin bald fertig. Entschuldige, dass du warten musstest. Wir haben eine Szene mit einem Raben gedreht und der war ein kleines Mistvieh. Wir sehen uns in einer Stunde :)

Ich lache leise auf.

Bei der Aussicht, sie allein in meiner Wohnung zu haben, löst sich meine Sorge in Luft auf. Wen kümmert schon Phil Niles, wenn ich diejenige bin, mit der Cate die Nacht verbringen will? Er ist nicht hier. Ich brauche mir den Kopf nicht über ihn zu zerbrechen.

Vielleicht muss ich einfach sämtliche Promi-Events meiden.

Als ich Cate eine Stunde später hereinlasse, breche ich innerlich schon wieder ins Schwärmen aus. Sie trägt einen umwerfenden butterblumengelben Anzug, der die ganze Wohnung erhellt. Ihr Blazer ist offen und gibt den Blick auf eine weiße Bluse frei. Ihr Haar ist noch vom Dreh gestylt und umrahmt ihre zarten Gesichtszüge und die scharfen Wangenknochen.

Und ich trage ganz normale Klamotten und dezentes Make-up. Während Cate meine Wohnung besichtigt, verfalle ich in Selbstzweifel. Wie sehen meine billigen Möbel für jemanden aus, der Millionen von Dollar verdient? Warum ist sie überhaupt hier?

Das war ein Fehler. Phil Niles hat einen schmerzhaften Nerv getroffen, als er mich *durchschnittlich* nannte.

»Was ist los?«, fragt Cate und tritt näher an mich heran.

»Nichts.« Ich zwinge mich zu einem Lächeln.

Sie fährt mit den Fingern durch mein Haar, was mir einen angenehmen Schauder über den Rücken laufen lässt, und wartet ab.

Soll ich darauf beharren, dass alles in Ordnung ist? Nein, mit einer Lüge ist nichts gewonnen. »Ich weiß nicht, warum du dich für mich interessierst. Ich bin so … normal. Durchschnittlich.«

»Rachel.« Sie hebt mein Kinn an, damit sie mir in die Augen sehen kann. »Du bist nicht durchschnittlich.«

Wie kann sie nur so unfassbar schön sein? Alles an Cate hat etwas Ätherisches, vom Kohlenstoff, der sie geschaffen hat, bis hin zu der Aura des Selbstbewusstseins, die sie alles erreichen lässt, was sie sich vorgenommen hat.

»Irgendwie schon«, sage ich, nicht weil ich auf ein Kompliment aus bin, sondern weil es wahr ist.

»Du bist das fesselndste, aufregendste, berauschendste Wesen in meinem Leben, Rachel.« Sie küsst mich. Ihre Lippen sind weich und voll. Sie bewegt sich so sicher, dass mir schwindlig wird.

Wenn ich der Hitze ihres Kusses glauben kann, meint sie es vielleicht wirklich ernst. Ein Schmetterlingsschwarm stiebt in meinem Bauch auf. Ich fahre mit einer Hand unter ihren gelben Blazer und streiche mit den Fingern über ihren Rücken.

Sie zieht scharf die Luft ein und drückt mich eng an sich. Ein glühender, hungriger Ausdruck liegt in ihren Augen.

»Niemand, der so klug ist wie du, sollte sich jemals als *durchschnittlich* bezeichnen«, murmelt Cate an meinen Lippen. »Niemand, der so süß, so witzig, so unverfroren, so schön ist und so gut küssen kann …«

Ihre Hand wandert nach unten und sie greift zwischen meine Beine.

Ich keuche auf. »Okay, ich glaube dir. Jetzt komm her.«

Wir küssen uns innig, erforschen den Mund der anderen mit den Zungen. Ich stoße ein kleines, unwillkürliches Stöhnen aus, als sie sachte an meiner

Unterlippe knabbert, und sie antwortet mit einem Keuchen und gräbt die Fingernägel in meine Haut.

Ich drücke mein Knie gegen ihren Schritt.

»Fuck«, flüstert sie, schiebt ihre Hand in mein kurzes Haar und zieht mich in einen verzehrenden Kuss.

Ich muss mich daran erinnern zu atmen, diesen Moment ganz in mich aufzunehmen. Das kann doch nur ein Traum sein. Sicherlich wache ich gleich auf und sie ist weg und ich liege feucht und keuchend allein in meinem Bett.

Wir stolpern in die Dunkelheit meines Schlafzimmers und fallen auf mein Bett. Ich rolle mich auf sie und reibe mich an ihr. Ich fixiere ihre Hände über ihrem Kopf, verschränke unsere Finger, verteile Küsse auf ihrer weichen Haut und knabbere an ihrem Kiefer und Hals.

Meine engen Shorts bilden eine frustrierende Barriere. Ich will ihr so viel näher sein.

»Cate«, flüstere ich. Ich will sie so verzweifelt ficken.

Sie stöhnt und kommt meinen Bewegungen entgegen. Es fällt mir schwer, einen klaren Gedanken zu fassen.

»Eine Sache noch.« Ich muss das loswerden, bevor wir weitermachen. Ich glaube ihr, dass sie mich interessant findet – so verrückt es auch ist. Aber ich muss wissen, was ihr durch den Kopf gegangen ist, seit wir uns begegnet sind, und was sie von mir erwartet. Denn das letzte Mal, als ich jemandem mein Herz geöffnet habe, hingen an der Beziehung jede Menge Bedingungen.

»Hm?« Sie nimmt meine Hände und führt sie unter ihre Bluse.

Ich streiche mit meinen Handflächen über ihren Bauch, hinauf zu ihren Brüsten, bis ihre enge weiße Bluse mich daran hindert, weiterzuwandern.

Ich ringe um Worte. »Ich wollte klären, wo du stehst, ähm, ich meine, wie privat wir das halten sollen. Ich war nämlich schon an beiden Enden des Spektrums. Die Ex, von der ich dir erzählt habe, Sarah, war fest entschlossen, unsere Beziehung geheim zu halten. Wenn wir ausgingen, haben wir uns nie berührt und uns noch nicht einmal liebevoll angesehen. Aber mit dir … war bisher alles anders.«

Cate hält immer noch meine Hände unter ihrer Bluse, ihre Brust hebt und senkt sich. Sie sagt nichts, hört bloß zu.

»Du hast …«, sage ich atemlos, »mich in der Öffentlichkeit von Anfang an berührt, angesehen, festgehalten.« Vor Kameras und anderen Stars. »Als wolltest du, dass alle es sehen.«

»Ja«, sagt Cate.

»Ja was?«

»Wenn es für dich in Ordnung ist, möchte ich, dass die Leute es wissen.« Sie lockert ihren Griff um meine Hände, ihre Augen nehmen einen sanften Ausdruck an. »Als ich mit Phil zusammen war, habe ich die Wahrheit immer verheimlicht. Ich habe verschwiegen, wie unglücklich ich war, wie er mich behandelt hat, wie ich mich fühlte. Ich tat jahrelang so, als würden wir eine glückliche Ehe führen. Als ich dich traf … Da habe ich beschlossen, dass ich mich nicht mehr verstellen will. Ich wollte dir – und der Welt – zeigen, was ich fühle. Und zwar nach meinen Bedingungen, nicht nach denen von Paparazzi und Klatschreportern.«

Ich nicke, ein flatterndes Gefühl in meiner Brust. Ich war immer damit einverstanden, meine Beziehung zu Sarah geheim zu halten, weil sie Angst hatte, wie ihre ultrakonservativen Eltern reagieren würden. Ihre Sorgen waren berechtigt, ihre Sicherheit und ihre Wünsche waren wichtig, also war es für mich in Ordnung, die Wahrheit so lange zu verbergen, bis sie bereit sein würde, zu uns zu stehen.

Natürlich ist das alles in Flammen aufgegangen, als Lauren das Video von uns gepostet hat. Diese Trennung hat nie aufgehört zu schmerzen. Ich hatte immer das Gefühl, Sarah im Stich gelassen zu haben, weil ich sie geküsst habe, als andere Leute in der Nähe waren. Ich konnte mich nie bei ihr entschuldigen, weil ich sie nie wiedersah. Es war nie einfach, unsere Beziehung zu verbergen, und vielleicht war sie immer dazu verdammt, aufzufliegen.

Ich bin so unglaublich erleichtert, dass ich meine Gefühle für Cate nicht verstecken muss. Eine wohlige Wärme breitet sich in mir aus. Wenn sie ihre Zuneigung offen zeigen will, dann werde ich das auch.

»Ich will auch, dass die Leute es wissen.« Ich beuge mich vor und küsse sie, langsam und innig. Ich streichle ihr Gesicht, wandere dann tiefer und ziehe am obersten Knopf ihrer Bluse. »Darf ich?«

»Mach mit mir, was du willst, Rachel«, flüstert sie. Ihre Wangen sind rosig, die Lippen rot von unseren Küssen, die Augen halb geschlossen.

Ich beiße mir auf die Lippe. Ihr hungriger Gesichtsausdruck geht mir durch und durch. Langsam knöpfe ich ihre Bluse auf und enthülle einen beigen BH und ihre perfekten Brüste. Ich habe Cate in Filmen bereits im BH gesehen, aber das hier ist so anders. So viel besser.

Cate setzt sich auf und wir küssen uns, während ich ihr die Bluse und den Blazer von den Schultern streife und ihren BH ausziehe. Ich halte ehrfürchtig inne, doch Cate greift gleich nach meinem Shirt und schiebt es nach oben. Ich hebe brav die Arme, damit sie es über meinen Kopf ziehen kann. Unter diesem Shirt konnte ich keinen BH tragen, nun sind wir beide also halb nackt.

Wow.

Sie drückt mich auf die Matratze und küsst mich verzehrend. Unsere Brüste reiben aneinander, ihre Nippel streifen über meinen Bauch und meine Brust und *oh, Gott*, ich glaube, ich komme gleich.

Ich umfasse ihr Gesicht mit beiden Händen und halte sie fest, sauge ihren Anblick in mich auf. »Cate, du bist die schönste Frau auf der ganzen Welt. Ich … Nun, das weißt du natürlich längst.« Ihr Komplimente zu machen, kommt mir so schal vor, schließlich wird ihr andauernd von allen versichert, wie unglaublich sie ist.

»Worte aus einer Zeitschrift bedeuten nicht so viel wie die Worte der Person, mit der du im Bett liegst«, sagt sie ernst.

Gutes Argument.

Sie gleitet tiefer, küsst meinen Bauch – und ich bin so feucht, dass ich mich um den Zustand meiner Unterwäsche sorge.

Cate öffnet meine Shorts und ich schnappe nach Luft, als sie mir die Hose mitsamt Slip bis zu den Knöcheln herunterzieht und beides auf den Boden wirft. Ich helfe ihr, ihre Hose auszuziehen. Dann sind wir beide völlig nackt.

»Umwerfend«, flüstert Cate und streicht mit ihren weichen Händen über meine Oberschenkel.

»Oh, fuck.« Meine Worte sind kaum mehr als ein Quietschen. »Cate, ich will dich unbedingt schmecken …«

»Ich zuerst.« Sie hält mich davon ab, mich aufzusetzen, und senkt den Kopf. Ihr weiches Haar umspielt meinen Bauch, und wenn ich mich nicht zusammenreiße, werde ich in etwa zwei Sekunden explodieren.

Sie haucht Küsse auf meinem Bauch, meine Hüfte und meine Oberschenkel. Ihr warmer Atem streicht über meine feuchte Haut und ich keuche. Sie schiebt meine Beine weiter auseinander. Dann leckt sie mich. Ihre Zunge ist kühl und sanft.

Ich stoße ein Geräusch aus, das irgendwo zwischen einem Keuchen und einem Schrei liegt, und greife nach dem Kissen, um mich festzuhalten. *Verdammt*, wird das gut werden.

»Du schmeckst süß«, murmelt sie.

Ihre Zunge zieht langsame Kreise, die mich in den Wahnsinn treiben. Meine Lippen kribbeln und mein Gesicht glüht.

Sie bewegt sich schneller und streicht mit ihrer Zunge über meine Klitoris. Gott, ist ihre Zunge schnell. *Heilige Scheiße.* Ich bin ihr ausgeliefert und sie leckt mich, bis ich es nicht mehr aushalte. Ich winde mich, winkle die Beine an und kralle die Finger in das Laken und die Kissen.

Sie umfasst meine Oberschenkel und drückt meine Beine nach oben, um mich noch intensiver verwöhnen zu können. Ihre Lippen und ihre Zunge sind quälend sanft.

Ein Glühen breitet sich in meinem Inneren aus und wird immer heißer. Sie beschleunigt ihr Tempo und ich erbebe.

»Cate, ich … ich werde …«, wimmere ich.

»Mmhmm«, summt sie, ohne sich von mir zu lösen.

Die Geräusche, die sie von sich gibt, stoßen mich endgültig über die Klippe. Ich ergebe mich ihr laut stöhnend. Schauer um Schauer läuft durch meinen Körper. Unwillkürlich zuckt mein Becken ihr entgegen, doch sie lässt nicht von mir ab. Sie beantwortet jede meiner Bewegungen und jedes Zittern mit ihrer Zunge, bis die Wellen abflauen und ich keuchend und kraftlos zurücksinke. Alles um mich herum dreht sich.

Sie verweilt noch einen Moment, dann löst sie sich von mir.

»Du … du hattest noch nie etwas mit einer Frau?«, frage ich schwach.

Sie rutscht nach oben und legt sich neben mich. »Das ist das erste Mal«, sagt sie und legt ein Bein über meine. »War es okay?«

Ich stoße ein atemloses Lachen aus. »Es war unglaublich.«

Cate lächelt sichtlich erleichtert. »Gut. Ehrlich gesagt hatte ich Angst, dass ich dich enttäusche. Für einen Film so zu tun, als hätte ich Sex mit einer Frau, ist wirklich weit davon entfernt, tatsächlich Sex mit einer Frau zu haben.«

»Cate Whitney, es ist buchstäblich unmöglich, dass du mich enttäuschst.« Ich schenke ihr ein verschmitztes Lächeln. »Außerdem waren diese Szenen, von denen du sprichst, entscheidend für mein Coming-out.«

»Wirklich?«

Ich richte meinen Blick an die Decke und bete, dass ich nicht zu stark erröte. »Ich habe schon mit etwa zwölf gemerkt, dass ich auf Mädchen stehe, aber erst als ich gesehen habe, wie du eine Frau geküsst hast, habe ich es mir eingestanden. Mir wurde klar, dass es das war, was ich wollte – die Art von Glück, das du in dieser Rolle gezeigt hast.«

Sie schaut mich intensiv an, als könne sie nicht glauben, was ich da sage. »Ich hatte keine Ahnung, dass das so bedeutungsvoll sein könnte.«

»War es aber. Und ich weiß, dass ich nicht die Einzige bin. Wenn du ein wenig im Internet suchst, wirst du feststellen, dass sehr viele queere Menschen dieselbe Erfahrung gemacht haben. Also, ähm, danke für die Repräsentation. Auch wenn du zu dem Zeitpunkt noch nicht wusstest, dass du auf Frauen stehst.«

Cate lächelt. »Ich bin froh, dass ich dazu beigetragen habe, dass die junge Rachel sich selbst gefunden hat.«

Ich küsse sie und rolle mich auf sie. »Und jetzt lehn dich zurück und entspann dich. Ich habe schon sehr lange hierauf gewartet.«

Kapitel 15

In der Brise

Ich streife mit meinen Lippen über Cates Schlüsselbein und über ihre Brust, bereit, ihr einen ebenso guten Orgasmus zu verschaffen wie sie mir.

»Kann ich dich etwas fragen?«, murmelt Cate.

Mein Herz hüpft. Ich liebe diese Frage. In neun von zehn Fällen bedeutet sie, dass das Gespräch gleich persönlich wird – und bei Cate will ich das mehr als alles andere. Ich will, dass sie sich sicher genug fühlt, offen zu mir zu sein.

»Natürlich.«

»Was bedeutet dein Tattoo?« Sanft streichelt sie mit einer Handfläche über die kursiven schwarzen Buchstaben auf meiner Seite.

Mit einem leichten Grinsen bewege ich mich an ihr hinab, um ihren Bauch zu küssen. Ich hätte mit dieser Frage rechnen sollen. »*Uitwaaien.* Das ist Niederländisch. Es gibt kein englisches Äquivalent dafür, aber im Grunde ist es das Wort für einen erfrischenden Spaziergang im Freien. Wie ein Spaziergang in der Brise, um den Kopf frei zu bekommen. Meine Eltern machen das, meine Großeltern machen das. Es ist eine Art Familientradition. Ich muss dabei immer an sie denken.«

Einen Moment lang ist Cate still. Dann fragt sie: »Lebst du deshalb in der Nähe des Meeres?«

Ich halte inne und hebe meinen Kopf, um ihren Blick zu erwidern. »Ja.«

Sie fährt mit den Fingern ihrer anderen Hand durch mein Haar. »Das ist wunderschön.« Sie streichelt immer noch hauchzart über meine Rippen, und ihr Gesicht hat einen Ausdruck angenommen, den ich noch nie gesehen habe – nicht einmal in einem ihrer Filme. Er ist ruhig, offen, ganz im Hier und Jetzt.

Vielleicht werde ich eines Tages verstehen, warum sich diese perfekte Frau für mich interessiert.

»Darf ich dich jetzt lecken?«, frage ich schließlich neckend. »Das Warten macht mich fertig.«

Ihr Mund verzieht sich zu einer Art Lächeln, doch darunter steckt etwas Ernstes.

»Was ist los? Wir müssen das nicht tun, wenn du dich unwohl fühlst.«

»Nein, das ist es nicht«, sagt sie leise. »Eher das Gegenteil. Ich fühle mich so wohl mit dir. Es ist schwer, meine Privatsphäre zu schützen, und es ist schwer, Menschen zu vertrauen. Aber es fühlt sich gut an, mit dir zusammen zu sein – verletzlich zu sein. Nackt. Ergibt das einen Sinn?«

»Das tut es.« Sosehr ich mich über diese Worte freue, so sehr tut es mir im Herzen weh, dass sie bei etwas so Schönem wie Sex mit jemandem, der ihr wichtig ist, vorsichtig sein muss.

Eine vertraute Wärme breitet sich in meiner Brust aus. Eine Ahnung davon, dass ich ernsthafte Gefühle entwickle.

Nicht jetzt. Cate ist eine weltberühmte Schauspielerin, meilenweit außerhalb meiner Liga und nur vorübergehend in Vancouver. Was auch immer zwischen uns passiert, kann nicht von Dauer sein. Und wahrscheinlich ist sie sowieso nur auf eine kurze Affäre aus.

»Nur damit du es weißt«, sagt sie zögerlich und mit einem Zittern in der Stimme. »Ich werde vielleicht nicht kommen. Ich bekomme häufig, ähm, Lampenfieber.«

»Lampenfieber? Du?«, frage ich erstaunt.

Sie zuckt mit den Schultern und lächelt schüchtern.

Ich möchte sie küssen und festhalten. Es ist schwer zu ertragen, wie umwerfend sie im Licht des Schlafzimmers aussieht, mit ihren funkelnden Augen, den scharfen Wangenknochen und dem bezaubernden Schwung ihrer Lippen. Dieses Geständnis macht sie realer, menschlicher. Sie ist manchmal unsicher wie alle anderen auch.

»Dann möchte ich, dass du es einfach genießt.« Ich vergewissere mich, dass sie es bequem hat. »Entspann dich. Schließ die Augen. Ich verspreche dir, dass ich es voll und ganz genießen werde, zwischen deinen Beinen zu sein.«

Cate schließt ihre Augen und atmet langsam aus. Als ich mit meinen Händen über ihren Körper streiche, spüre ich, wie heftig ihr Herz klopft.

Ich beginne bei ihren Lippen und küsse sie, ehe ich mich ihren Hals hinunter zu ihren Brüsten arbeite, wo ich innehalte und jede Brustwarze mit meiner Zunge umspiele.

Sie keucht.

Ich küsse ihren Bauch und bahne mir den Weg weiter nach unten, bis zu ihren Schenkeln. Sie schmeckt so gut, wie es das sommerliche Parfüm versprochen hat. Ich verteile Küsse auf den Innenseiten ihrer Oberschenkel und lecke über ihre weiche Haut. Eine Gänsehaut breitet sich auf ihren Beinen aus.

»Gott, Rachel«, stöhnt sie.

Ich schiebe ihre Beine weiter auseinander und ein Zittern geht durch sie hindurch. Sanft und langsam lecke ich sie. Umkreise ihren Kitzler mit meiner Zunge.

Ihr Stöhnen ist das süßeste Geräusch, das ich je gehört habe. Es ist so ein lustvolles Geräusch und es ist einzig und allein für mich bestimmt. Ich lecke ihre Schamlippen entlang und koste aus, wie feucht sie für mich ist.

Cate vergräbt eine Hand in meinem Haar. »O Gott, das ist so gut.«

»Willst du mich in dir haben?«, frage ich und streiche aufreizend mit meinem Finger über ihre Haut.

»Ja.« Sie keucht auf.

Hitze schießt durch meine Mitte. Ich dringe mit zwei Fingern in sie ein.

Cate stöhnt und hält sich an mir fest.

Ich lasse meine Finger rein- und rausgleiten und sauge an ihrer Klitoris. Mit der anderen Hand greife ich nach oben und umkreise ihre Brustwarze. Ich sauge, bewege meine Zunge, stoße in sie und gebe alles, was ich habe, um ihr den besten Orgasmus ihres Lebens zu verschaffen.

»Fuck.« Ihre Stimme ist mit einem Mal ganz hoch. Vielleicht unterdrückt sie einen Schrei. »Rachel, o mein G…« Das Wort geht in ein Keuchen über, als ich noch tiefer in sie eindringe.

Ich bewege meine Finger in ihr, bis sie erschaudert und ihren Kopf zurückwirft.

»Oh, du bist unglaublich.« Sie hat die Augen geschlossen und den Rücken gewölbt. »Rachel. Wie machst du das?«

Zufrieden grinse ich, ohne von ihr abzulassen.

»Ja, ja«, flüstert sie und krallt die Finger beider Hände in mein Haar.

Ich lecke schneller und stoße eindringlicher. Mit der freien Hand streiche ich über die Innenseiten ihrer Oberschenkel, um ihren Hintern herum, ihren Bauch hinauf und zurück zu ihren Brüsten. Ich umkreise eine Brustwarze, ohne sie direkt zu berühren.

In ihr krümme ich meine Finger. Cate stöhnt laut auf und drängt sich mir entgegen.

»Rachel!«

Von ihrem Geschmack und den Geräuschen, die sie von sich gibt, wird mir ganz schwindlig. Ich lasse von ihrem Nippel ab und schiebe ihren Schenkel nach oben, um sie noch mehr für mich zu öffnen.

Immer wieder ändere ich den Druck und das Tempo, dringe mal schnell und hart in sie ein und dann wieder quälend sanft und langsam, mache kleine Pausen, die sie wimmern lassen, und spiele mit verschiedenen Winkeln, um zu sehen, wie sie reagiert. Ich verliere mich in ihrem Geschmack und ihrer Nähe und genieße jede Sekunde.

Ihre Schenkel beginnen zu zittern und ich sehe auf. Ihr Atem geht schnell. Die Augen hat sie noch immer geschlossen.

»Ja«, flüstert sie. »Rachel … gleich …«

Ein berauschendes Triumphgefühl durchströmt mich. Trotz ihres Geständnisses hatte ich natürlich gehofft, ihr einen Orgasmus verschaffen zu können. Vielleicht hat ihr noch kein Partner gesagt, dass sie sich entspannen kann. Vielleicht hat es geholfen, dass ich ihr versichert habe, dass ich gern so lange wie nötig da unten bleibe.

Sie lässt los und schreit auf, als ihr Höhepunkt ihren Körper erbeben lässt. Ich schlinge meine Arme um ihre Oberschenkel und lecke sie, bis die letzte Welle abebbt.

Keuchend sinkt sie zurück in die Laken. »O. Mein. Gott.«

»Ich muss zugeben, ich bin schon etwas stolz auf mich, dass ich dich zum Kommen gebracht habe.«

Cate stößt ein zittriges Lachen aus. »Rachel, das war der beste Orgasmus, den ich je hatte.«

Ich starre sie an. »Ist das dein Ernst?«

Röte steigt in ihre Wangen und sie nickt.

Ich kann nicht anders, ich muss grinsen.

»Ganz schön selbstgefällig«, sagt sie und zupft an meinem Ohrläppchen.

Lachend schnappe ich nach ihren Fingern, um jeden einzelnen davon zu küssen.

Wir kuscheln lange, liegen uns in den Armen, die Köpfe aneinandergelehnt. Unsere Atemzüge werden langsamer, während sich die Welt hinter meinen Vorhängen verdunkelt.

Ich schätze, ich muss Abby bald nach Hause kommen lassen.

Nur noch ein bisschen länger.

»Wann wusstest du, dass du dich für mich interessierst?«, frage ich. Ich bin so schläfrig, dass ich schon ein wenig nuschle. »Als du mich gebeten hast, dich am Set zu treffen, wolltest du da wirklich über Marie Curie reden?«

Sie streckt sich und gibt ein leises Seufzen von sich, als wäre sie kurz eingeschlafen. »Ich habe nicht gelogen, als ich sagte, ich müsse für die Rolle lernen. Und du hast mir sehr geholfen – aber es war nur ein Vorwand. Vor allem, als ich dich danach zu einem Drink eingeladen habe. Ich habe gespürt, dass da etwas zwischen uns ist, und ich wollte dich besser kennenlernen. Ist das seltsam?«

»Nein.« Ihre Worte zaubern ein Lächeln auf meine Lippen. »Ich meine, ich bin auch nicht in das Catering-Zelt eingestiegen, um mich als Beraterin zu bewerben. Ich habe mich hineingeschlichen, um dich kennenzulernen.«

Sie lacht auf. »Das habe ich mir schon gedacht.«

Ich stimme in ihr Lachen ein. Als wir uns wieder beruhigt haben, fährt sie mit ihren Fingern durch mein Haar und küsst mich. Der Kuss ist so sanft, dass mein Herz höherschlägt.

»Kann man von hier aus eigentlich das Set sehen?«, fragt sie mit einem Blick zum Fenster.

»Ja.«

Sie steht auf und geht zu den Vorhängen.

»Nicht!« Ich ziehe mir die Decke bis zum Kinn hoch.

Cate dreht sich um und schaut mich überrascht an.

Mein Gesicht glüht. »Ähm, ich lasse die Vorhänge lieber zu.«

»Für Privatsphäre?«

Ich nicke. »Vom Gebäude auf der anderen Straßenseite kann man vielleicht reinsehen. Wer weiß, womöglich wohnt da ein Widerling mit einer Kamera.«

»Alles klar. Ich war bloß neugierig, wie das Set von hier oben aussieht. Wahrscheinlich ist es aber sowieso schon zu dunkel.«

Ich setze mich auf und atme tief durch. Es ist mir peinlich, wie komisch ich bin. »Tut mir leid. Ich meine, ich glaube nicht, dass jemand in mein Schlafzimmer sehen kann, aber ich kann es nicht mit Sicherheit sagen, also öffne ich sie nie, weil … Nun, ich weiß, ich bin paranoid. Abby lässt ihre Vorhänge die ganze Zeit offen und steht ständig nackt am Fenster. Wir sind zwei Enden eines Spektrums, wenn es um Privatsphäre geht und –«

Cate kommt zurück ins Bett und unterbricht mein Geplapper mit einem Kuss auf die Stirn. »Ich verstehe das. Du brauchst dich nicht zu rechtfertigen.

Ich werde mir das Set vom Wohnzimmer aus ansehen, wenn wir beide angezogen sind.«

Ich versuche zu lächeln, aber es gelingt mir nicht. Ich wünschte, ich wäre nicht so.

»Willst du diese Woche noch einmal ans Set kommen?«, fragt Cate und streicht mit einem Finger über meine Unterlippe.

Ich setze mich auf. »Und ob!«

Sie legt mir eine Hand auf die Wange und küsst mich, wobei sich unsere Nasen berühren. »Und du wirst wirklich am Set *kommen*. Wir können uns zwischen den Takes verziehen.«

Ich stoße ein sehnsüchtiges Stöhnen aus. Das war also keine einmalige Sache?

Mein Herz macht Luftsprünge. Ich bin vielleicht immer noch bloß ihr Auslandsspaß und sie könnte bald merken, dass sie in einer ganz anderen Welt lebt als ich – aber ihre Einladung öffnet die Tür zu etwas Neuem und Aufregendem, das mindestens so lange halten könnte, wie es dauert, diesen Film zu drehen.

Und bis jetzt bin ich dafür definitiv zu haben.

Kapitel 16

Ruhe am Set

Als ich am Nachmittag am Set ankomme und Cate mich begrüßt, umarmen wir uns unbeholfen. Obwohl wir uns einig waren, dass wir uns in der Öffentlichkeit nicht verstecken wollen, wissen wir beide nicht recht, wie wir uns vor den Augen ihrer Kollegen verhalten sollen.

Und sie beobachten uns. Während Cate mich über das Set führt, bleiben immer wieder die Blicke der Schauspieler und der Crew an uns hängen. Sie fragen sich bestimmt, warum ich, eine x-beliebige Einheimische, Cate zum zweiten Mal am Set besuche. Oder aber sie haben von der Gala gehört.

»Die Nebelmaschine funktioniert nicht, also können wir nicht weitermachen«, sagt Cate seufzend. »Ich hatte gehofft, in der Mittagspause ein wenig Zeit mit dir verbringen zu können.«

Ich weiß, was sie mir damit eigentlich sagen will, und beiße mir auf die Lippe.

Es regnet leicht, also suchen wir in einem Zelt Schutz. Sean reicht Cate ihr Skript und uns beiden grüne Smoothies.

»Danke!«, sage ich, begeistert von der Starbehandlung.

»Ich bin froh, dass du hier bist, Rachel«, sagt Cate bedeutungsschwer und schaut ausdruckslos in das Drehbuch. »Die machen mich hier alle noch wahnsinnig. Sosehr ich die Leute, mit denen ich zusammenarbeite, auch schätze, diese langen Tage werden mir zu viel.«

»Das kannst du laut sagen«, wirft Sean ein, während er auf seinem Handy tippt. »Ich schwöre, Veronica hält mich für Gemeinschaftseigentum. Aber hey, kein Dreh wird je so schlimm sein wie Neuseeland.«

Cate lacht bitter auf. »Das ist immerhin etwas.«

»Was ist denn in Neuseeland passiert?«, frage ich.

Draußen erklingt vielstimmiges lautes Fluchen und das Rattern einer Maschine.

»So vieles.« Cate seufzt. »Die Dreharbeiten waren gehetzt und chaotisch. An viel zu vielen Tagen konnten wir keine Mittagspause machen, also waren die Leute nicht nur gestresst, sondern auch noch ausgehungert.«

»Alle haben sich so sehr gehasst, dass die Crew gestreikt hat«, fügt Sean hinzu. »Außerdem hat einer der Schauspieler seinen Wohnwagen angezündet und es gab ein paar … andere Spannungen …«

Sein Blick wandert zu Cate und zurück zu seinem Handy. Was sollte das denn?

»Und doch war all das Elend nicht das Schlimmste, was die Dreharbeiten zu *The Woven Throne* hervorgebracht haben«, meint Cate tonlos.

The Woven Throne? War das nicht der erste Film, in dem sie und Phil Niles zusammen mitgespielt haben? Mir dreht sich der Magen um, als mir klar wird, dass sie über die Dreharbeiten sprechen, bei denen sie und Phil zusammengekommen sind.

»Aber dort hast du mich kennengelernt«, sagt Sean mit einem gewinnenden Lächeln.

»Und dafür bin ich dankbar.«

»Hat der Aufenthalt in Neuseeland den Ärger denn wenigstens wettgemacht?«, frage ich vorsichtig. »Es soll dort wunderschön sein.«

»Ist es auch. Wir – *ich* – bin nach den Dreharbeiten geblieben und drei Wochen herumgereist.« Cate wendet sich ab und senkt ihren Blick. Mit »wir« waren eindeutig sie und Phil gemeint. Das muss eine dieser aufregenden Reisen gewesen sein, die sie zusammen unternommen haben. Selbst wenn er nicht hier ist, verfolgt er mich und erinnert mich daran, dass er unendlich viel reicher und erfolgreicher ist als ich.

Seans Telefon klingelt und er tritt beiseite, um abzunehmen.

»Du warst bestimmt schon an vielen coolen Orten«, sage ich zu Cate.

»An ein paar.« Sie runzelt die Stirn, als würde sie meine Worte auf versteckte Absichten analysieren.

»Bist du mit Phil durch Neuseeland gereist?«, frage ich zögernd.

Cate seufzt und zupft an ihrem Korsett. »Ja. Wir haben bei den Dreharbeiten zu diesem Film angefangen zu daten. Ich bin nicht stolz darauf und bereue es inzwischen. Seine Ex war bei den Dreharbeiten dabei und wusste genau, was zwischen uns lief – das hat für einige harte Drehwochen gesorgt. Ganz zu schweigen davon, dass es der Beginn von sieben furchtbaren Jahren war.« Ihr Ton ist hölzern, als bedauerte sie auch dieses Gespräch.

Meine Wangen werden heiß. »Entschuldige.« Gott, warum musste ich nur nachfragen. Ich klinge, als sei ich von ihrem Ex besessen. Wobei, ist nicht eigentlich er derjenige, der wie besessen ist?

Ich weiß nicht, was ich tun soll. Ich will wissen, woran ich mit Phil bin, aber gleichzeitig will ich mich auch nicht mit diesem Arschloch beschäftigen.

»Ist schon okay«, sagt Cate mit einem kleinen Lächeln.

Ein Typ in meinem Alter kommt herüber, um uns zu sagen, dass die Nebelmaschine repariert ist.

»Sehr gut.« Cate reicht ihren halb ausgetrunkenen Smoothie an Sean weiter. Sie berührt meine Taille, als sie das Zelt verlässt. »Bis nachher.«

Mehr über Cates Arbeitsalltag zu erfahren, gibt mir ein neues Verständnis davon, wie schwer es Schauspieler haben. Wenn sie ihn trotz der langen Drehtage, der ausgelassenen Mahlzeiten und der Abhängigkeit von so vielen äußeren Umständen macht, muss Cate ihren Job wirklich lieben.

»Wie viel Zeit verbringt sie morgens in der Maske?«, frage ich Sean.

»Etwa eine Stunde. Eine weitere halbe Stunde braucht sie in der Garderobe. Das sind totale Profis und sie braucht für diesen Film keine Prothesen, also ist es nicht so schlimm. Um acht ist sie am Set und bei den Proben.«

»Acht Uhr? Um wie viel Uhr steht sie auf?«

»Fünf Uhr dreißig«, sagt er, als wäre das nicht eine völlig absurde Uhrzeit.

Wenn ich ausrechne, wie lange sie jeden Tag arbeiten muss, ist es ein Wunder, dass sie überhaupt Zeit hat, mich zu treffen – und dass sie funktionsfähig ist, wenn wir uns sehen.

Während Cate ihre Szene dreht, ziehe ich noch mehr Blicke auf mich. Crew-Mitglieder tuscheln und schauen in meine Richtung. Als man Cates Make-up auffrischt, stecken die beiden Laborassistentinnen, die mit ihr in der Szene zu sehen sind, die Köpfe zusammen. Sie hören auf zu reden, als sie bemerken, dass ich sie beobachte.

Spekulieren sie darüber, wie Cate und ich zueinander stehen? Brodelt nach der Gala schon die Gerüchteküche?

Eine der Laborantinnen sieht über ihre Schulter zu Cate und beide wenden sich von mir ab, um weiterzutuscheln. Der klatschsüchtige Ausdruck auf ihren Gesichtern weckt unliebsame Erinnerungen an meine Schulzeit.

»Cool, cool, cool«, murmle ich leise und versuche, gegen die Enge in meiner Brust anzukämpfen. Genau das, was ich wollte – der Mittelpunkt von Gerüchten sein.

Schließlich ruft der Regisseur: »Weiter geht's!«, und alle begeben sich in Position.

Als sich die Aufmerksamkeit des Regisseurs auf einen stämmigen, bärtigen Mann mit einem riesigen Raben auf dem Arm richtet, eilt Cate zu mir.

»Es tut mir leid, dass es so lange dauert.«

»Das muss es nicht! Ich liebe es, dir dabei zuzusehen, wie du dein Ding machst.«

»Du bist so lieb. Aber ich bin gerade selbst ziemlich ungeduldig. Aus Gründen.«

Wie aus dem Nichts erscheint Sean und reicht Cate Wasser und das Skript. »Protein«, sagt er und bietet ihr einen Müsliriegel an.

»Gleich. Danke.«

Sean sieht so bestürzt aus, als hätte sie noch nie eines seiner Snackangebote abgelehnt.

»Ist das der Rabe, den du erwähnt hast?«

Der Vogel schaut sich mit einem schelmischen Blitzen in seinen Knopfaugen um, als ob er überlegen würde, was er stehlen kann.

»Kleines Mistvieh«, sagt Cate. »Er hat mir gestern gesagt, ich soll mich verpissen. Dem Trainer war das peinlich, aber ich konnte nicht aufhören zu lachen.«

Ich blinzle ungläubig. »Der Rabe hat dir gesagt, dass du dich verpissen sollst?«

»Sie ahmen menschliche Laute nach. Kluge Tiere. Ich schätze, das Fluchen kommt daher, dass er so viel Zeit auf Filmsets verbringt.«

Ich lache.

Der Rabe fliegt auf Kommando aus der Hand des Trainers und landet auf einem Schild mit der Aufschrift *Freta St.* Nach einer Pause fliegt er zurück, und der Trainer gibt ihm eine Belohnung.

»Er ist fantastisch, wenn er es mitmacht«, sagt Cate, »aber das tut er nur, wenn er in der richtigen Stimmung ist. Es wird eine Weile dauern, bis sie diese Aufnahme haben. Willst du mit zu meinem Wohnwagen kommen?«

Sie sagt es beiläufig, aber ein Funkeln in ihren Augen verrät mir ihre Absicht – und mein Mund wird trocken.

Sie reicht das Wasser und das Skript an Sean weiter, der entweder die Bedeutung ihrer Worte nicht versteht oder so tut, als wäre er ahnungslos.

»Willst du in deinem Wohnwagen irgendetwas Bestimmtes machen?«, murmle ich, während wir das Set durchqueren.

»Ich könnte deine Hilfe gebrauchen, um meine Zunge für die nächste Szene aufzuwärmen.« Sie öffnet die Tür und bedeutet mir, vor ihr reinzugehen.

Während sich mein Puls beschleunigt, schließt Cate die Tür und verriegelt sie, ehe sie alle Jalousien überprüft. Mit zwei Schritten ist sie bei mir. Sie zieht mich in ihre Arme und in einen Kuss.

»Warte mal, ich will dich richtig ansehen«, sage ich schließlich und halte sie auf Armlänge.

Ich betrachte ihr Steampunk-Outfit und streiche darüber. Der Zylinder und die Brille liegen schräg auf ihren blonden Locken, die sich zwischen meinen Fingern seidig anfühlen. Ihre nackten Schultern und Arme sind glatt. Das braune Korsett ist weicher, als es aussieht, und schmiegt sich eng an ihre Taille.

Ihr Atem geht schneller, als ich mit meinen Händen weiter nach unten wandere und ihre nackten Oberschenkel zwischen dem kurzen schwarzen Rock und den Netzstrümpfen erforsche.

»Wie viel Zeit haben wir?« Meine Stimme klingt heiser.

Sie greift nach meiner Hand und führt sie nach oben, zwischen ihre Beine. Sie ist warm und weich. »Lange genug, denke ich.«

Ich dränge meine Hüften gegen ihre und küsse sie. Unsere Lippen bewegen sich zärtlich gegeneinander.

»Dieses Outfit steht dir wirklich hervorragend«, murmle ich und umfasse ihre Taille.

»Ehrlich gesagt passt es nicht besonders gut.«

»Oh? Lass mich das mal überprüfen.« Ich ziehe am Korsett und zu meiner Zufriedenheit rutscht es weit genug herunter, um ihre Brustwarzen zu entblößen.

Cate gibt ein Geräusch von sich, das irgendwo zwischen einem Keuchen und einem Lachen liegt.

»Hm, ich verstehe, was du meinst.« Noch einmal ziehe ich an dem Korsett und befreie so ihre Brüste endgültig.

Ich beuge mich vor und fahre mit meiner Zunge über jeden ihrer Nippel, was sie zum Stöhnen bringt. Sie atmet tief ein und vergräbt die Finger in meinem Haar.

»Rachel …« Sie greift nach meinem Hosenbund, doch ich halte sie auf.

»Darf ich dich lecken?«, flüstere ich gegen ihre Haut und küsse sie sanft.

»Okay«, seufzt sie.

Mir ist so heiß. Ich muss in einem früheren Leben eine Heilige gewesen sein, wenn ich jetzt damit belohnt werde, Cate Whitney vernaschen zu dürfen, während sie so angezogen ist.

Der Rock ist vorne kurz, was mein Vorhaben erheblich erleichtert. Flink ziehe ich ihr die Unterhose herunter und drücke Cate auf die weiße Couch. Ich schiebe ihre Beine auseinander und knie mich auf den Boden. Ohne den

Blickkontakt zu unterbrechen, ziehe ich ihr den Slip komplett aus und werfe ihn zur Seite.

Was für ein Anblick. Mein Herz schlägt schneller. Ich schiebe den Rock höher und verteile Küsse auf den Innenseiten ihrer Oberschenkel über den Strumpfbändern der Netzstrümpfe.

Cate stöhnt und stützt sich mit den Händen auf der Couch ab. Sie trägt noch die langen Handschuhe des Kostüms.

Ich spreize ihre Schamlippen mit meinen Händen und lecke sie nur mit der Zungenspitze. Quälend sanft.

»O Gott.« Ihre Stimme ist hoch und ihre Beine zittern.

Ich unterdrücke ein Grinsen und bewege meine Zunge schneller, ehe ich den Mund ganz auf sie lege und an ihr sauge. Ihr süßer Geschmack lässt mich erschaudern. Ich streiche mit einer Hand über ihre weiche Haut nach oben und kreise mit meinen Fingern um ihre Brustwarzen, zwirble und reize sie.

Eine Frau in einem sexy Steampunk-Outfit zu ficken ist etwas, von dem ich nie wusste, wie sehr ich es brauche. Gott, ist das heiß.

Sie atmet schnell, ihre Schenkel sind angespannt, und als ich zwei Finger in sie schiebe, greift sie mit einer behandschuhten Hand an meinen Hinterkopf.

»War es … okay … so lange herumzustehen?«, bringt sie zwischen ihrem Stöhnen heraus.

Ich halte lange genug inne, um zu sagen: »Ich liebe es, dir bei der Arbeit zuzusehen.«

»Gut. Manchmal können Filmleute … ganz schön schroff sein.«

»Alle waren nett zu mir.« Dass um mich herum ordentlich geklatscht und getratscht wurde, verschweige ich.

Ich rutsche näher an sie heran, lecke sie noch intensiver und schiebe meine Finger in einem schnelleren Rhythmus hinein und wieder heraus.

Sie stöhnt im Takt meiner Stöße. »Vielleicht kann ich … dir irgendwann mal auch bei der Arbeit zusehen«, murmelt sie und greift fester in mein Haar.

Ich schnaube, was sie erbeben lässt. »Das ist süß, aber an diesem Punkt meiner Karriere würdest du mir dabei zusehen, wie ich stundenlang auf einen Laptop starre.«

Mit meiner freien Hand streiche ich an ihren Netzstrümpfen auf und ab, über ihre Lederstiefel, hinauf zu dem aufreizenden Rock und über das Korsett. Ich ziehe meine Finger aus ihr, um ihre Taille zu umfassen und sie in Position zu halten, damit ich kraftvoll über ihre Klitoris lecken kann.

»Ja …«, ruft sie laut und drückt sich mir entgegen. Sie lässt den Kopf in den Nacken fallen. Sie muss nahe dran sein.

Ein Klopfen ertönt von der Tür. »Cate? Der Rabe hat sich benommen. Du bist in fünf Minuten dran«, ruft Sean.

Sie hält sich eine Hand vor den Mund.

Ich halte inne.

»O-okay«, ruft sie stockend zurück. »Ich bin in einer Minute draußen.«

Mir wirft sie aber einen feurigen Blick zu, der sagt: *Mach weiter*.

Ich lecke, halte sie fest und genieße den Anblick, wie sie sich fallen lässt. Sie kommt jeder meiner Bewegungen entgegen. Ihr Gesicht ist gerötet, ihre Brustwarzen sind hart, und da ist noch immer dieses unerträglich erotische Korsett.

»Rachel«, flüstert sie keuchend, drängend. »Ja. Jaa.«

Ich bewege meine Hände von ihrer Taille zu ihrer Hüfte, halte sie an mich gedrückt, will ihr nur noch näher sein.

Sie unterdrückt einen Schrei, als ihr Körper unter mehreren Wellen erbebt.

Sie umfasst mein Gesicht mit beiden Händen, als wüsste sie nicht, ob sie mich näher heranziehen oder zurückstoßen soll. Ich mache weiter, bis sie keuchend zurücksinkt.

»Gott, bist du gut.«

»Danke«, sage ich und sonne mich in Selbstzufriedenheit.

Sie seufzt. »Ich wünschte, ich hätte Zeit, mich zu revanchieren.«

»Nächstes Mal«, antworte ich breit grinsend. Das war mit Abstand der schärfste Sex meines Lebens.

Ein wenig unkoordiniert eilt Cate in das winzige Badezimmer des Wohnwagens. »Sean weiß definitiv, was wir gemacht haben.«

Ich kann nicht aufhören zu grinsen, während ich darauf warte, dass sie im Bad fertig ist. Dann helfe ich ihr, das Korsett zu richten, damit sie wieder nach draußen gehen kann.

Sie atmet schwer, ihre Wangen sind gerötet und ich streiche ihr mit den Fingern durch das sanft gelockte Haar, um es wieder halbwegs in Ordnung zu bringen. Der Zylinder ist wie durch ein Wunder an seinem Platz geblieben. Gutes Kostümdesign.

»Ich habe mich gefragt …«, sie sieht mir kurz in die Augen, bevor sie sich wieder ihrem verzerrten Rock zuwendet, »ob ich dich zum Essen ausführen kann. Ich bin die ganze Woche mit Dreharbeiten beschäftigt, aber hast du am Wochenende Zeit?«

Ein richtiges Date mit Cate Whitney? Will sie wirklich mehr von mir als nur Sex?

Mein Herz macht einen Satz. »Du willst mit mir ausgehen? Das ist nicht nur … ähm …«

Sie legt ihren Kopf schief und lächelt. »Ja. Ich möchte dich zum Essen einladen, eine Flasche Wein mit dir trinken und danach zu dir stolpern, um das zu wiederholen.«

Ich ziehe sie in meine Arme und drücke ihr einen festen Kuss auf die Lippen. »Ich würde sehr gern mit dir ausgehen.«

Wir richten ihr Kostüm und sie schlüpft noch schnell in ihren Slip, dann gehen wir wieder nach draußen. Wir haben beide erhitzte Wangen und sind merklich aufgekratzt.

Die Crew bereitet die Szene vor und kümmert sich um Cates Stuntdouble, das ihr von hinten erschreckend ähnlich sieht und ihr von vorn überhaupt nicht gleicht.

»Tut mir leid, ich musste mit den anderen anfangen, während wir gewartet haben, Cate«, sagt eine Frau mit einem Schminkpinsel in der Hand und betupft eine der Laborassistentinnen mit Puder. »Es dauert nur eine Minute.«

»Keine Eile«, sagt Cate.

Wir sehen uns gegenseitig in die Augen. Sie errötet noch mehr und es ist wohl ziemlich offensichtlich, was wir eben gemacht haben.

»Ein richtiges Date«, flüstere ich. Ich kann es immer noch nicht ganz fassen. »Mein Gott. Kneif mich mal.«

Cate zieht mich ein paar Schritte zurück, außer Hörweite der anderen. »Weißt du noch, wie ich dir gesagt habe, dass ich schon immer vermutet habe, dass ich auf Frauen stehe?«, flüstert sie.

»Obwohl ich furchtbar betrunken war, als du mir das erzählt hast? Ja, ich erinnere mich lebhaft daran.«

»Nun, ich habe mich in der achten Klasse zum ersten Mal in ein Mädchen verknallt, obwohl ich damals noch nicht wusste, was mit mir los war.«

Ich sehe sie an und grinse breit. »Ach? Erzähl.«

Sie lächelt mich an. »In der Theatergruppe hörte ich, wie eine Klassenkameradin, Sandra, jemandem erzählte, dass sie bi sei. Ich fand das total spannend – und habe mich in ihrer Nähe furchtbar unbeholfen benommen.

Ich musste sie ständig ansehen, dachte immer an sie, wollte mit ihr reden, war aber zu schüchtern, um auch nur ein Wort zu ihr zu sagen … Ich weiß noch genau, dass ich mir vorstellte, sie würde mich küssen.«

»Und da hast du nicht gemerkt, dass du vielleicht auf Mädchen stehst?«, necke ich sie.

»Ich habe mir eingeredet, dass ich sie einfach nur cool finde. Ich schätze, ich habe verdrängt, was ich wirklich fühlte. Jedenfalls waren wir zwei Wochen lang Partnerinnen für eine Aufgabe – einen Dialog – und ich wurde so oft rot, dass sie bestimmt dachte, mit meinem Gesicht stimmt etwas nicht. Wir gingen einen Stapel Szenen durch, von der wir eine nachspielen sollten, und ich schlug eine vor, bei der es um einen Streit zwischen zwei Liebenden ging. Einem Mann und einer Frau. Ich habe es als eine Art mutige Neuinterpretation dargestellt.«

Ich ziehe eine Augenbraue hoch. Es ist wundervoll, dass Cate mir all das erzählt. Ich kann förmlich vor mir sehen, wie sie als Teenager schon Theater spielte. Bestimmt haben ihre Lehrer bereits damals ihr außergewöhnliches Talent gelobt.

»Und Sandra fand das gut?«

»O ja. Wir trafen uns öfter als nötig zum Üben und wir bauten immer wieder Berührungen und Umarmungen in die Szene ein. Ich habe vorgeschlagen … na ja, wir haben uns geküsst. Nur einmal, unter dem Vorwand, verschiedene Sachen für die Szene auszuprobieren.«

»Und?«, frage ich eifrig.

»Es wurde nichts daraus, aber wir hatten viel Spaß bei der Vorbereitung dieser Aufgabe.«

»Wow.« Abwesend beobachte ich die Crew bei der Arbeit. In Gedanken bin ich ganz bei Cates Geschichte darüber, wie sie sich ihrer Sexualität bewusst wurde. »Dein erster Kuss mit einem Mädchen war also mit … dreizehn?«

Cate nickt, die Lippen zu einem kleinen Lächeln verzogen. »Und ich habe weitere fünfzehn Jahre gebraucht, um zu erkennen, dass ich in sie verknallt war.«

»Trotzdem. Du warst jünger als ich bei meinem ersten Kuss mit einem Mädchen.«

Sie zupft an ihren Handschuhen. »Was ich damit eigentlich sagen will: Ich bin mir meiner Gefühle für dich sicher, Rachel. Ich weiß schon seit einiger Zeit, dass ich mit der richtigen Frau eine glückliche Beziehung führen könnte. Ich meine es also ernst, wenn ich sage, dass ich ein richtiges Date mit dir will.«

Sie schaut sich um und beißt sich auf die Unterlippe, doch die einzige Person in unserer Nähe ist ein tätowierter Mann mit einem Boom-Mikrofon – derselbe, mit dem sie gesprochen hat, als ich sie das erste Mal gesehen habe. Er scheint zu sehr mit seinen Vorbereitungen beschäftigt zu sein, um uns gehört zu haben.

Bei ihren Worten möchte ich am liebsten tanzen. »Die kleine Cate hat mit einem Mädchen geknutscht«, sage ich amüsiert und stupse sie an.

»Das habe ich noch nie jemandem erzählt.« Ihre Wangen färben sich entzückend rosa. »Ich hatte zu der Zeit einen Freund, also hatte ich das Gefühl, ihn zu betrügen.«

»Es war für die Theateraufgabe, also zählt es nicht«, meine ich mit einem Augenzwinkern. »Außerdem ist es okay. Du warst erst dreizehn.«

Cate atmet aus und legt eine Hand auf ihr Herz. »Gott sei Dank. Diese Schuld lastet nun schon seit Jahrzehnten auf mir.«

Ich lache.

Jemand ruft Cate zum Set. Sie streicht zum Abschied noch einmal über meine Taille. »Bedien dich an den Snacks, wenn du hungrig bist. Du weißt ja, wo das Catering-Zelt ist.«

Grinsend schaue ich ihr nach. Ich fühle mich geehrt, dass sie sich mir geöffnet hat, zumal sie mir erzählt hat, wie schwer es ihr fällt, Menschen zu vertrauen. Und ihre Worte bedeuten mir mehr, als sie ahnt. Sie hat mich als *die richtige Frau* bezeichnet. Ich bin für sie also mehr als ein Experiment oder eine kurze Affäre.

Ich atme tief durch und stelle mich aufrecht hin. Egal, worüber die Leute tratschen, Cate Whitney hat mir gerade gesagt, dass sie an einer Beziehung mit mir interessiert ist, und das fühlt sich verdammt großartig an.

Kapitel 17

Pilze sammeln

Als Cate sagte, dass sie mit mir schick essen gehen will, musste ich gleich an das *Obsidian Grill* denken, das vornehmste Restaurant in der Gegend – aber dann fühlte ich mich sofort schuldig und verdrängte den Gedanken. Ich sollte nicht von ihr erwarten, dass sie mich an einen so extravaganten Ort ausführt.

Wie sich herausstellt, war meine Vermutung richtig.

Ich war nur ein einziges Mal mit Abby hier, und zwar um das billigste Gericht auf der Karte zu bestellen – ein Martini-Glas mit Mousse au Chocolat –, damit wir sagen können, dass wir hier gegessen haben.

Jetzt stehe ich kurz davor, in diesem Lokal ein Drei-Gänge-Menü in Gesellschaft der unglaublichsten Frau zu essen, die ich je getroffen habe. Wie kann das mein Leben sein?

Cate trägt eine hochtaillierte braune Hose, ein enges gelbes Oberteil ohne Ärmel und gelbe Stilettos, auf die jedes Laufstegmodel neidisch wäre. Ihr Haar ist nach hinten gegelt und lässt sie aussehen wie eine gerade den Wellen entstiegene Meeresgöttin.

Ich bin heute ganz in Weiß unterwegs und trage eine Hose mit weitem Bein sowie ein tief ausgeschnittenes Oberteil. Ich kann nur hoffen und beten, dass ich nichts Buntes auf meinem Schoß verschütte.

Das Ambiente ist dunkel und stimmungsvoll mit vielen Holztönen und schwarzen Akzenten. Eine weiße Rose in einer schlanken Glasvase bildet das Herzstück unseres Tisches.

Als wir die Speisekarte lesen, bemerkt Cate mein Grinsen.

»Was?«

»Ich liebe großspurige Menübeschreibungen.« Ich zeige auf das erste Gericht. »Maishuhnbrust an Honig-Dijon-Schaum. Also Hähnchennuggets mit Honig-Senf-Sauce?«

Sie lacht. »Ich liebäugle mit den handgefertigten Gnocchi mit Wildpilzen und Flocken vom gereiften Parmesan. Welcher Mitarbeiter wohl die Pilze gesammelt hat?«

»Der Küchenchef geht bestimmt vor jeder Schicht im Wald auf Nahrungssuche.«

Ich kaue auf meiner Lippe. Was soll ich bloß bestellen? Werden die Portionen winzig sein? Ich bin selten in so feinen Restaurants. Ich lebe von meinen wenigen Ersparnissen und habe jede Menge Studienschulden, da kann ich es nur vor mir schwer rechtfertigen, so viel Geld für Essen auszugeben. Aber ich habe keine Lust, Cate von meinem bescheidenen Lebensstandard zu erzählen, also werde ich einfach irgendetwas auswählen, wenn der Kellner zurückkommt.

Merediths Worte über das ausschweifende Leben von Cate und Phil kommen mir wieder in den Sinn, doch ich verdränge sie. Ich werde nicht zulassen, dass er sich in meine Gedanken drängt. Nicht, wenn Cates wunderschöne Augen mich auf eine Weise anfunkeln, die mir den Atem raubt.

»Du kannst dich schon mal auf später freuen«, murmelt sie kaum hörbar mit einem verruchten Unterton.

Und zwischen meinen Beinen kribbelt es.

Cate scheint mich nicht mit Phil zu vergleichen, warum denke ich also ständig an ihn? Ich muss damit aufhören. Ich bin das totale Gegenteil von ihm – und das ist der Punkt. Sie will mich, nicht ihn.

Cate mustert mich. »Woran denkst du?«

»An deine Theatergruppe in der Schule«, antworte ich leichthin. »Hast du zu der Zeit beschlossen, Schauspielerin zu werden?«

Sie grinst. »Schon viel früher. Als Kind habe ich immer Theaterstücke für meine Eltern aufgeführt.«

»Das ist bezaubernd.«

»Es war auch ein bisschen eine Verzweiflungstat.«

»Warst du ein sehr theatralisches Kind?«

»Absolut.« Sie legt den Kopf schief und zieht eine Grimasse.

Ich lache.

»Ich … habe aber auch versucht, sie zu unterhalten, um sie voneinander abzulenken«, fügt sie ernster hinzu. Sie hält meinen Blick, als wolle sie meine Reaktion abschätzen. »Sie haben sich oft gestritten. Am Ende haben sie sich scheiden lassen, als ich zwölf war.«

Ich lasse die Schultern hängen. »Das tut mir so leid. Bitte sag nicht, dass du dir selbst die Schuld gegeben hast.«

»Tun das nicht alle Scheidungskinder? Ich dachte, ich hätte sie nicht glücklich genug gemacht. Die ersten Jahre als Schauspielerin waren dementsprechend schrecklich – den Job sollte man nicht machen, wenn man das Gefühl hat, nie gut genug gewesen zu sein. Aber mithilfe eines teuren Therapeuten und viel Zeit habe ich es überwunden.«

»Wie geht es deinen Eltern jetzt?« Ich greife über den Tisch und lege meine Hand auf ihre.

»Sie sind wieder zusammen, aber sie zanken ständig. Außerdem sind sie rechter, als mir lieb ist. Josie provoziert sie gern mit heiklen Themen, wenn wir an den Feiertagen dort sind. Es ist ein Albtraum.«

Während sie von ihren Familienfeiern erzählt, wird mir immer mehr bewusst, wie sehr sie sich mir inzwischen öffnet. Sie ist ein anderer Mensch als bei unserer ersten Begegnung. Ihre Körperhaltung ist entspannt, ihr Lächeln wirkt freier.

»Jetzt erzähl mir von deiner Familie.« Mit dem Daumen streichelt sie über meinen Handrücken.

Ich schenke ihr ein breites Lächeln. Sie interessiert sich für mich und mein Leben. Das ist zweifellos das beste Date, das ich je hatte. Ich erzähle ihr von meinen Eltern, Großeltern und der weiteren Verwandtschaft. Sie erzählt mir, wie sie im Mittleren Westen aufwuchs, bevor sie nach Kalifornien zog. Wir sprechen über unsere Lieblingsspeisen, -lieder und -orte und haben eine leidenschaftliche Meinungsverschiedenheit über die besten Filmreihen aller Zeiten. (»Marvel wird für immer meine Nummer eins sein«, erkläre ich etwas zu laut und sie argumentiert, dass kein anderer Film auch nur annähernd so einflussreich ist wie *Jurassic Park.*)

Wir studieren gerade über den Tisch gebeugt die Dessertkarte, die Hände ineinander verschränkt, als neben uns ein Licht aufblitzt. Ich schaue irritiert hinüber.

Eine Frau, die zwei Tische weiter sitzt, beeilt sich mit roten Wangen, ihr Handy wegzulegen. Sie wendet sich wieder ihrer Verabredung zu und vermeidet Blickkontakt.

»Hat sie gerade ein Foto von uns gemacht?« Mein Gesicht fühlt sich plötzlich taub an.

»Ja«, sagt Cate kühl. »Erstaunlich, wie viele Leute vergessen, den Blitz auszuschalten, wenn sie jemanden heimlich fotografieren.«

Wir lassen die Hand der anderen los und lehnen uns beide in den Stühlen zurück. Mein Herz rast, als ob ich einen Hügel hochlaufen würde. Aber es geht mir gut. *Mir geht es gut, mir geht es gut.*

»Tut mir leid, Rachel.« Ich nehme Cates Stimme wie durch Wasser wahr. »Wenn ich Ken erlaubt hätte, mit uns reinzukommen, wäre das nicht passiert. Die Leute denken zweimal nach, wenn er auf der Lauer liegt.«

»Nein, ist schon okay«, sage ich mit gefühllosen Lippen. »Es ist schön, mit dir allein zu sein.«

Ich begegne ihrem besorgten Blick, und mein Atem wird ruhiger. Ich streiche über die Serviette in meinem Schoß, um mich zu sammeln.

Seit ich Cate kennengelernt habe, finde ich mich ständig in völlig neuen Situationen wieder – Paparazzi, die uns verfolgen, Fremde, die tuscheln und tratschen, ein lächerlich erfolgreicher Ex, mit dem ich konkurrieren muss, unerwünschte Fotos, während wir zu Abend essen wollen. Ich tue mein Bestes, um mit alldem fertig zu werden, aber Gott, ich hasse es.

Cate muss mir meine Gefühle ansehen, denn sie hebt eine Hand, um den Kellner zu rufen. »Könnten wir bitte die Rechnung haben?«

»Aber sicher, Miss Whitney«, erwidert der Kellner. »Soll ich die Gäste dort drüben bitten zu gehen?«

»Nein«, sage ich schnell. »Schon gut. Kein Grund, eine Szene zu machen.«

Cate mustert mein Gesicht, nickt dann und schenkt dem Kellner ein warmes Lächeln. »Nur die Rechnung.«

»Kommt sofort.«

Er geht und ich zwinge mich, meine Schultern zu entspannen. Ich versuche zu lächeln, aber es will mir nicht ganz gelingen.

»Bist du okay?« Cate beugt sich zu mir.

Ich nicke und will mich auch selbst damit überzeugen. »Es ist ja nicht so, als wäre das mit uns ein Geheimnis. Du hast gesagt, du willst die Wahrheit nicht verbergen, und ich will das auch nicht.«

»Ja, aber wir haben dem Foto nicht zugestimmt. Das ist ein Unterschied und du hast das Recht, deswegen verärgert zu sein.«

Ich rutsche auf meinem Stuhl hin und her. Ich *bin* verärgert, will es aber nicht sein. Keine Ahnung, wie ich das ausdrücken soll, ohne erbärmlich zu klingen.

Sie drückt meine Hand auf dem Tisch. Es erstaunt mich immer wieder, wie selbstbewusst sie ist und wie viel Weisheit sie dadurch erlangt hat, dass sie schon so lange im Rampenlicht steht.

»Sprich mit mir, wenn dir irgendetwas unangenehm ist, okay?« Cate sieht mir fest in die Augen. »Es gibt Dinge, die wir tun können, damit solche

Leute verschwinden. Wir können auch stärker darauf achten, so etwas zu verhindern.«

Ich nicke erneut. »Danke.«

Ihre Augen glitzern in dem weichen Licht und ziehen mich in ihren Bann. In meinem Bauch kribbelt es. Höchste Zeit, sie nach Hause zu bringen. »Abby hat heute Abend ein Date, falls du mit zu mir kommen willst.«

Cates Lippen formen ein verschmitztes Lächeln. »Das will ich. Ich habe Pläne für dich.«

Die Art, wie sie das sagt, entfacht Hitze in mir. Ich recke meinen Hals, um nach dem Kellner Ausschau zu halten, und murmle, er solle sich beeilen, was Cate zum Lachen bringt.

Ken fährt uns die kurze Strecke zu meiner Wohnung. Was für ein langweiliger Abend für ihn, uns durch die Gegend zu chauffieren und im Auto zu warten, während wir uns amüsieren. Aber das liegt wohl in der Natur seines Jobs.

In meiner Wohnung, die Abby zum Glück sauber hinterlassen hat, bevor sie zu ihrem Date ging, lege ich Musik auf und hole eine Flasche Wein.

Ich habe sie noch nicht einmal geöffnet, als Cate sich von hinten an mich schmiegt. Sie schlingt die Arme um mich, haucht Küsse auf meinen Hals und wiegt sich im Takt der Musik.

Mein Atem stockt und plötzlich kann ich mich nicht mehr erinnern, wie man eine Flasche öffnet. Ich stehe wie versteinert da, während sie mich küsst und berührt.

»Der Wein kann noch etwas warten«, flüstert sie.

Hitze breitet sich in mir aus, als sie ihre Finger unter meinen Hosenbund schiebt. Immer tiefer wandern sie, bis Cate sie langsam und bedächtig an beiden Seiten meiner Vulva auf und ab gleiten lässt. Ich keuche auf und drehe den Kopf zur Seite, um ihr besseren Zugang zu gewähren. Sie küsst meinen Hals im Takt ihrer Bewegungen und neckt mich mit der Zunge, bis mir schwindelig wird. Je feuchter ich werde, desto intensiver fühle ich ihre Berührungen.

»Meine Beine geben gleich nach«, flüstere ich und halte mich an der Theke fest.

Sie führt mich zielstrebig zur Couch und setzt sich hin. »Zieh die Hose aus. Und setz dich auf meinen Schoß.«

Die Vorhänge vor der Glasschiebetür sind offen. Ich stürze hinüber und schließe sie sorgfältig, bevor ich gehorche.

»Gehört das zu deinen *Plänen* für mich?« Ich gebe mir Mühe, meine Hose möglichst erotisch auszuziehen.

»Oh, das ist definitiv ein Teil davon. In mir haben sich ganz schön viele sexuelle Gefühle für Frauen aufgestaut, die jetzt alle rauswollen.«

»Ich Glückspilz.«

Sie packt meine Hüfte und dreht mich um, dann zieht sie mich nach unten, sodass ich mit dem Rücken zu ihr auf ihrem Schoß sitze. Als sie um mich herumgreift und meine Beine spreizt, schließe ich die Augen und lehne mich gegen sie.

Allerdings schweifen meine Gedanken wieder zurück zum Restaurant und zum Blitzlicht, das unser Date unterbrochen hat.

Hätte ich die Frau zur Rede stellen sollen? Es ist nicht in Ordnung, Fotos von anderen Leuten ohne deren Erlaubnis zu machen, selbst wenn sie berühmt sind. Es war feige von mir, dass ich nichts dagegen unternommen habe, sowohl um meiner selbst willen als auch um Cate zu verteidigen.

Cate lässt ihre Hand nach unten gleiten und zeichnet einen Kreis um meine Klitoris. »Du wirst von Sekunde zu Sekunde feuchter.«

Ich keuche. Sie reibt und tippt und kreist sanft und alle meine Sorgen lösen sich auf. Ich lehne mich gegen sie, lege den Kopf auf ihrer Schulter ab, und sie küsst meinen Hals. Das Gefühl ihrer Lippen auf meiner Haut und ihrer Finger an meinem Kitzler lassen mich haltlos aufstöhnen.

Sie schiebt ihre Beine auseinander und zwingt mich so dazu, auch meine weiter zu spreizen.

Ich stoße einen kleinen Lustschrei aus. »Cate!«

Ich zittere, als sie mich mit sanften Fingern erforscht.

»Willst du mich in dir haben?«, flüstert sie mir ins Ohr und jagt mir so einen Schauer über den Rücken.

»Ja«, antworte ich atemlos.

Quälend langsam schiebt sie einen Finger in mich. Gleichzeitig leckt und saugt sie an meinem Ohr.

Ich wimmere und bebe, als sie tief in mir ist. »Oh …«

Sie lässt ihren Finger rein- und rausgleiten, umkreist dann meine Klitoris und dringt wieder in mich ein. Ich verliere mich in dem Gefühl ihrer Finger, ihrer Lippen und ihrer Zunge an meinem Hals, ihrer Brüste, die sich in meinen Rücken drücken, und ihrer anderen Hand, die meinen Schenkel auf und ab streicht.

Mein Atem geht schneller, als sie das Tempo ihrer Bewegungen steigert. Sie dringt wieder und wieder in mich ein, streichelt meine Klitoris, beißt und küsst meinen Hals. Ihre Lippen an dieser verletzlichen Körperstelle erregen mich unglaublich.

Ihre Berührungen sind so sicher, so souverän wie alles an ihr. Ihr Atem streicht über meine feuchte, erhitzte Haut und ich überlasse mich ihr ganz. Ich lasse mich fallen und mein Höhepunkt brandet so jäh über mich hinweg, dass ich aufschreie. Schauder um Schauder lässt mich erbeben. Blind taste ich nach ihr, brauche etwas, um mich festzuhalten. Ihr weiches Haar rinnt zwischen meinen Fingern hindurch und ich spüre ihren Körper überdeutlich an meinem Rücken. Ihre Küsse sind besitzergreifend und wunderbar.

Als ich wieder zu mir komme, schmiege ich mich keuchend an sie. Cate haucht immer noch zarte Küsse auf meinen Hals und meine Schultern. Ihre Lippen und ihr Haar streifen meine Haut und jagen mir erneut einen Schauer über den Rücken.

»Alles an dir ist unglaublich«, murmelt sie. »Ich bin so froh, dass ich dich gefunden habe.«

»Danke«, sage ich. »Du bist auch in Ordnung, schätze ich.«

Sie lacht und knabbert an meinem Ohrläppchen.

Ich drehe mich um und küsse sie. »Du bist dran.«

In ihren Augen schimmert eine unwiderstehliche Verwegenheit.

»Ziehst du dich für mich aus?«, nuschle ich gegen ihren Hals, ehe ich sie küsse.

Sie hebt spielerisch eine Augenbraue, während ich sie auf die Beine ziehe.

Wo ein normaler Mensch schüchtern werden könnte, blüht Cate auf. Ich beobachte berauscht, wie sie ihre Hüften im Takt der Musik wiegt und ihre Hose aufknöpft. Sie zieht sie herunter, sinnlich und langsam. Als Nächstes ist ihr Shirt dran. Millimeter für Millimeter entblößt sie ihren Bauch und ihren BH, ehe sie sich das Shirt endlich über den Kopf zieht und es auf den Boden fallen lässt.

Mit geschmeidigen Bewegungen dreht sie sich im Kreis. Das ist der beste Striptease, den ich je gesehen habe und wahrscheinlich auch je sehen werde. Im Takt der Musik zieht sie ihren BH aus und letztlich auch ihren Slip.

Ich nehme Cates Hand und bedeute ihr, sich auf die Couch zu legen, bereit, mich auf sie zu stürzen.

Vor der Wohnungstür raschelt es und wir beide erstarren.

Ein Schlüssel klappert im Schloss.

»Abby!«, flüstere ich.

Cate springt panisch auf. Ihre Kleidung ist auf dem Boden verstreut. Ich habe keine Hose an und trage nur ein winziges weißes Shirt, das mir kaum über den Brustkorb reicht.

Ich schiebe Cate mit einer Hand in Richtung meines Schlafzimmers und greife mit der anderen nach meiner Unterhose. »Schnell! Zieh dir etwas aus meinem Kleiderschrank an. Irgendetwas.«

Cate hat es kaum in mein Schlafzimmer geschafft, als die Wohnungstür aufgeht und Abby hereinkommt.

»Hey, Furzgesicht«, ruft sie laut. »Du wirst nicht glauben, was für Bilder in der Nacht entstanden sind, als dich dieses Arschloch filzen ließ – wessen Schuhe sind das?«

Meine Schlafzimmertür knallt im selben Moment zu, als ich mir die Unterhose über den Hintern ziehe. Mein knappes Oberteil, auf das ich vorhin noch so stolz war, ist plötzlich unangenehm kurz und verdeckt in keiner Weise die Tatsache, dass ich vor einer Sekunde noch ohne Hose war.

Abby verharrt so lange in Schockstarre, wie wahrscheinlich noch nie ein Mensch vor ihr. Ihr Blick wandert von mir zu den geschlossenen Vorhängen und von dort zu meiner geschlossenen Schlafzimmertür.

Dann schnappt sie nach Luft und lässt ihre Handtasche und die Zeitschrift, die sie in der Hand hält, fallen. Sie schlägt sich die Hände vor den Mund.

»Ist Cate Whitney in unserer Wohnung?«, nuschelt sie zwischen ihren Fingern hervor.

Und auch das konnte Cate definitiv hören.

Ich schließe meine Augen und kneife mir in den Nasenrücken. »Ja. Sie ist in meinem Schlafzimmer. Kannst du uns bitte eine Minute geben, damit wir uns wieder anziehen können?«

»Ja. Tut mir leid. O mein Gott.« Abby stolpert zu ihrem Schlafzimmer. Gerade gehen kann sie offenbar nicht mehr, dafür funkeln ihre Augen aufgeregt. »Kann ich rauskommen und Hallo sagen, wenn ihr beide angezogen seid?«

»Ja.«

»Tut mir leid. Mein Date war scheiße. Ich wäre sonst später heimgekommen.«

Sie schließt ihre Schlafzimmertür und ich schnappe mir mit rasendem Herzen Cates Klamotten.

Ich bin eher frustriert als verlegen. Abby und ich sind absolut offen zueinander. Wir reden über *alles* und sehen uns regelmäßig halbnackt. Cate hingegen kennt Abby nicht und als ich meine Zimmertür öffne, hat ihr Gesicht die Farbe einer Tomate angenommen. Sie hat sich in meinen Einhorn-Bademantel eingewickelt und die Kapuze hochgezogen, sodass die Ohren und das Regenbogenhorn auf ihrer Stirn sitzen.

Ich lächle und küsse sie, ehe ich ihr die Kleider reiche. »Alles in Ordnung. Abby und ich sind eng befreundet. Sie freut sich darauf, dich kennenzulernen.«

»Gut«, sagt sie mit einem zittrigen Lachen. »Hat sie meinen Hintern gesehen, als ich ins Schlafzimmer gerannt bin?«

»Ne, nur meinen.«

Als wir wieder rauskommen, steht Abby in der Küche. Sie trägt immer noch ihr winziges weißes Kleid und gießt sich ein Glas des Weins ein, den ich öffnen wollte, bevor Cate und ich abgelenkt wurden.

Sie dreht sich zu uns um und Rotwein schwappt aus ihrem Glas auf den Boden. »Cate Whitney! Hi! Wow, in echt bist du noch hübscher. Ich bin Abby Yousefi.«

»Schön, dich kennenzulernen«, erwidert Cate und verdrängt ihre Verlegenheit wie ein Profi. Ich schätze, sie hat jahrelange Erfahrung im Umgang mit heiklen Situationen.

»Ich habe noch nie eine Prominente getroffen«, sagt Abby, nippt an ihrem Wein und starrt Cate an, ohne zu blinzeln. »Ich meine, ich habe welche aus der Ferne gesehen. Ich habe früher in der Innenstadt gearbeitet.«

»Ach? Was machst du denn?«

Und das ist das Stichwort, das Thema zu wechseln, bevor Abby der Frau, die ich beeindrucken will, von Point-of-View-Pornos erzählt.

Abbys Begrüßung, als sie vorhin durch die Tür kam, fällt mir wieder ein und ich schaue zu der heruntergefallenen Handtasche und der Zeitschrift im Eingangsbereich. »Abby, was hast du da vorhin über das Arschloch gesagt, das mich filzen ließ? Meintest du Phil Niles?«

Sie reißt die Augen auf. »Ähm, kann ich dir später zeigen.«

Cate folgt meinem Blick. Sie geht rüber und nimmt die Zeitschrift in die Hand. Mit ausdruckslosem Blick starrt sie das Cover an. Viel zu lange.

Kaltes Grauen überkommt mich. Ich eile zu ihr. »Was ist los?«

Es ist ein Klatschmagazin und auf der Titelseite prangt ein Foto davon, wie ich bei der Gala von dem Sicherheitsteam abgeführt werde. In der Mitte ist ein Foto von Cate am gleichen Abend zu sehen, auf dem sie jemanden mit wutverzerrtem Gesicht anschreit. Sie müssen das Foto so bearbeitet haben, dass sie zwanzig Jahre älter aussieht. Bei mir haben sie definitiv ein paar Schatten im Gesicht hinzugefügt, denn ich habe noch nie ein derartig unvorteilhaftes Bild von mir gesehen.

»*Cate Whitneys lesbische Affäre fliegt auf*«, liest Cate vor. »Eine Affäre? Wirklich? Vollidioten.«

Sie schenkt mir ein gequältes Lächeln, das ich nicht erwidern kann. Ich atme hektisch und breche in Schweiß aus.

»Geht es dir gut, Rachel?«

Ich nicke reflexartig, obwohl ich mir da nicht so sicher bin.

Zweimal in einer Nacht ist meine Privatsphäre verletzt worden. Ich möchte schreien oder mich übergeben oder meinen Namen, mein Gesicht und alles andere an mir ändern.

Das Schlimmste ist nicht einmal das, was ich erwartet hatte. Meine Panik, dass ein Foto von mir gemacht wird, ist zweitrangig gegenüber der Sorge, wie sich das auf meine Karriere auswirken wird. Wird mich jetzt noch jemand ernst nehmen? Wird man mich für immer als die Geliebte irgendeiner Berühmtheit sehen? Die Titelseite eines Boulevardblatts zu zieren ist nicht gerade positiv für jemanden, der eine wissenschaftliche Laufbahn anstrebt.

Meredith Cheemas Worte auf der Gala dringen in meine Gedanken: *Eines Tages werden wir Sie auf der Titelseite der TIME sehen.*

Sie hat meine Ambitionen ziemlich genau getroffen. Ich habe mich für dieses Fachgebiet entschieden, weil ich etwas bewirken und meinen Verstand einsetzen will, um die Welt zu verändern.

Stattdessen zerreißt sich jetzt die Klatschpresse das Maul darüber, wie ich von einer Veranstaltung gezerrt wurde, auf der ich sowieso nichts zu suchen hatte.

Kapitel 18

Geheimnisvolle Geliebte

Wow, Cate hat ihre Ansprüche ganz schön runtergeschraubt.

Stell dir vor, Phil Niles durch sowas zu ersetzen.

Sie sieht aus wie Conrads letztes Opfer, das ohne Text, dessen einziger Job es war, in der ersten Szene zu sterben.

Conrad ist der Name von Phils Werwolf-Rolle. Und *sein letztes Opfer* trifft es ziemlich gut.

Es ist drei Uhr zweiundvierzig nachts und ich liege hellwach da und starre auf mein Handy, nachdem ich von endlosen Benachrichtigungen aus dem Schlaf gerissen wurde. Ich brauchte einen Moment, um zu begreifen, was die Meldungen bedeuten. Ich verwende Social-Media-Apps ausschließlich, um Dogstagram-Konten, Prominenten und Food-Bloggern zu folgen. Normalerweise erhalte ich nur dann eine Benachrichtigung, wenn Abby oder meine Mutter mir Memes schicken. Jetzt jedoch zeigt mir das Handy an, dass irgendwelche Leute über mich reden, mein Aussehen kommentieren und mir Nachrichten schicken.

Offenbar sind mein Name und mein uraltes Profilbild öffentlich genug, dass Fremde mich immer noch finden können.

»Scheiße«, flüstere ich und setze mich auf.

Ich habe das Gefühl, dass mir ein Stein im Magen liegt. Nach dem Artikel in der Boulevardzeitung müssen die Leute beschlossen haben, mich aufzuspüren. Blöderweise stammt mein Profilbild aus der Zeit, als ich sechzehn war und eine Zahnspange hatte. Es ist ein bescheuertes Klassenfoto und ich habe mir einfach nie die Mühe gemacht, es zu ändern.

Jemand hat einen Screenshot von dem Bild gepostet, der viral gegangen ist, und dazugeschrieben: *Warte, will Cate sie adoptieren oder daten?*

Während ich hektisch und mit brennendem Gesicht die Benachrichtigungen lösche, kommt eine weitere rein.

lol Phil muss Cate wirklich übel zugesetzt haben, wenn sie plötzlich auf Frauen steht.

Ich beiße die Zähne zusammen. Zu allem Überfluss spekulieren sie auch noch darüber, wie echt Cates Gefühle sind. Fantastisch.

Obwohl der Schaden schon angerichtet ist, öffne ich meine Privatsphäre-Einstellungen, um sie auf Maximum zu stellen. Ich ändere mein Profilbild in ein Zufallsfoto von einem Otter und blockiere jeden, der seit gestern Abend angefragt hat, mir folgen zu dürfen.

Was ist bitte passiert, seit dieses Magazin veröffentlicht wurde?

Ich öffne einen Browser und gebe meinen Namen in die Suchleiste ein.

Großer Fehler.

Da sind Fotos von Cate und mir, wie wir nach unserem ersten Date vor den Paparazzi davonlaufen. Beim Abendessen gestern. Wie wir uns bei der Gala aneinanderlehnen. Und wie Cate neulich am Set meine Taille berührt. Die Schlagzeilen nennen mich Cates »Geheimnisvolle Geliebte« und »Lesbische Liebhaberin«.

Die Wortwahl macht mich sauer. Warum können sie nicht einfach schreiben, dass wir ein Paar sind? Warum müssen sie es zu einem Skandal aufbauschen? Ich habe nichts getan, mich einfach nur in Cate verliebt, und sie versuchen, unser Glück zu zerstören, indem sie unsere Beziehung als etwas Verschwiegenes und Schockierendes darstellen.

Zwischen dem Boulevardmagazin in unserem Papierkorb und meinem Namen, der überall im Internet auftaucht, ist meine Kehle wie zugeschnürt und es fällt mir schwer zu atmen. Bevor Cate gegangen ist, habe ich so getan, als würde ich die Klatschpresse nicht an mich heranlassen, dabei bin ich innerlich völlig erstarrt. So viele Fremde wissen, wer ich bin.

Haben meine Eltern das schon gesehen?

Nein, sie hätten angerufen, wenn sie es wüssten.

Aber Gott, wie wird sich das auf meine Karriere auswirken?

Meine Brust verkrampft sich immer mehr. Ist das eine Panikattacke? Ich fühle mich genauso gedemütigt wie damals, als das Video in der Highschool die Runde machte.

Was, wenn Cate mich deswegen abserviert?

»Lass das«, flüstere ich mir selbst zu.

Ich atme tief durch und zähle, während ich einatme, die Luft anhalte und wieder ausatme. Durch die endlosen Kommentare in den sozialen Medien scrolle ich mich trotzdem. Die meisten Leute reagieren positiv und wünschen uns alles Gute, aber selbst diese Kommentare verursachen ein ungutes Gefühl in meinem Magen. Wer sind diese Fremden und warum denken sie überhaupt über uns nach? *Unsere* Beziehung geht nur uns etwas an. Wir brauchen oder wollen ihren Segen nicht.

Zwischen den freundlichen Kommentaren lauern Verleumdungen und Loyalität gegenüber Phil Niles wie Treibsand. Viele Leute hassen mich dafür, dass ich Phil und Cate voneinander fernhalte, als wäre ich das Einzige, was das Hollywood-Traumpaar daran hindert, sich zu versöhnen.

Sosehr ich auch versuche, die Kommentare über mich zu überspringen, meine Augen sind schneller als mein Wille und ich lese Worte wie »unscheinbar« und »schlicht«.

Mit anderen Worten: gewöhnlich. Durchschnittlich.

Reflexartig schaue ich zu meinen geschlossenen Vorhängen. Halb rechne ich damit, dass einige dieser Kommentatoren hindurchspähen oder versuchen, mit einem Fernglas einen Blick auf mich zu erhaschen.

Ich gebe Cates Namen in die Suchleiste ein. Und tatsächlich geht es in jeder Schlagzeile um mich – nicht um ihre Filme, nicht um *Clockwork Curie*, sondern nur um mich. Der Rachel-Janssen-Skandal.

Als die Sonne aufgeht, habe ich mehrere Stunden damit verbracht, mich in dieses Kaninchenloch zu stürzen. In der Küche treffe ich Abby und sie sagt mir als Erstes, wie beschissen ich aussehe.

Ich drücke ihr mein Handy in die Hand, auf dessen Display immer noch die Schlagzeilen über Cate zu sehen sind.

»Ich sollte die Sache mit ihr beenden, oder?«, frage ich und allein bei dem Gedanken schnürt sich mir die Kehle zu. »Ich ruiniere Cates Karriere. Sie macht Schlagzeilen wegen ihres Sexlebens und nicht wegen der Filme, an denen sie arbeitet.«

»Warte mal«, sagt Abby und starrt blinzelnd auf mein Handy. Sie trägt ihre Brille noch nicht. »Lass mich erst mal verarbeiten, was hier los ist.«

Abby macht Kaffee und Toast, wischt die Flecken von ihrer Brille, setzt sie auf und lässt sich mit ihrem Laptop auf das Sofa sinken.

Ich folge ihr wie ein Hund und bleibe neben ihr stehen. Mit rasendem Puls und Tränen in den Augen.

Abby muss gearbeitet haben, als sie das letzte Mal ihren Laptop benutzt hat, denn es ist eine *Triple-X-POV*-Seite geöffnet mit der Überschrift »Kategorien« und einer Liste von Wörtern – *Dreier, Squirt, Milf, Füße.* Sie öffnet eine neue Registerkarte und klickt auf die Suchleiste.

»Cate Whitney und Rachel Janssen«, murmelt sie, während sie tippt. Es entsteht eine Pause, während sie sich die Überschriften ansieht. »Hm. Verstehe. Interessant.«

Ich weiß es zu schätzen, dass sie so ruhig bleibt, denn ich sterbe innerlich.

Nach einem ewig wirkenden Moment klappt Abby ihren Laptop zu und legt die Hände darauf. »Nein.«

»Nein?«

»Du solltest nicht mit ihr Schluss machen. Das ist Hollywood. All das …«, sie nickt in Richtung des Laptops, »ist ein Symptom des Berühmtseins. Cate weiß das. Sie hat sich dafür entschieden.«

»Okay«, sage ich langsam. Vielleicht hat sie recht damit, dass Cate mit der Aufmerksamkeit der Medien umgehen kann. Das Problem ist, dass ich es nicht kann. Die Paparazzi, die fiesen Schlagzeilen, die Klatschpresse, Phil … All das summiert sich zu etwas, mit dem ich nichts zu tun haben will.

»Was dich betrifft«, deutet Abby meinen Gesichtsausdruck wohl richtig, »du musst dich entscheiden, ob du das willst.«

»Natürlich will ich das nicht. Wenn ich berühmt sein wollte, wäre ich Schauspielerin oder so etwas geworden. Ich bin eine verdammte Studentin, Abby. Ich will in die Wissenschaft.«

»Wenn deine Abneigung gegen den Ruhm stärker ist als deine Gefühle für Cate, dann ja, solltest du mit ihr Schluss machen. Aber ich habe gesehen, wie du sie ansiehst. Ich habe gesehen, wie du dein Handy angelächelt hast, so wie du es nicht mehr getan hast seit … nun, seit Sarah, um ehrlich zu sein.«

Ja, natürlich habe ich echte Gefühle für Cate. Ich bin Hals über Kopf in sie verliebt. Aber da ist dieses unangenehme Gefühl in meinem Bauch, weil das, was mit Sarah passiert ist, auch meine Beziehung zu Cate beeinflusst. Dabei könnten die beiden nicht unterschiedlicher sein. Wenn ich meine Ängste überwinden kann, könnten Cate und ich eine unglaubliche Beziehung führen.

Ich lasse mich neben Abby auf die Couch fallen. »Ich will mich nicht von ihr trennen. Aber muss ich das wirklich alles ertragen?«

»Nein. Du sollst entscheiden, ob du es in Kauf nehmen *willst*. Das ist ein Unterschied.«

Ich hebe eine Augenbraue. »Ach ja?«

»Natürlich! Du kannst weiterhin mit Cate schlafen und unter dem ganzen Drumherum leiden, oder du kannst dich dafür entscheiden, es als Teil des Pakets anzunehmen. Es muss dir nicht gefallen, von der Presse als Flittchen abgestempelt zu werden, aber du kannst es als Teil des Deals akzeptieren. Was klingt besser: etwas durchzustehen oder es zu akzeptieren?«

»Es akzeptieren. Aber ich akzeptiere nicht, als Flittchen abgestempelt zu werden ...«

Abby umfasst mein Gesicht mit beiden Händen. »Das ist Teil des Deals, Rachel. Die Alternative wäre es, gegen die Presse und die Neider zu kämpfen und alle dazu bringen zu wollen, dich zu mögen – aber sie werden dein Image so verdrehen, wie es ihnen nützt. Also entweder akzeptierst du den ganzen Mist als Bestandteil der Beziehung mit Cate, oder du machst Schluss mit ihr. Aber wenn du es weiter so an dich herankommen lässt und trotzdem mit ihr zusammenbleibst, rate mal, wen du dann am Ende dafür hassen wirst?«

Da sie mein Gesicht noch immer umfasst hat, kann ich ihrem Blick nicht ausweichen.

Abby hat recht. Wenn ich weiterhin mit Cate zusammen bin und die negative Presse als etwas Schreckliches betrachte, gegen das ich mich wehren muss, werde ich Cate am Ende die Schuld dafür geben, dass ich all das ertragen musste. Wenn ich aber akzeptiere, dass es dazugehört, wenn man mit einer Berühmtheit zusammen ist, und ich mich dafür entscheide, trotzdem glücklich zu leben, dann braucht mich die Meinung der Welt nicht zu kümmern.

Ich weiß nur nicht, ob ich stark genug bin, es zu akzeptieren. Ich bin in diesen Dingen etwas fragil.

Teil des Deals. Kann ich lernen, den Hollywood-Mist zu akzeptieren, so wie es Schauspieler tun, wenn sie durchstarten wollen?

»Alles kommt mit Ballast, Rachel. Das ist Cates Ballast.«

Ich seufze. »Ich schätze, ich habe akzeptiert, dass der Stress und die Lernerei zum Studentendasein dazugehören.«

»Genau.«

»Also sollte ich lernen, schlechte Presse und beschissene Internetkommentare zu akzeptieren, wenn ich mit Cate zusammen sein will.«

Ich klinge nicht sehr überzeugend und Abby verzieht das Gesicht.

Mein Handy piepst. Ich entsperre es und stelle fest, dass Cate mir ein pornografisches Gif von zwei Frauen beim Scissoring geschickt hat.

Ich bin neugierig …

Ein Lächeln stiehlt sich auf meine Lippen. Mein Inneres kribbelt.

»Wie könntest du dazu Nein sagen?«, fragt Abby und beugt sich über meine Schulter, um auf mein Handy zu starren.

Ich schalte das Display aus und schubse sie lachend weg. Dann reibe ich mir mit einem Arm über die Augen und atme tief durch. »Ja, ich kann lernen, den Ballast zu akzeptieren.«

Obwohl meine Stimme wackelt, zeigt Abby mir zwei Daumen nach oben. »Das ist die richtige Einstellung. Und jetzt geh da raus und mach deinem Ruf alle Ehre, geheimnisvolle Geliebte.«

Am Samstag lädt Cate mich in ihr Hotel ein, das genauso schön ist wie das in L.A. Wir essen im Hotelrestaurant zu Abend und eilen danach zu den Fahrstühlen.

Ihr Drehplan und meine Masterarbeit lassen uns nur Samstagabende und Sonntagmorgen – und nach der langen Zeit ohneeinander sind wir noch ausgehungerter aufeinander als sonst schon. Wir können nicht einmal mehr zwischen den Aufnahmen in ihrem Wohnwagen Sex haben, denn nachdem wir ihr Kostüm durcheinandergebracht haben und sie zu spät gekommen ist, hat sie ein *wenig* Ärger dafür bekommen, dass sie mich mit aufs Set gebracht hat.

Im Aufzug drücke ich sie gegen die Wand und küsse sie, was ihr ein Stöhnen entlockt. Rastlos streicht sie mit den Händen auf meinem Rücken auf und ab.

Ich knabbere und sauge an ihrem Hals.

»Du darfst keine Spuren hinterlassen«, sagt sie lachend. »Sonst brauche ich noch länger in der Maske.«

»Stimmt. Entschuldige«, murmle ich.

Die Fahrstuhltüren öffnen sich, sie nimmt meine Hand und zieht mich den Flur entlang zu ihrer Suite.

Das Zimmer hat einen tollen Ausblick auf Vancouver und bietet alles, was das Herz begehrt – von beheizten Fußböden bis hin zu einem Doppelbett mit Pralinen auf den Kissen. Es ist der perfekte Ort, um miteinander zu schlafen – wir sind hier ungestört und die Suite ist romantisch und wunderschön. Vor allem aber ist sie groß genug, dass unsere Nachbarn uns hoffentlich nicht hören werden.

Wir schieben die schokoladenverzierten Kissen beiseite und beeilen uns, unsere Klamotten loszuwerden. Cate zieht mir mein Hemd über den Kopf und ich tue dasselbe mit ihrer pastellblauen Bluse, bin dabei aber besonders vorsichtig, da es offensichtlich ein Designerstück ist. Mit hastigen Bewegungen ziehen wir unsere Hosen aus und dann sind wir beide nackt.

Sie schiebt mich auf die Matratze und bevor ich mich aufsetzen kann, liegt sie auf mir und hält mich mit erstaunlich starkem Griff fest. Sie setzt sich rittlings auf meinen Oberschenkel, bereits feucht, und mir schwirrt der Kopf von dem Gefühl.

»Gott, ich habe dich heute gebraucht.« Sie schließt ihre Augen und reibt sich an mir.

Ich drücke ihr mein Bein entgegen und der Widerstand lässt sie aufstöhnen. »Harter Tag?«

»Lang. Und ich muss ständig an dich denken und dann bin ich erregt, obwohl ich doch arbeiten sollte.«

Lachend drehe ich uns um. Die Bewegung lässt sie leise keuchen.

Ich habe akzeptiert, dass Cate Gefühle für mich hat. Dass irgendetwas an mir ihre Aufmerksamkeit erregt hat und sie mit mir zusammen sein will. Aber es fühlt sich immer noch wie ein Traum an. Ein Teil von mir wartet nach wie vor darauf, dass sie aufwacht und erkennt, dass sie sich mit einer Person begnügt, die nicht annähernd gut genug für sie ist. Die Öffentlichkeit weiß es. Phil weiß es. Wie lange wird es dauern, bis es Cate bewusst wird? *Gott, ich hoffe, es kommt nie dazu.*

»Bereit, das Gif auszuprobieren, das du mir geschickt hast?«, flüstere ich zwischen zwei Küssen.

In ihren Augen liegt ein aufgeregtes Funkeln. »Ich gehöre ganz dir.«

Ich lehne mich zurück und bringe meine Beine in die richtige Position. Dann verringere ich den Abstand zwischen uns. Unsere Körper treffen aufeinander, Hitze zu Hitze, feucht vor Verlangen.

Sie stöhnt und kommt meinen Bewegungen entgegen. Ihren Kopf neigt sie nach hinten und sie schließt die Augen. Ihre blonden Locken fallen in Wellen auf das Kissen. Sanft streichelt sie über meinen Oberschenkel.

Ich kreise mit dem Becken, langsam, genüsslich.

Der Anblick ihres Körpers, ihrer fließenden Bewegungen, genügt, um mich vor Sehnsucht zittern zu lassen. Das Gefühl ist unerträglich und ich weiß, sie fühlt dasselbe. Es ist der pure Rausch. Bald schon bewegen sich meine Hüften, ohne dass ich darüber nachdenke, auf und ab, links und rechts, schneller und schneller.

Cates Finger graben sich in meine Oberschenkel, sind jetzt verlangend und fordernd und nicht mehr sanft.

Wir drängen schneller gegeneinander, stöhnend, und ich beuge mich über ihr Bein, will ihr noch näher kommen. Ich verliere mich in ihr, vergesse die Welt um uns herum.

Eine Flamme brennt tief in mir und lodert stärker und stärker.

»Ja«, stöhnt Cate atemlos. Inzwischen kenne ich sie so gut, dass ich ihren Tonfall richtig deute.

»Bist du nah dran?«

»Ja.«

Die Flamme brennt noch heller und verzehrender. »Ich auch.«

Unsere Hüften bewegen sich wie rasend, unsere Atemzüge sind flach. Cates Gesicht ist gerötet und ihre Haut glänzt vor Schweiß, was sie nur noch verlockender macht.

Sie begegnet meinem Blick, und der Glanz in ihren Augen stößt mich über die Klippe. In Wellen brandet die Lust über mich herein, schwindelerregend, atemberaubend. Ich halte Cates Blick, während sie mich fest umklammert. Ihre Hüften stoßen weiter gegen mich und ich stöhne auf.

Der Sex mit Cate ist der beste, den ich je hatte. Es hat etwas mit der Chemie unserer Körper zu tun, mit der Art, wie wir uns zusammen bewegen, aufeinander reagieren und genau wissen, was die andere braucht.

Wir beugen uns vor und küssen uns, stoßen mit den Nasen zusammen. Wir sind beide verschwitzt, zu erschöpft für Worte.

Als wir nebeneinanderliegen und kuscheln, streichle ich über ihre Wange, ihre Schulter und tiefer, bis zu ihrer Taille.

Mein Handy leuchtet auf und ich nehme es mit einem Schnaufen zur Hand. Eine E-Mail von einem Fernsehsender mit der Anfrage für ein Interview.

Auf gar keinen Fall. Wie haben die überhaupt meine Studierenden-Mailadresse gefunden?

Grimmig entsperre ich mein Handy, um alle Benachrichtigungen zu deaktivieren. Mein Browser ist immer noch geöffnet und Cates Name steht in der Suchleiste. Ich schließe ihn schnell, doch Cate ist schneller.

»Was war das?«

»Was?«, erwidere ich reflexartig.

»Da stand mein Name. Was hast du da gelesen?«

»Nur … Ich habe die Nachrichten über uns verfolgt«, sage ich und mein Gesicht wird heiß. »Ich bin es nicht gewohnt, Schlagzeilen zu machen. Das ist alles ein bisschen komisch für mich.«

»Oh.« Sie schweigt und starrt an die Zimmerdecke. »Es tut mir leid, Rachel. Ich hätte mich mehr darum kümmern sollen, wie all das für dich ist. Geht es dir gut?«

Ich zögere und überlege, was ich sagen soll. »Es ist hart, einige der Schlagzeilen und Kommentare zu sehen, aber ich werde damit klarkommen.«

»Es braucht Zeit, sich daran zu gewöhnen. Aber es hilft, wenn man sich bewusst macht, dass das Gedächtnis der Öffentlichkeit flüchtig ist und dass es immer wieder neue Skandale gibt, auf die sich die Presse stürzen wird. Wir sind wohl kaum die Leute mit dem größten Nachrichtenwert da draußen.«

»Das stimmt.«

»Und was ist mit Phil?«, fragt sie.

Der Name ihres Ex-Mannes durchzuckt mich wie ein elektrischer Schlag. »Was soll mit ihm sein?«

»Ist alles in Ordnung mit dir, nach dem, was auf der Gala passiert ist? Ich habe nichts mehr von ihm gehört, seit ich ihm mit rechtlichen Schritten gedroht habe, also hoffe ich, dass er sich abreagiert hat.«

Ich zögere. Vielleicht ist es an der Zeit, ihr von unserer Begegnung zu erzählen.

»Sag es mir.« Ihrem aufmerksamen Blick entgeht nichts.

»Bevor die ganze Sache mit dem Sicherheitsdienst passiert ist, hat Phil mich angesprochen.«

Cate setzt sich ruckartig auf. »Was?«, fragt sie mit scharfer Stimme.

»Er schien verbittert darüber, uns zusammen zu sehen. Ist nicht so schlimm. Ich habe ihm gesagt, er soll darüber hinwegkommen.«

Sie steht auf und nimmt ihr Handy vom Fernsehtisch, den Mund zu einem schmalen Strich zusammengepresst. »Rachel, du hättest es mir sagen müssen. Mandy wird –«

»Nein, nicht.« Mit rasendem Herzen richte ich mich auf. »Ich will nicht der Grund für noch mehr Drama zwischen euch beiden sein.«

Sie wirft mir einen ernsten Blick zu. »Erstens war das *Drama* unserer Scheidung nicht anders als bei jeder anderen Scheidung auch. Die Medien stellen es bloß als besonders hässlich dar. Zweitens, wenn mein Ex-Mann meine Freundin bedroht, kannst du deinen Hintern darauf verwetten, dass ich ihn dafür bezahlen lasse.«

Ich starre sie an, während sie mit den Daumen energisch auf dem Display herumtippt. »Deine *Freundin*?«

Sie schaut auf, macht große Augen und beißt sich auf die Lippe. »Entschuldigung. War das zu voreilig?«

»Nein!« Ich springe aus dem Bett und küsse sie. »Cate, nichts würde mich glücklicher machen.«

Ihr Strahlen erhellt den ganzen Raum. »Mich auch.«

Ich ziehe sie zurück ins Bett, aber sie ist merklich abgelenkt. »Kann ich dir einen Bodyguard engagieren?«

Ich lache, obwohl ich weiß, dass sie es ernst meint. »Das wird nicht nötig sein.«

»Vielleicht fühlst du dich dann aber sicherer. Ich kann dir Ken ausleihen. Er kann Judo *und* Karate, weißt du?«

»Musste er diese Fähigkeiten jemals einsetzen?«, frage ich, obwohl ich gar nicht weiß, ob ich die Antwort hören will.

Sie legt nachdenklich den Kopf schief und sagt dann vorsichtig: »Manchmal denken die Leute, sie hätten ein Recht auf mich. Das sind die Momente, in denen ich dankbar bin, dass ich Ken habe. Aber zum Glück musste er noch nie jemanden verletzen, und ich musste noch nie eine einstweilige Verfügung erwirken.«

Ich küsse ihre Hand, voller Bewunderung für alles, was sie bewältigen muss. »Du bist so stark, Cate.«

Sie lächelt. »Also, kann ich dich für denselben Schutz begeistern?«

Es fällt mir schwer, damit umzugehen, dass sich jetzt so viele Leute für mich interessieren, und Abby hat viel Zeit damit verbracht, mir beizustehen und sich kreative Beleidigungen für die Onlinespinner auszudenken – aber ich glaube nicht, dass ein Bodyguard mir helfen würde, mit alldem umzugehen. Im Gegenteil, mir würde dann nur noch bewusster werden, dass sich mein Leben verändert hat, seit ich mit Cate zusammen bin. Ich möchte mich zumindest zeitweise normal fühlen und ein persönlicher Leibwächter würde das unmöglich machen.

»Ich verspreche, dass es mir gut geht«, sage ich kopfschüttelnd. »Aber wenn ich meine Meinung ändere und einen Kampfsportprofi vor meiner Wohnung postiert haben will, lasse ich es dich wissen.«

Kapitel 19

Eine Frau der Wissenschaft

»Warum bist du zu Hause?«, fragt Abby verwundert. Es ist neun Uhr an einem Sonntagmorgen und sie brät sich gerade etwas, das nach Kartoffeln riecht.

»Dir auch einen guten Morgen«, sage ich, während ich von meinem Schlafzimmer in den Wohnbereich schlendere. »Cate musste gestern lange arbeiten und heute früh aufstehen.«

»Oh. Willst du was von meinem Frühstück abhaben?«

»Klar, wenn du genug hast.«

»Kommt sofort.«

»Danke, beste Freundin der Welt.« Ich lasse mich auf meinen gewohnten Platz auf der Couch fallen, stelle meinen Laptop auf ein TV-Tablett und ziehe ihn zu mir heran.

»Ich schätze, das musste irgendwann passieren«, sagt Abby. »Wie lange habt ihr euch jetzt jedes Wochenende gesehen? Zwei Monate?«

»Sieben Wochen.«

Das sind sieben Sonntage, an denen ich mit Cate aufgewacht bin, und jedes Mal war so schön wie das vorherige.

Ich schätze, ich sollte dankbar sein, dass wir so viele gemeinsame Wochenenden hatten, wenn man bedenkt, wie voll Drehpläne sein können. Trotzdem hält sich meine Dankbarkeit in Grenzen. Ich bin in erster Linie traurig, dass ich sie nun zwei Wochen lang nicht sehen werde. Und meine zweitstärkste Emotion ist Lust.

Während Abby das Frühstück macht, klappe ich meinen Laptop auf, um mich meiner Masterarbeit zu widmen.

Ich bin mir immer noch unsicher, wie sich die Beziehung mit Cate auf mein Studium und meine Karriere auswirken wird. Haben meine Dozenten die Paparazzi-Fotos gesehen? Mein Magen krampft sich zusammen, als ich mir vorstelle, wie Dr. Wee in der Kassenschlange im Supermarkt steht und ihre Kinnlade herunterklappt, als sie mich auf der Titelseite des Boulevardmagazins neben sich erkennt.

»Meinst du, ich sollte meinen Betreuern sagen, dass ich mit Cate zusammen bin?«

Abby hält mit einem Ei in der einen und einem Pfannenwender in der anderen Hand inne. »Äh, warum denn?«

»Bei all dem Gerede und so habe ich Angst, dass ich nicht mehr ernst genommen werde. Mein öffentliches Image ist … skandalös.« Ich rümpfe die Nase. »Ich weiß nicht, ob sich das auf meine Karriere auswirken wird und was ich dagegen tun soll.«

»Hm. Ich schätze, *prominent* und *Doktor* passt nicht gut zusammen.«

»Das ist so ziemlich die exakte Definition eines Scharlatans.« Ich vergrabe das Gesicht in den Händen und stöhne auf. »Stell dir vor, meine zukünftigen Patienten oder Kollegen erkennen mich anhand dieser Fotos.«

»Ja, okay, du könntest es ansprechen«, meint Abby und verzieht das Gesicht. »Betreuer sind doch schließlich dafür da, einen anzuleiten und Ratschläge zu erteilen, oder?« Sie schlägt das Ei auf und widmet sich wieder dem Inhalt der Pfanne.

Ich presse die Lippen zusammen. Eigentlich sollten meine Betreuer mir ausschließlich bei Forschungsfragen und bei meiner akademischen Laufbahn helfen, nicht bei meinem Liebesleben, aber ich brauche tatsächlich dringend einen Rat. Das Letzte, was ich tun möchte, ist, mein berufliches Ansehen zu ruinieren.

Ich öffne eine neue E-Mail an meine Betreuer. Ich teile ihnen mit, dass ich mich immer noch in die Forschung einarbeite und Software ausprobiere und dass ich mich gern bald mit ihnen treffen würde, um meine Fortschritte zu besprechen. Dann füge ich hinzu:

Ich weiß nicht, ob Sie Promi-Klatsch verfolgen, aber möglicherweise sind Sie in letzter Zeit online oder in Zeitschriften im Zusammenhang mit meiner Beziehung über mich gestolpert … Und ich wollte Sie nur nach Ihrer Meinung fragen, was ich in dieser Sache unternehmen soll. Ich möchte nicht, dass mein Privatleben meine Karriere beeinträchtigt, aber es ist schwer, mich aus der Presse herauszuhalten, da ich in einer Beziehung mit Cate Whitney bin.

Wenn sie der Meinung sind, dass meine Beziehung meine berufliche Integrität beschädigt, werden sie es mir sagen. Doch ich habe keine Ahnung, was ich tun soll, wenn sie diese Beziehung für die schlechteste

Entscheidung aller Zeiten halten und mir erklären, dass ich keine Chance auf meine erträumte Karriere habe, solange ich mit Cate zusammen bin.

Ich schicke die E-Mail ab und erhalte sofort eine automatische Abwesenheitsmitteilung von Dr. Wee.

Ich stöhne auf. Also werde ich wohl noch eine Weile warten müssen.

Abby bringt mir eine Portion von der fantastisch aussehenden Kartoffelpfanne mit Ei, Spinat, roter Paprika und dazu Mehrkorntoast.

»Du bist die Allerbeste.«

Sie strahlt und setzt sich neben mich.

»Sagen wir mal, ich komme über den Ruhm und Phil und all diesen Mist hinweg«, sage ich. »Was kommt dann? Die Dreharbeiten sind bald zu Ende. Kann meine Beziehung zu Cate dann überhaupt noch funktionieren?«

Abby beißt in ihren Toast und starrt mich an. Ganz offensichtlich ist sie sich nicht sicher, wie sie antworten soll.

»Es wäre eine Fernbeziehung«, denke ich weiter laut nach. »Was scheiße ist.«

Abby wedelt mit ihrem Toast in der Luft herum. »Cate hat genug Geld, um hin und her zu fliegen.«

»Aber selbst wenn sie einmal pro Woche hierherfliegt, um mich zu sehen – oder mich nach L.A. fliegen lässt –, ist das nicht dasselbe, wie in derselben Stadt zu leben. Ich will nicht, dass unsere Beziehung davon abhängt, ob sie hierherkommen kann oder nicht.«

»Dann zieh nach L.A.«, sagt sie. Doch kaum hat sie das ausgesprochen, breitet sich blankes Entsetzen auf ihrem Gesicht aus. »Wobei … Nein, bitte nicht. Bloß nicht. Du bist der Kleber, der mein Leben zusammenhält.«

Ich lächle. »Ich könnte das ohnehin nicht. Ich hätte solches Heimweh. Mein ganzes Leben ist hier.«

»Würde Cate hierherziehen?«

Ein aufgeregtes Kribbeln macht sich in meinem Bauch breit bei dieser Vorstellung. Es wäre kein Problem für Cate, hier eine Aufenthaltsgenehmigung zu erhalten, wenn sie es wollte. Wahrscheinlich würde der Premierminister persönlich an der Grenze erscheinen, um sie willkommen zu heißen.

»Darüber werden wir wohl reden müssen, wenn die Dreharbeiten zu Ende sind«, antworte ich vorsichtig, ehe ich mich auf die herzhaften Köstlichkeiten auf meinem Teller stürze. »Wie war denn eigentlich dein Date gestern Abend?«

»Na ja. Wir waren in der Kunstgalerie und momentan stellen sie da unglaublich angeberische abstrakte Kunst aus, die keinen Sinn ergibt. Aber wir sind danach zu ihm gegangen und haben uns ausgiebig dafür entschädigt.«

Nachdem wir gefrühstückt und uns bis ins letzte schmutzige Detail über Abbys Sexualleben unterhalten haben, klappe ich meinen Laptop wieder auf und Abby zieht sich in ihr Zimmer zurück. Ich muss mir Cate aus dem Kopf schlagen und heute wenigstens ein paar Stunden arbeiten.

Inzwischen kann ich die Militärsoftware bedienen und sie über MRT-Scans laufen lassen, aber ich habe es noch nicht geschafft, ein effizientes maschinelles Lernmodell zu erstellen. Die Software ist aktuell nicht besser im Erkennen von Tumoren als das menschliche Auge, was meine Theorie nutzlos macht. Wahrscheinlich brauche ich mehr Musterdaten, um den Algorithmus zu trainieren.

Nur wegen Abby habe ich überhaupt Zugang zu diesem Programm. Sie hat letztes Jahr einen Software-Ingenieur gedatet, der daran gearbeitet hat. Aus der Beziehung wurde zwar nichts, aber Abby konnte mir zumindest kostenlos die karrierefördernde Software besorgen. Und das ist doch immerhin etwas.

Siehst du? Manche Leute haben normale Ex-Partner, denke ich grimmig.

Mein Handy leuchtet auf. Es ist eine neue E-Mail von einer Person namens Amber Scott. Der Vorschautext ist kurz.

rachel ... hoffentlich schläfst du nachts gut nachdem du eine perfekte beziehung zerstört hast. falsche schlange.

Kochend vor Wut lösche ich die Mail. Ich habe das überwältigende Bedürfnis, mit einem Mittelfinger-Emoji zu antworten. Woher hat die Öffentlichkeit meine E-Mail-Adresse?

Ich suche im Internet nach meinem Namen, und es dauert keine zwei Minuten, da finde ich meinen Namen und meine E-Mail-Adresse auf der Website der Universität, zusammen mit meinem Studienfach.

»Verdammt noch mal«, flüstere ich.

Warum sind so viele meiner Daten ohne meine Zustimmung öffentlich zugänglich? Warum kennt das Internet keine Grenzen?

Keiner dieser Fremden hat eine Ahnung, was zwischen Cate und mir vor sich geht, und es ist unfassbar, wie viele von ihnen glauben, die Wahrheit zu kennen. Ich möchte mich auf ein Dach stellen und sie alle anschreien, dass sie mich gefälligst in Ruhe lassen sollen. Ich will das alles nicht.

Aber es wäre unmöglich, Cate vom Ruhm zu trennen. Und ihre Berühmtheit ist schließlich auch der Grund dafür, warum wir uns überhaupt kennengelernt haben.

Wie Abby so weise sagte, ich sollte es akzeptieren und weitermachen. Das muss ich, wenn ich mit ihr zusammen sein will. Ich wusste nur nicht, dass es so schwer sein würde.

Mein Telefon klingelt.

Mein Herz macht einen Satz und ich greife danach, in der Erwartung, Cates Namen und das Herzaugen-Emoji zu sehen, das ich danebengesetzt habe.

Doch es ist nicht Cate. Statt der Herzaugen sehe ich das Tulpen-Emoji, das ich mit der Person verbinde, die mir auf der Welt am wichtigsten ist.

»Hey, Mom!«

»Rachel? Ich habe dich auf dem Cover einer Zeitschrift gesehen.«

Uff. Ich lege eine Hand auf meinen Bauch.

Wahrscheinlich hätte ich meine Eltern schon früher anrufen sollen. Ich hatte wohl irgendwie gehofft, sie würden die Paparazzi-Fotos nie sehen.

Ich stehe auf und gehe im Wohnzimmer umher. Es wird leichter sein, darüber zu reden, wenn ich in Bewegung bin.

»Oh, das hast du gesehen?«, frage ich beiläufig.

Das Klappern und Zischen im Hintergrund verrät mir, dass sie gerade Brunch macht. Wahrscheinlich *Pannenkoeken*. Ich kann förmlich vor mir sehen, wie sie in ihrem weißen Frotteebademantel, mit Kopfhörern in den Ohren und einem Pfannenwender in der Hand, durch die Küche wuselt, eine Vase mit frischen Tulpen und einen Stapel Post auf dem Tresen neben sich. So sah es jeden Samstag- und Sonntagmorgen aus, als ich aufwuchs.

»Ich habe Carly besucht«, sagt sie. »Du weißt schon, die aus meinem Ukulelekurs? Und sie hatte ein paar Zeitschriften auf ihrem Couchtisch. Ich habe zu ihr gesagt: *Sieh mal, das ist meine Tochter*, und sie hat mir nicht geglaubt. Aber das bist du, oder? Ich habe die Zeitschrift hier liegen.«

Seiten rascheln, als ob sie das Magazin aufheben würde, um es mir durch das Telefon zu zeigen.

»Ja, ich bin's.«

»Ich wusste es. Jack, sie ist es!«, ruft sie. »Rachel, was hast du denn mit Cate Whitney gemacht?«

»Ich habe … Ich bin mit ihr zusammen, Mom.« Meine Lippen sind taub. Es fühlt sich an, als würde ich mich meinen Eltern gegenüber noch einmal outen. Damals haben sie positiv reagiert. Aber sie waren noch nie besonders angetan von Prominenten und ich habe so eine Ahnung, dass dieses Gespräch ein wenig holpriger verlaufen wird.

»Mit ihr zusammen? Du bist in einer Beziehung mit Cate Whitney?«

Dad ruft etwas Unverständliches im Hintergrund.

»Das hat sie gerade gesagt!«, schreit Mom zurück.

»Sie nimmt uns auf den Arm!« Dieses Mal verstehe ich Dad.

»Mach ich nicht.« Gott, ist es immer so chaotisch, mit ihnen zu reden? »Cate dreht einen Film in meiner Straße, so sind wir einander begegnet. Wir sind ein paar Mal ausgegangen und … sie hat mich zu dieser Gala eingeladen.«

»Aber was ist auf den Fotos passiert?«, fragt Mom.

Ich spüre Abbys Blick durch ihre offene Schlafzimmertür auf mir, doch ich schaue weiter starr auf meine Füße, während ich auf und ab gehe. »Der Sicherheitsdienst, ähm, hat mich mit jemandem verwechselt. Alles ist gut. Die Bilder sehen nur schlimm aus. Du weißt doch, wie diese Zeitschriften sind …«

»Jack, komm essen!«, ruft Mom. »Rachel, es gefällt mir nicht, dass du derartig in der Öffentlichkeit stehst. Du solltest vorsichtig sein. Sag Miss Whitney, dass du eine Frau der Wissenschaft bist und dich auf dein Studium konzentrieren musst.«

Ich öffne und schließe den Mund. Natürlich dreht sich für sie alles um die Uni. Ich liebe meine Eltern, aber bei ihnen stehen Noten und Karriere immer an erster Stelle. Ein Sozialleben ist zweitrangig.

»Mom, ich werde nicht mit ihr Schluss machen!«

Abby schleicht sich aus ihrem Zimmer und setzt sich auf die Couch, um dieses Gespräch aus der ersten Reihe zu verfolgen.

»Wenn es so aussieht, mit ihr zusammen zu sein, weiß ich nicht, ob mir das gefällt. Denk an deine Karriere, Schatz. Das war eine furchtbar geschmacklose Schlagzeile. Jack, der Sirup ist hier.«

»Ich denke an meine Karriere! Es ist alles in Ordnung!«

Mehr Geklapper im Hintergrund. Sie macht immer Multitasking, wenn ich mit ihr rede.

»Sei einfach vorsichtig. Du hast ein Händchen dafür, in Schwierigkeiten zu geraten, wenn Kameras im Spiel sind …«

»Lass das«, erwidere ich scharf. »Fang gar nicht erst damit an, Mom. Das ist etwas ganz anderes. Ich bin erwachsen und gehe mit einer anderen Erwachsenen aus, und ich komme mit den Kameras bestens zurecht.«

Der letzte Teil stimmt vielleicht nicht so ganz, aber ich kann nicht fassen, dass sie das gesagt hat. Sie weiß, wie sehr mich das damals fertiggemacht hat.

Ich atme schwer, die Hände zu Fäusten geballt.

»Tut mir leid«, meint sie ein wenig sanfter. »Du weißt, dass ich das nur aus Liebe sage. Ich mache mir Sorgen um dich und möchte nicht, dass du deinen Abschluss vermasselst. Du bist so ein schlaues Köpfchen.«

»Ich – Ja, danke.« Ich reibe mir den Nacken. »Ich passe schon auf mich auf. Ich war gerade am Arbeiten, bevor du angerufen hast, denn ich vernachlässige meinen Abschluss nicht. Mach dir keine Sorgen, Mom.«

Sie atmet hörbar aus. »Na schön. Ich … Jack, der nächste ist fertig. Ich lasse dich mit deinem Liebesleben in Ruhe, Rachel. Ich vertraue dir.«

»Danke«, erwidere ich tonlos.

»Und damit du es weißt, ich freue mich für dich. Genau wie dein Vater – er hält seinen Daumen hoch. Cate Whitney wirkt liebenswert, und sie ist so talentiert.«

»Und hübsch!«, ruft Dad. »Gute Wahl, Rach!«

Das bringt mich zum Lächeln.

Aber trotz ihrer liebevolleren Worte bin ich aufgewühlt. Nach diesem Gespräch geht es mir noch schlechter als zuvor. Ich liebe meine Mutter und ich schätze ihre Meinung, aber ich weiß nicht, ob ich auf sie hören will, wenn es darum geht, ob ich mit Cate zusammenbleiben soll.

Ich kann die Beziehung zu Cate und mein Studium unter einen Hut bringen, oder? Ich wünschte, ich könnte meinen eigenen Rat befolgen und mir keine Sorgen machen, aber ich bin verwirrter denn je. Was, wenn meine Betreuer ebenfalls finden, dass das eine schlechte Idee ist? Was ist, wenn jeder vernünftige Mensch in meinem Leben glaubt, dass ich einen Fehler mache, wenn ich mit Cate zusammen bin?

»Hey, warum kommt ihr zwei nicht mal zum Abendessen vorbei?«, reißt Mom mich aus meinen Gedanken.

Meine Knie versagen und ich setze mich auf die Couch, ohne hinzusehen, wodurch ich halb auf Abbys Schoß lande. »Was?«

»Abendessen! Bring sie her. Es ist schon so lange her, dass du eine Partnerin hattest, Schatz. Dad und ich würden sie gern kennenlernen.«

Kapitel 20

Fleisch und Kartoffeln

Die ganze Woche über bin ich plötzlich sehr viel fleißiger. Anscheinend kann mein Gehirn nur eine Sache auf einmal herausschieben, und Cate zu fragen, ob sie meine Eltern kennenlernen will, ist momentan eindeutig der Punkt auf meiner To-do-Liste, dem ich am meisten aus dem Weg gehe.

Als wir uns am Wochenende treffen, scheint kein Moment der richtige zu sein, um das Thema anzusprechen. Nicht, als wir miteinander Sushi essen, nicht, als wir nackt und verschwitzt sind, auch nicht, als wir in den Armen der anderen einschlafen, und schon gar nicht, als ich am nächsten Tag aufbrechen muss.

Aber Mom wird immer hartnäckiger und bombardiert mich mit Nachrichten und Anrufen. Mein Telefon brennt förmlich ein Loch in meine Tasche, als ich mit Cate am darauffolgenden Wochenende zu Abend esse.

Was ist, wenn das zu früh und zu viel ist? Cate und ich haben noch nicht darüber gesprochen, wie es mit unserer Beziehung weitergehen wird, wenn die Dreharbeiten beendet sind. Ist es uns ernst genug, um den Eltern vorgestellt zu werden? Wie wird sie reagieren?

Ich könnte Mom absagen. Behaupten, dass Cate zu sehr mit den Dreharbeiten beschäftigt ist. Aber tief im Inneren möchte ich sie einladen. Wenn ich sie zu meinen Eltern mitzunehme, wird unsere Beziehung realer – und wenn sie Nein sagt, weiß ich wenigstens, woran wir sind.

Als wir nach dem Abendessen in Cates Hotelzimmer ankommen, schlägt mir das Herz bis zum Hals. Es ist zwei Wochen her, dass Mom sie eingeladen hat, und ich kann es nicht länger aufschieben.

»Meine Eltern haben uns zum Abendessen eingeladen«, platze ich heraus, während wir noch unsere Schuhe ausziehen. »Tut mir leid. Wir können ablehnen, wenn es dir zu unangenehm ist. Sie haben durch die Klatschpresse von uns erfahren, also habe ich ihnen von dir erzählt, und dann wollten sie dich kennenlernen und –«

»Du kamst mir heute Abend so ruhig vor«, unterbricht Cate mein Geplapper. Sie geht zum Schreibtisch und nimmt ihre Ohrringe und die Halskette ab. Ich beobachte sie schweigend. Schließlich fügt sie hinzu: »Warst du besorgt, wie ich reagieren würde?«

»Möchtest du hingehen?«, frage ich mit trockenem Mund.

Sie zögert nur kurz – eine Sekunde, vielleicht zwei. »Ja, ich komme gern mit zu deiner Familie.«

Mein Herz macht einen Satz. Was war dieses Zögern? Interpretiere ich da zu viel hinein, oder will sie eigentlich nicht mitkommen?

Ich lasse mich auf das Bett fallen und beobachte sie weiterhin. »Wirklich?«

Sie sieht mir durch den Spiegel in die Augen. »Du hast Josie kennengelernt. Jetzt bin ich dran.«

»Ja, aber Josie ist cool. Meine Eltern sind … Eltern.«

Sie zuckt mit den Schultern. »Schlimmer als meine können sie nicht sein. Wir hatten kein streitfreies Familienessen mehr, seit Josie und ich Kinder waren.«

Ich sinke zurück auf die Matratze und starre an die Decke. »Tut mir leid. Ich sollte nicht so tun, als wären meine Eltern furchtbar. Das sind sie nicht. Sie sind großartig.« Ich stocke. Eigentlich sollte ich erleichtert sein, dass Cate Ja gesagt hat, doch mein Inneres verkrampft sich noch mehr. »Ich schätze, ich bin nervös, eine Freundin mit nach Hause zu bringen – und dazu ausgerechnet dich. Sie werden mich ganz fürchterlich blamieren, das weiß ich.«

»Bestimmt nicht.«

Sie schiebt ihre Arme durch die Ärmel und beginnt, sich auszuziehen – und ich verliere den Faden. Bevor es zu spät ist, sage ich in aller Eile: »Ich habe meinen Eltern noch nie eine Partnerin vorgestellt.« Meine Zunge ist taub. Ich schlucke schwer. »Jedenfalls nicht wirklich. Für sie war Sarah immer nur meine beste Freundin. Keine meiner anderen Beziehungen war ernsthaft genug.«

Cate mustert mich. Nach einer Pause lächelt sie. »Dann ist es mir eine Ehre, die Erste zu sein.«

»Wenn dir das unangenehm ist, können wir –«

»Es wird schon gut gehen, Rachel. Ich verspreche es dir.« Sie steigt auf das Bett und legt sich auf mich.

Ich versinke in ihrem Blick. Und ich glaube ihr. Niemanden will ich meinen Eltern lieber vorstellen als Cate.

Am nächsten Sonntagnachmittag steigen wir also in meinen rostigen alten Geländewagen, den ich zwei Stunden lang gereinigt habe. Wir tragen beide Caprihosen und Blazer – Cate ein lavendelfarbenes Set, das eindeutig von einem Designer stammt, und ich ein schwarz-weißes, das ich im Schlussverkauf zusammengestellt habe. Nach normalen Maßstäben sehe ich gut aus. Cates Promi-Aura strahlt so stark wie immer.

»Letzte Chance, den Wagen zu tauschen«, sage ich entschuldigend. »Ken könnte uns in deinem schicken Auto fahren, dann müssten wir nicht diese alte Klapperkiste nehmen.«

»Das ist keine Klapperkiste«, meint Cate sofort. »Dein Auto hat Charme. Hat es auch einen Namen?«

»Old Blue«, murmle ich und fahre uns aus dem Parkhaus. Vielleicht werde ich eines Tages das Gefühl überwinden, dass nichts in meinem Leben gut genug für Cate ist.

Sie streckt ihre Hand aus und drückt meinen Oberschenkel. »Ich habe mit Ken um diese Freiheit gestritten. Lass uns sie nicht verschwenden.«

»Was meinst du?«

»Er wollte heute mitkommen. Ich habe ihm gesagt, dass ich ein Essen bei den Eltern meiner Freundin auch ohne Sicherheitspersonal überstehen werde.«

Ken fand, er sollte mitkommen? Hätte sie auf ihn hören sollen? Immerhin ist er ein Profi.

Cate muss mir meine Zweifel ansehen, denn sie sagt entschlossen: »Ich komme schon zurecht. Für so etwas brauche ich keinen Bodyguard.«

Ich weiß nicht, ob ich mich geehrt fühlen soll, dass sie mir genug vertraut, um ihren Leibwächter zurückzulassen, oder ob ich mir Sorgen machen soll, dass ihr Wunsch, normal zu sein, ihr Urteilsvermögen trübt. Aber ich kann ihr diese Entscheidung ohnehin nicht abnehmen. Sie ist seit langem in diesem Geschäft und weiß, was sie tut.

Also lächle ich. »Dann also nur wir beide.«

In einem gemächlichen Tempo fahre ich den Highway entlang in Richtung der Vororte, damit sie die Aussicht auf die Berge genießen kann, von der ich ihr bei unserem ersten Treffen erzählt habe.

»Oh, das ist wirklich wunderschön.« Sie lehnt sich hinüber, um ein Foto aus dem Fenster zu machen.

Ich lächle, drehe die Musik auf und überlasse es dem Radio, den Soundtrack für unseren Tag zu bestimmen. Aber selbst Ed Sheeran kann meinen Herzschlag nicht lange unter Kontrolle halten, und als wir vor dem Haus halten, in dem ich aufgewachsen bin, rast mein Puls wieder.

Nachdem wir ausgestiegen sind, lässt Cate den Blick über die graue Fassade, die Holzakzente, den Steinweg, den frisch gemähten Rasen und die Rosen vor dem Haus schweifen. Ihr Gesichtsausdruck ist unleserlich.

Ich nehme ihre Hand und atme zittrig ein. Was, wenn meine Eltern peinliche Geschichten über mich erzählen? Was, wenn wir es nicht schaffen, ein Gesprächsthema zu finden? Was, wenn Cate sich bei ihren Fragen unwohl fühlt?

Wir gehen zur Tür und ich klopfe. Die darauffolgende Pause ist die längste meines Lebens. Mein Puls pocht in meinen Ohren.

Die Tür fliegt auf und da sind Mom und Dad. Aus großen Augen schauen sie uns an. Ich habe sie nicht mehr so aufgeregt gesehen, seit ich ihnen erzählt habe, dass ich zum Masterstudium zugelassen wurde.

Mom sieht aus, als bekäme sie keine Luft mehr. »Hi. Hallo. Wow.«

»Hi – schön – kennenzulernen«, stottert Dad.

Tja, jetzt weiß Cate, woher ich meine Unbeholfenheit habe.

Mich haben meine Eltern noch gar nicht angeschaut. Ihre Augen sind fest auf Cate gerichtet. Anscheinend interessieren sie sich doch ein bisschen mehr für Promis, als sie zugeben.

»Bitte, kommt rein.« Dad tritt zur Seite und macht eine schwungvolle Geste mit dem Arm. So habe ich ihn noch nie gesehen. Als ich das letzte Mal nach Hause kam, sagte er, ich solle gefälligst herkommen, und zog mich in eine einarmige Umarmung.

Meine Begrüßung kommt ebenfalls etwas starr heraus: »Mom, Dad, das ist Cate. Cate, das sind meine Mutter, Ann, und mein Vater, Jack.«

»Sie haben ein wunderschönes Haus«, sagt Cate höflich.

»Aus dem Jahr 1976«, sagt Dad. »Solche Häuser werden heute gar nicht mehr gebaut!«

»Verglichen mit dem, was Sie gewohnt sind, ist es natürlich bescheiden«, sagt Mom.

Ja, fang doch gleich damit an, wie reich sie ist, denke ich und schaue an die Decke.

»Ich bin in einem Haus wie diesem aufgewachsen«, erwidert Cate freundlich. »Es hatte den gleichen Grundriss. Diese Treppe führt in den Keller, richtig?«

»Ja, genau! Was sagst du dazu, Ann? Das gleiche Haus«, sagt Dad euphorisch.

»Wohnen Sie jetzt in Hollywood?«, fragt Mom, die das Thema offensichtlich nicht ruhen lassen kann.

»Außerhalb davon. Aber ich wohne in einem großen Haus, falls Sie sich das fragen. Infinity-Pool, Heimkino, persönlicher Fitnessraum.«

»Wow.« Moms Augen glänzen. Sie hat schon immer davon geträumt, in einer Villa zu leben, auch wenn ich nicht ganz verstehe, warum. Sie beschwert sich ja jetzt schon ständig, dass dieses Haus zu groß ist. Wahrscheinlich geht es ihr eher um die Vorstellung, luxuriös zu leben.

Schließlich wenden sich meine Eltern mir zu und nehmen mich nacheinander in den Arm. Das fühlt sich gut an.

»Ich bin so froh, dass du es geschafft hast, Schatz«, sagt Mom. »Rach war so beschäftigt mit der Uni, Cate. Ich bin sicher, Sie wissen das.«

»O ja«, antwortet Cate, obwohl sie von uns beiden eindeutig die Beschäftigtere ist.

»Kommt, ich brauche noch ein paar Minuten, um die Käsesoße zu machen, dann ist das Abendessen fertig.«

»Danke, dass du gekocht hast, Mom.«

»Danke«, sagt Cate ebenfalls. »Es riecht wunderbar.«

Wir begeben uns in die Küche. Frische Tulpen stehen auf dem Tresen, ein Stapel Post liegt an der gleichen Stelle wie immer, die meisten Möbel und die Einrichtung sind seit meiner Kindheit unverändert. An der Wand hängt eine Kuckucksuhr, die meine Eltern aus dem Schwarzwald mitgebracht haben und die Dad und ich mit einem Mikrocomputer so umgebaut haben, dass sie Velociraptorengeräusche macht, statt zu zwitschern. Mom weiß nicht, wie man die Einstellung ändert, also bleibt unsere Dinouhr seit einem Jahrzehnt, wie sie ist.

»Haben Sie auch studiert, Cate?«

Natürlich fragt sie das. Meine Eltern sind so festgefahren in der altmodischen Vorstellung, dass jeder einen akademischen Abschluss haben sollte, auch wenn der Berufswunsch eindeutig in eine andere Richtung geht. Ich will mir gar nicht ausmalen, was passiert wäre, wenn ich ihnen je gesagt hätte, dass ich lieber eine Ausbildung machen würde.

»Ich habe an der UCLA studiert, bis meine Schauspielkarriere mich in eine andere Richtung geführt hat«, sagt Cate und formuliert so gekonnt die Geschichte ihres Studienabbruchs um, die sie mir bei unserem ersten Treffen erzählt hat.

Mom strahlt. »UCLA! Wow, klug *und* talentiert.«

Sie wirft mir einen Blick mit hochgezogenen Augenbrauen zu und gibt sich dabei noch nicht einmal Mühe, subtil zu sein. Cate sieht es, ich sehe es, Dad sieht es. Aber immerhin ist sie beeindruckt.

»Wir waren begeistert, als Rachel zu ihrem Studiengang zugelassen wurde.« Mom strahlt immer noch. »Sie wird die Erste in der Familie mit Doktortitel sein.«

»Die Erste auf beiden Seiten!«, fügt Dad hinzu.

»Sie hat definitiv das Zeug dazu. Kein Wunder, wenn man schon so früh seine eigenen Computer baut«, sagt Cate lächelnd. »Sie muss von dem Besten gelernt haben. Rachel hat mir erzählt, dass Sie Häuser bauen, Jack.«

Verdammt, sie ist gut.

Dad blüht bei dem Lob sichtlich auf. Er reckt die Brust heraus und stellt sich aufrechter hin. »Oh, ja. Häuser, Möbel, was immer mir sonst so einfällt. Hat Rach Ihnen von den Projekten erzählt, an denen wir gemeinsam gearbeitet haben?«

Cate schüttelt den Kopf.

»Kommen Sie, schauen Sie sich das an.«

Natürlich lässt Dad ihr keine Wahl. Er geht durch die Hintertür in den Garten, und Cate folgt ihm. Ich stocke kurz, dann eile ich ihnen hinterher.

Meine Eltern haben den Rasen gemäht und den Garten in Ordnung gebracht, aber neben dem Haus liegt immer noch ein großer Haufen Zeug, der von Dads verschiedenen Projekten stammt.

»Das haben Rach und ich gebaut, als sie in der siebten Klasse war.«

Ich stöhne auf. Er zeigt das jedem, der es zulässt – Gästen, den Nachbarn, den Müllmännern –, was zwar niedlich, aber auch ein bisschen peinlich ist.

»Ist das ein Solarpanel?«, fragt Cate.

»Es lädt diese Zwölf-Volt-Batterien auf!« Dad zeigt ihr vier Wohnmobilbatterien, die miteinander verkabelt sind – der letzte und teuerste Schritt des Projekts. »Ich musste die Batterien hier und da ersetzen, aber das Panel funktioniert immer noch. Einwandfrei. Unsere Stromrechnung beträgt im Sommer so gut wie null, und es hat uns bei wie vielen Stromausfällen gerettet, Ann?«

»Dutzende«, ruft Mom von drinnen.

»Dutzende!«

»Er freut sich immer, wenn ein Stromausfall droht«, sage ich.

»Ich mag es eben, das Ergebnis unserer harten Arbeit zu nutzen!«

»Was habt ihr denn gebraucht, um es zu bauen?«

Dad ist sichtlich begeistert von Cates Frage. »Eine Platte aus gehärtetem Glas, Epoxidharz, einen Lötkolben … Das Wichtigste sind die Solarzellen. Die sind billig. Man reinigt das Glas gründlich und legst sie dann in Reihen aus, sehen Sie? Dann verdrahtet man sie so, dass die Plus- und Minuspole verbunden sind …«

Während Dad den fesselnden Prozess beschreibt, wie man ein Solarpanel baut, schaut Cate sich im Garten um. Vielleicht stellt sie sich vor, wie ich hier aufgewachsen bin. Die Reifenschaukel hängt immer noch am Ahornbaum, auf dem Baumhaus darüber hat die Witterung Spuren hinterlassen, aber es ist immer noch gut gepflegt, auf der weitläufigen Wiese fanden viele Spiele und Wasserschlachten statt.

Sie begegnet meinem Blick. Ich weiß nicht, welchen Gesichtsausdruck ich von ihr erwartet habe – vielleicht Verzweiflung über Dads Gequassel –, aber stattdessen schaut sie mich zärtlich an. Vielleicht sieht sie mich in einem anderen Licht. Etwas an ihrem Blick löst ein Flattern in meiner Brust aus.

So wie Dad redet, ist es offensichtlich, dass er Cate mag. Natürlich tut er das. Wer würde das nicht? Sie ist die charmanteste Frau auf diesem Planeten, meiner völlig objektiven Meinung nach.

Mom ruft uns rein, also bleibe ich davon verschont, dass er Cate unsere anderen Heimwerkerprojekte in der Garage zeigt.

Es gibt Roastbeef, Kartoffelpüree, Bratensauce, gekochten Brokkoli mit Käsesauce und Brötchen. Eine Mahlzeit, die ich als Kind viele Hundert Male gegessen habe.

Während wir essen, schlägt die Kuckucksuhr sieben Velociraptor-Schreie. Dad und ich brechen in Gelächter aus, während Mom die Augen verdreht. Ich erkläre es Cate, die daraufhin lacht und mir anbietet, der Uhr ein Zuhause zu geben, falls meine Mutter sich jemals von ihr trennen möchte.

Während des Abendessens stellen meine Eltern Cate einfache Fragen, die mich zum Glück nicht verlegen machen – sie erkundigen sich, an welchen Filmen sie am liebsten gearbeitet hat, nach Stars, die sie kennengelernt hat, und welche von ihnen auch persönlich interessant sind, nach ihrer Familie und danach, wie sie zur Schauspielerei gekommen ist. Cate zieht sie in ihren

Bann und meine Eltern sind sichtlich mehr und mehr von ihr hingerissen. Langsam lässt die Anspannung in meinen Schultern nach.

Dann sagt Dad: »Im Fernsehen und im Internet können sie ganz schön fies zu Prominenten sein.«

Ich erstarre und flehe ihn im Stillen an, das Thema nicht auf Phil oder Paparazzi zu lenken.

Cate nickt. »Das stimmt leider. Es ist hilfreich, Personenschutz zu haben, aber meine Privatsphäre steht immer auf Messers Schneide. Das liegt wohl in der Natur der Sache. Jeder Job hat seine Schattenseiten.«

»Allerdings«, sagt Mom. »Ich hatte schon einige Jobs – ich war im Einzelhandel, habe bei einer Versicherung gearbeitet, hatte einen Verwaltungsjob in einer Softwarefirma …«

»Hundefriseurin«, fügt Dad hinzu.

»Kindermädchen«, ergänzt Mom.

»Und sie war in jedem einzelnen dieser Berufe gut«, sagt Dad.

Mom lächelt ihn an. »Aber egal, wie gut man ist, jeder Job hat einen Haken.«

Cate beobachtet, wie meine Eltern sich gegenseitig die Bälle zuspielen, und ein Lächeln umspielt ihre Lippen. Ich erinnere mich daran, was sie mir von der Scheidung ihrer Eltern erzählt hat. Damals war sie noch ein Kind. Es muss lange her sein, dass sie eine Ehe wie diese erlebt hat. Meine Eltern mögen sich manchmal zanken, aber sie haben nie aufgehört, sich zu lieben.

»Das ist ein beeindruckender Lebenslauf. Klingt, als wärst du eine Frau mit vielen Talenten«, sagt Cate und Mom errötet.

Ich entspanne mich wieder etwas. Wie gut, dass Mom das Thema gewechselt hat. Ob sie wohl meine Anspannung bemerkt hat, als Dad ansprach, wie furchtbar die Medien zu Cate sind?

»Rach wollte Tierärztin werden«, sagt er jetzt. »Nicht wahr? Aber dann hast du erkannt, dass du die traurigen Seiten nicht ertragen kannst.«

Cate mustert mich interessiert. Ich habe ihr noch nicht von meinen verschiedenen Berufswünschen erzählt.

»Das wollte ich. Aber als Kind wollte ich auch Spionin werden, also übertreiben wir mal nicht.«

Mom lacht und tätschelt meinen Arm.

»Ich wollte Kriegsfotografin werden«, meint Cate.

»Wirklich?« Ich sehe sie überrascht an.

Cate nickt. »Mir hat der Gedanke gefallen, an ferne Orte zu reisen und ungehörte Geschichten zu erzählen. Tut es noch immer. Aber ich bin froh, dass ich zur Schauspielerei gekommen bin. Ich bin mir nicht sicher, ob ich mutig genug wäre, mit einer Kamera in ein Kriegsgebiet zu laufen.«

Ich versuche, mir Cate als abenteuerlustige Fotografin vorzustellen. Wie würde sich diese Cate von der Version, die mir gegenübersitzt, unterscheiden? Vielleicht wäre sie weniger geprägt vom Druck, der in Hollywood herrscht, dafür aber von dem Leid, dem sie auf ihren Reisen begegnen würde.

Vielleicht sind manche Menschen für Karrieren bestimmt, die sie unter Druck setzen. Nicht jeder ist dafür belastbar genug, aber Cate ist es. Unter ihrem glamourösen Äußeren ist sie unerschütterlich.

»Es würde zu dir passen. Du würdest mit deinen Bildern Geschichten erzählen, so wie jetzt mit der Schauspielerei.«

Dad verliert sich in der Erzählung darüber, dass er schon immer wusste, dass er Bauunternehmer werden wollte. Cate und ich sehen uns währenddessen unentwegt an. Was auch immer gerade zwischen uns passiert, lässt mein Herz hüpfen. Sie scheint Spaß zu haben, ich bin nicht vor Peinlichkeit zusammengebrochen und meine Eltern verhalten sich einigermaßen normal.

Ich glaube, dieses Abendessen läuft gut.

Nach Dessert und Tee verabschieden wir uns mit herzlichen Umarmungen, und Cate dankt meinen Eltern für die Einladung. Sie wirken aufgeregt und zufrieden – so wie ich mich fühle, seit ich Cate kenne. Sie hat etwas Besonderes, dem sich niemand entziehen kann.

Auf dem Heimweg hält sie meine Hand fest. »Deine Eltern sind so süß. Man merkt, dass sie stolz auf dich sind.«

»War es nicht zu anstrengend?«

»Nein.« Sie wirft mir denselben Blick zu wie vorhin, als Dad ihr das Solarmodul erklärt hat. Den Blick, der mich tief berührt. Ich habe Angst zu fragen, was sie gerade denkt.

Draußen vor den Fenstern färbt sich der Himmel rosa, als die Sonne über der majestätischen Bergkette untergeht.

Cate stößt einen Atemzug aus und sagt: »Es war perfekt.«

Kapitel 21

Verfluchte Hotelfernseher

»Komm schon, du kannst mir nicht erzählen, dass das nicht urkomisch ist«, sage ich energisch. Wir sind in Cates Hotel und ich zwinge sie, sich mit mir eine frankokanadische Comedysendung anzusehen, die ich als Kind geliebt habe. Es ist elf Uhr abends und wir sind verschwitzt vom stundenlangen Sex.

»Ich verstehe einfach nicht, was daran lustig sein soll, dass man so tut, als hätte man jemandes Hündchen in einen Gully fallen lassen.«

Ich fuchtle mit den Armen in Richtung des Fernsehers. »Schau dir die Reaktion der Frau an! Das ist unbezahlbar!«

Wir brechen in Gekicher aus.

Ich kann nicht fassen, wie sich Cates Gesicht verändert, wenn sie lacht – die Fältchen um ihre Augen, die Art, wie sich ihre Wangen heben, der Schwung ihrer Lippen. Es ist der schönste Anblick überhaupt.

»Ich sehe nie fern, außer wenn ich in Hotels übernachte.« Cate lehnt sich zurück in die Kissen.

Ich rolle mich neben ihr zusammen. »Ich auch nicht. Wir haben kein Kabelfernsehen und ich musste mir ein Streaming-Verbot auferlegen, als ich mit der Uni anfing.«

»Das ist ja auch gefährlich«, sagt Cate mit ernster Miene. »Leute haben beim Binge Watching schon ihr Leben verpasst.«

Ihre Finger streichen meinen Arm auf und ab, immer langsamer, immer träger. Während wir uns unter der Decke aneinanderkuscheln, endet die Sendung und es läuft ein Werbespot für eine Renovierungssendung.

»Ich möchte nach Hawaii ziehen, wenn ich in Rente gehe«, sagt Cate schläfrig. »Stell dir vor, das ganze Jahr über in den Tropen zu sein.«

»Du würdest aus L.A. wegziehen?«

»Ohne zu zögern.«

»Hm. In einer perfekten Welt würde ich vier Monate im Jahr in den Tropen verbringen.«

»Warum vier?«

»November bis Februar, wenn der Winter hier richtig hart ist. Aber wenn ich länger weg wäre, würde ich mein Zuhause zu sehr vermissen.«

Ich spüre ihren Blick auf mir. Die Frage, wie es mit uns weitergehen wird, wenn die Dreharbeiten zu Ende sind, liegt mir auf der Zunge. Soll ich sie stellen? Es ist drei Monate her, dass wir uns kennengelernt haben, und obwohl ich sie nicht unter Druck setzen will, möchte ich doch wissen, was sie fühlt. Wir müssten über eine Fernbeziehung reden oder darüber, dass eine von uns umzieht, oder … Über die andere Möglichkeit möchte ich lieber nicht nachdenken.

Aus Angst vor der Antwort lasse ich meine Frage ungestellt und schmiege mich enger an sie, drifte allmählich ins Traumland.

»*Rachel Janssen …*«

Ich schrecke auf, als mein Name aus dem Fernseher schallt.

Was? Habe ich das geträumt?

Auch Cate setzt sich auf und starrt auf den Bildschirm. Gerade läuft eine Late-Night-Sendung über Promis. Cates Bild ist in der oberen Ecke zu sehen.

»… exklusives Interview, in dem er sein langes Schweigen über die Scheidung gebrochen hat«, sagt die Moderatorin, eine anstrengend wirkende Frau mit silberblondem Haar und absurd dichten Wimpern.

»Sein *Schweigen*?«, wiederholt Cate entrüstet. »Wenn die glauben, dass er *geschwiegen* hat, dann möchte ich nicht wissen …«

Sie bricht ab, als die Sendung zu einem Interview zwischen der Moderatorin und Phil Niles schaltet. Er trägt ein babyblaues Hemd, ist glattrasiert und wirkt sympathischer als mit seiner üblichen wölfischen Ausstrahlung.

»Wir haben sieben Jahre lang unsere Leben geteilt, wissen Sie?«, sagt Phil mit sanfter Stimme, die so gar nichts gemeinsam hat mit der Stimme des Mannes, den ich auf der Gala kennengelernt habe. »Das ist für uns beide schwer. Und da auch unsere Fans mitmischen …«

»Fühlen Sie sich von ihnen unterstützt?«, fragt die Frau ernst und behutsam.

»Die Öffentlichkeit ist gespalten und es schmerzt mich, dass so viele sich auf meine Seite und gegen Cate stellen. Ich bin meinen Fans dankbar, aber bitte seid nett zu ihr. Ich will immer noch … ich …«

Die Moderatorin beugt sich vor. »Sie lieben sie immer noch?«

Phil nickt. »Ich denke, das werde ich immer tun. Ich wünschte, sie wüsste, wie leid es mir tut. Ich habe an mir gearbeitet – ich gehe zur Therapie, schreibe Tagebuch, meditiere. Die letzte Zeit war für mich eine des inneren Wachstums.«

»Wow.« Die Frau legt eine Hand an ihr Herz, als hätte Phil gerade eine Bombe platzen lassen. »Was glauben Sie, wie sie sich fühlt?«

»Ich denke, sie ist …« Er verzieht das Gesicht, seufzt und gibt dem Publikum einen Moment Zeit, den Schmerz in seinem Gesicht in sich aufzusaugen. »Ich übernehme die Verantwortung für die Rolle, die ich bei unserer Scheidung gespielt habe. Aber zu so etwas gehören immer zwei und ich hoffe sehr, dass auch sie ihren Teil der Verantwortung akzeptiert. Wir müssen beide daran wachsen.«

»Wie sah ihre Rolle denn Ihrer Meinung nach aus? Wofür sollte sie sich entschuldigen – oder was sollte sie sich und Ihnen eingestehen?«

Phil nimmt sich einen Moment Zeit, während die Kamera heranzoomt, und als er dann den Blick hebt, glänzen seine braunen Augen. »Ich will die Wahrheit wissen. Ich will wissen, wie lange sie schon weiß, dass sie lesbisch ist, und ich will wissen, wie lange sie schon etwas mit diesem Mädchen hat.«

»Sie denken, es könnte da eine Überschneidung geben?«

»Ob sie mich mit dieser Frau betrogen hat? Woher soll ich das wissen? Aber die beiden sind ziemlich schnell miteinander warm geworden. Ich will ehrlich sein, Vanessa, es war hart, sie zusammen zu sehen.« Er wischt sich mit einem muskulösen Arm über die feuchten Augen.

Die Show geht in die Werbepause, die passenderweise mit einem Werbespot für Toilettenpapier eingeleitet wird.

Phils Worte liegen mir tonnenschwer im Magen.

Dieses verdammte Arschloch.

Dass er über die Scheidung spricht, als wäre es Cates Schuld, als hätte sie ihm kaltblütig das Herz gebrochen, als hätte sie ihn mit mir betrogen …

Cate steht auf und tigert im Raum auf und ab, mit finsterer Miene, schweigend.

Es ist so widerlich, dass er sie als lesbisch bezeichnet, obwohl sie sich vielleicht anders definiert. Sie war in Beziehungen mit Männern, also könnte sie sich auch als bi oder anders identifizieren. Dass er in einem Interview über ihre Sexualität spricht und sie auf diese Weise outet, ist wirklich mies.

»Bist du okay?« Ich bekomme die Frage selbst kaum heraus.

Sie schüttelt einmal den Kopf.

Ich ringe nach tröstenden Worten und kämpfe gegen den Drang an, etwas gegen den Fernseher zu werfen. »Niemand wird glauben, dass du ihn betrogen hast«, sage ich und wünschte, ich würde überzeugender klingen. »Als wir uns kennengelernt haben, warst du schon seit Monaten geschieden.«

»Seine Fans glauben alles, was er sagt. Das habe ich schon so oft erlebt. Scheiße, das wird ein Desaster für mich werden.« Cate schnappt sich ihr Nachthemd und zieht es an, während sie weiter auf und ab geht.

Ich tue es ihr gleich und ziehe mein Shirt an. Mir ist übel. Ich will das in Ordnung bringen, aber ich finde keine Worte. Alle meine Bemühungen, den Hollywood-Mist zu akzeptieren, verpuffen, und Cate wird von Sekunde zu Sekunde distanzierter.

Wie wird es weitergehen, wenn die ganze Welt dieses Interview gesehen hat? Werden sich die bösartigen Kommentare verzehnfachen? Werden die Fans von Phil Niles sich auf mich stürzen?

Die Sendung wird fortgesetzt und die silberblonde Frau wirkt, als hätte ihr das soeben gezeigte Interview neue Energie verliehen.

»Phils Anschuldigungen sind berechtigt«, sagt sie in die Kamera. »Dieses exklusive Interview fand statt, kurz bevor ich herausfand, dass Cate Whitney angeblich zugegeben hat, ihren Highschool-Freund mit einem bisexuellen Mädchen betrogen zu haben. Hat sich die Geschichte wiederholt? Hat sie auch Phil Niles betrogen? Sind Cates versteckte Sexualität und ihr ehebrecherisches Verhalten der Grund für die Trennung der –«

Cate schnappt sich die Fernbedienung und schaltet den Fernseher aus.

Die plötzliche Stille und die Dunkelheit sind erschreckend. Die Straßenlaternen hinter den weißen Sichtschutzvorhängen tauchen den Raum in ein trübes Gelb.

Ich stehe auf. Ich fasse es nicht, dass die Moderatorin sie derartig verleumdet hat. »Cate …«

»Wie ist das rausgekommen?«

»Was?« Mir schwirrt der Kopf.

»Sandra. Sie hat darüber gesprochen … darüber, was ich dir erzählt habe.« Sie schaut mich nicht an.

Die Andeutung hängt zwischen uns.

»Ich habe das niemandem erzählt«, erwidere ich etwas scharf. Denkt sie, ich hätte die Geschichte ihres sexuellen Erwachens verkauft? Das würde ich nie tun. Natürlich nicht. Dass sie das auch nur in Erwägung zieht, trifft mich schwer.

Als sich das Schweigen in die Länge zieht, frage ich: »Vertraust du mir nicht?«

»Das ist es nicht, aber … Manchmal rutschen einem Dinge raus. Oder ein Freund oder Mitbewohner bekommt etwas mit, oder …«

»Ich habe niemandem davon erzählt, Cate, und es ist mir auch nicht rausgerutscht«, sage ich energisch.

»Okay«, murmelt sie, doch sie klingt nicht beruhigt.

Sie ist wieder in ihren eigenen Gedanken versunken und sieht nicht vom Boden auf.

»Was dann? Sprich mit mir.«

Als sie meinen Blick schließlich doch erwidert, hat sich ihr Gesichtsausdruck verhärtet. »Was willst du von mir hören?«

Meine Kehle schnürt sich zu. Cate schottet sich ab und ich weiß nicht, wie ich sie dazu bringen soll, wieder zu mir zurückzukommen. »Sag mir, was du denkst!«

»Ich denke«, sagt sie mit hoher Stimme, »das ist ein verdammter Albtraum. Phil kam wie ein Welpe rüber, den ich getreten habe. Ich werde mich mit einem eigenen Exklusivinterview revanchieren müssen, das wird unsere Fans gegeneinander aufhetzen und dann stehen mir einige grauenvolle öffentliche Auftritte bevor, und wenn ich nicht genug Schadensbegrenzung betreibe, könnte das mein gesamtes öffentliches Image und meine Karriere beeinträchtigen. Vor allem aber denke ich, dass ich vorsichtiger sein muss mit dem, was ich anderen anvertraue. Ich wusste das eigentlich und trotzdem war ich dämlich genug, meine Vorsicht außer Acht zu lassen.«

Ich öffne den Mund, doch ihre Sorgen überfordern mich. Sie sind berechtigt und ich möchte für sie da sein, aber ihre letzte Aussage sticht. Glaubt sie wirklich, in meiner Gegenwart vorsichtig sein zu müssen?

»Du kannst dich mir anvertrauen, Cate!«

»Jeder hält sich für einen loyalen Freund, aber Geld ist der stärkste Anreiz, egal für wen. Es liegt in der menschlichen Natur, für Geld unsere Moral zu vergessen.«

»Da bin ich anderer Meinung«, sage ich, und das nicht nur, weil ich mich selbst verteidigen will. »Ich glaube, der stärkste Antrieb ist die Liebe.« Meine Stimme stockt. Ich schlucke schwer.

Cate setzt sich auf die Bettkante und vergräbt das Gesicht in den Händen. »Manchmal denke ich, es ist in dieser Branche besser, allein zu bleiben.«

Ich schüttele den Kopf. Meine Füße sind wie angewurzelt. »Ist es nicht. Sag das nicht.«

»Es ist zu kompliziert, eine Beziehung zu führen, Rachel. Ich möchte dir vertrauen, aber mein … Beruf lässt das nicht zu. Ich muss vorsichtig sein. Ein falscher Schritt und mein Image ist ruiniert.«

»Dieser oberflächliche Fernsehklatsch spielt keine Rolle, Cate. Ignorier die Außenwelt.« Meine Kehle ist schmerzhaft eng und mein Rat ist so verdammt heuchlerisch. Ich bin selbst alles andere als gut darin, die öffentliche Meinung zu ignorieren, warum sollte ich das also von ihr erwarten?

Cate bleibt stumm und sieht mich immer noch nicht an. Eine kleine Ewigkeit lang herrscht bedrückendes Schweigen zwischen uns. Dann sagt sie, kaum hörbar: »Ich kann nicht glauben, dass er mich noch liebt.«

Galle steigt mir hoch. Was ändert das schon? Warum spielt es für sie eine Rolle?

»Du … du wusstest das nicht?«, krächze ich.

»Ich dachte, die Presse hätte das nur so hingedreht.«

»Aber es gab Interviews. Schlagzeilen. Ich habe eine gesehen, die –«

»Ich benutze keine sozialen Medien, Rachel, und ich suche auch nicht online nach meinem Namen«, erwidert sie bissig.

Tränen brennen in meinen Augenwinkeln. Ich wünschte, sie würde erklären, wie genau sie das gemeint hat, doch ich bringe kein Wort heraus. Macht es für sie einen Unterschied, dass Phil sie immer noch liebt?

Am liebsten würde ich herausschreien, dass die Tränen dieses Mistkerls garantiert nicht echt waren und er wahrscheinlich weder meditiert noch Tagebuch führt. Er ist ein manipulativer Lügner, der bloß die Öffentlichkeit für sich gewinnen will. Aber das würde nichts bringen. Cate würde sich bloß noch schlechter fühlen.

Ihr Handy klingelt.

»Ich muss da rangehen«, sagt sie kalt. Sie sieht mir nicht in die Augen.

Mein Magen verkrampft sich. Ich war so sehr darauf konzentriert, mit dem Prominentenleben zurechtzukommen, dass ich gar nicht gemerkt habe, dass auch Cate Probleme hat, mit denen sie sich auseinandersetzen muss – und sie vertraut mir nicht genug, um mit mir darüber zu reden. Was genau empfindet sie für Phil? Wie geht sie normalerweise mit schlechter Presse und beleidigenden Interviews um?

»Hast du immer noch Gef…«

»Ich will nicht darüber reden, Rachel. Ich will mit niemandem mehr über irgendetwas reden, okay?«

Es klingelt weiter, viel zu laut.

Ich knirsche mit den Zähnen und jetzt weine ich wirklich. »Ich tue mein Bestes, um mit alldem klarzukommen, Cate. Ich schätze, mein Bestes ist nicht genug.«

»Es geht nicht um dich –«

»Das weiß ich. Es geht um uns beide. Wir werden hier beide angegriffen, also könnten wir wenigstens zusammenhalten.«

Endlich sieht sie mir in die Augen, doch ihr Blick ist ausdruckslos. Fast, als würde sie schlafwandeln. Sie ist gar nicht richtig da.

Der Druck hat sich zu lange aufgebaut und jetzt brechen wir beide ein. Ich war von Anfang an nicht stark genug für das hier, aber Cate? Ihr scheinbar unerschütterliches Inneres ist wohl brüchiger, als ich dachte.

Sie wischt über das Display, bevor die Mailbox anspringen kann. »Hi, Mandy. Kannst du einen Moment warten?«

Sie sieht mich erwartungsvoll an – wahrscheinlich wartet sie darauf, dass ich gehe.

Wut kocht in mir hoch. Ich kämpfe um uns, während sie sich in Kälte flüchtet und mich abweist.

»Gut. Nimm dir etwas Zeit und schreib mir, wenn du bereit bist zu reden.« Ich schnappe mir meine Sachen und ziehe mich an.

Ich schwanke zwischen Ärger und Mitleid – vielleicht bin ich auch einfach beides. Ich bin sauer auf Cate, aber ich fühle auch mit ihr. Wenn sie das Ganze erst verarbeiten muss, okay. Aber ich habe nichts Falsches getan und das sollte ihr besser auch bewusst werden.

»Wir sind auf derselben Seite, Cate«, sage ich, als ich die Tür öffne. Ohne mich umzudrehen, schnappe ich meine Tasche. Dann verlasse ich das Hotel, während ich mir die Tränen aus den Augen wische.

Kapitel 22

Das Ende des Sommers

Phils Anschuldigungen und das damit verbundene Gerede verbreiten sich in den nächsten Tagen wie ein Lauffeuer und verstärken das ständige Engegefühl in meiner Brust. Ich laufe stundenlang am Strand entlang, bis ich mir einen Sonnenbrand hole. Die Wellen rauschen in meinen Ohren und meine Fußsohlen sind wund, weil ich barfuß auf Felsen und Muscheln getreten bin.

Cate und ich sollten das gemeinsam durchstehen – wir gegen die negative Presse. Warum bin ich also allein mit dieser Sache?

Abby ist natürlich für mich da und schimpft in einer Tour über Phil und seine Anhänger. Mom rief an, um zu fragen, ob das, was er in dem Interview behauptet hat, wahr sei, und tröstete mich, als ich ihr erzählte, was passiert war. Erst nachdem wir aufgelegt hatten, bin ich in Tränen ausgebrochen.

Aber Cate? Nicht einmal eine Nachricht. Es kostet mich alle Mühe, nicht auf den Balkon zu gehen und auf das Set hinunterzuschauen, nur um zu sehen, ob es sie überhaupt noch gibt.

Nach vier Tagen beiße ich die Zähne zusammen und rufe sie an, während ich am Strand spazieren gehe. Halb rechne ich schon damit, dass sie meine Nummer blockiert hat.

Doch das Telefon hört auf zu klingeln, es folgen vage Hintergrundgeräusche und ein leises »Hi«.

»Hi«, sage ich mit trockenem Mund. Ich gehe weiter, steige langsam über die Felsen.

Cate wartet.

Ich hatte nicht erwartet, dass sie abnehmen würde, darum habe ich mir auch nicht überlegt, was ich sagen werde. Wenn sie in den letzten Tagen mit der gleichen Aufmerksamkeit zu kämpfen hatte wie ich, geht es ihr wahrscheinlich nicht gut.

»Bist du okay?«, frage ich und zwinge mich, weiterzugehen.

»Ich kann nicht darüber reden, Rachel.«

Ich umklammere mein Handy fester. »Ich dachte, wir hätten einen Punkt erreicht, an dem du mit mir reden würdest, wenn dich etwas bedrückt. Das machen Paare so.«

»Das ist etwas anderes. Ich bin nicht einfach nur wegen irgendetwas bedrückt. Es ist die harte Wirklichkeit. Mandy ist außer sich und wir sind schon die ganze Woche mit Schadensbegrenzung beschäftigt.«

Mein Herz sinkt. »So viele Leute glauben Phil?«

»Du unterschätzt seine Fangemeinde.« Ihr Tonfall ist scharf wie ein Messer. »Wir werden in der nächsten Zeit bis zum Hals in Statements und Interviews versinken. Als ob ich verdammt noch mal Zeit für so etwas hätte.«

Ich trete auf einen scharfkantigen Felsen und fluche. Während ich um mein Gleichgewicht ringe, trete ich prompt auf weitere scharfkantige Steine. Meine Augen tränen. »Wenn du Interviews gibst, ist das doch gut, oder? Du kannst allen die Wahrheit darüber sagen, wie er dich behandelt hat.«

Sie ist einen Moment lang still. Im Hintergrund ertönen Rufe und Gepolter. Ich bin nahe genug am Set, dass ich in der Ferne die gleichen Geräusche höre, die durch das Telefon dringen. Eigentlich ist sie ganz in meiner Nähe, auch wenn es sich anfühlt, als wären wir gerade Welten voneinander entfernt.

»Darüber will ich nicht sprechen. Ich möchte nicht, dass man mich in der Öffentlichkeit als ›Opfer‹ sieht. Ich will nicht noch einen Rechtsstreit mit ihm führen, nachdem wir den ersten endlich hinter uns gebracht haben. Und ich will ganz sicher nicht meine flüchtige Highschool-Schwärmerei in all das hineinziehen.«

Ich achte auf meine Schritte und gehe langsamer. Inzwischen sehe ich nur noch verschwommen, darum sind die Steine schwer zu erkennen.

»Und das alles wegen dieser *verdammten* Geschichte, dass ich in der Highschool fremdgegangen bin.«

»Du warst dreizehn und neugierig«, stoße ich hervor. »Sie können nicht so tun –«

»Die Öffentlichkeit interessiert das nicht. Phil wurde schon früher von Frauen verletzt und für die Leute bin ich die Hexe, die ihm wieder wehtut. Ich musste …« Sie stockt und räuspert sich. »Das bringt mich dazu, Dinge zu überdenken. Jemanden in mein Leben zu lassen ist selbstzerstörerisch.«

»Überdenken?« Ich bringe das Wort kaum heraus.

Aber es ist nicht so, als käme das aus dem Nichts. Sie ist früher schon hintergangen worden. Ich habe die Medien und Paparazzi erlebt.

Offensichtlich habe ich unterschätzt, unter welchem Druck Cate steht und was sie im Laufe der Jahre alles durchmachen musste.

»Hätte ich dir nicht von Sandra erzählt, hätte er nicht so viel Zunder gehabt, um die Gerüchteküche anzuheizen.«

Es folgt ein langes Schweigen. Die Andeutung, dass ich die Einzige bin, die diese Geschichte weitertragen konnte, lastet tonnenschwer auf mir. Ich habe keine Ahnung, wie ich Cate davon überzeugen soll, dass ich niemandem etwas verraten habe.

»Ich dachte, wir hätten geklärt, dass ich deine Geheimnisse niemals ausplaudern würde.« Ich schlucke schwer und zwinge mich, nicht in Tränen auszubrechen. »Verzweifelst du gerade an deinem Leben im Rampenlicht oder zweifelst du ehrlich daran, ob du mir trauen kannst?«

Sie atmet hörbar aus. »Ich möchte dir vertrauen, aber ich kann es einfach nicht, Rachel. Das ist bei meinem Job eben so und das muss ich akzeptieren. Ich darf niemanden an mich heranlassen. Es ist nichts Persönli…«

»Natürlich ist es das! Persönlicher geht es gar nicht! Nachdem wir den ganzen Sommer zusammen verbracht haben?«

Sie zögert, bevor sie sagt: »Ich habe den Sommer genossen. Aber die Wirklichkeit hat uns eingeholt, und ich werde meine knappe Freizeit in den nächsten Wochen damit verbringen, mein öffentliches Image aufzupolieren.«

Ich kann die Tränen nicht mehr zurückhalten. Sie rinnen mir übers Gesicht und meine Kehle ist unerträglich eng. »Das war's also? Wir hatten einen schönen Sommer, aber jetzt ist es vorbei wegen etwas, das ich noch nicht einmal getan habe?«

»Es ist vorbei, weil in meinem Leben kein Platz dafür ist.«

Ich kann nicht atmen. Mein Gesicht verzieht sich und ich kämpfe dagegen an, hier und jetzt zusammenzubrechen. Ich wünschte, ich hätte diesen Satz nie gehört. Aber sie hat ihn gesagt und es gibt kein Zurück mehr. *Es ist vorbei.*

»Rachel, die Dreharbeiten sind bald zu Ende und sie brauchen mich an den letzten Wochenenden hier. Da bleibt mir ohnehin keine Freizeit mehr.« Ihre Stimme scheint von weit her zu kommen, ich nehme sie kaum noch bewusst wahr.

»Klar. Dann viel Glück.«

Meine Kehle ist so eng, dass ich kein weiteres Wort herausbringe. Ich beende den Anruf, ohne mich zu verabschieden.

Ein paar Schritte weiter trete ich auf einen weiteren spitzen Stein und fluche. Einen Moment bleibe ich stehen, bis ich mein Gleichgewicht wiedergefunden habe. Wieder und wieder höre ich Cates Worte. Ich bekomme kaum noch Luft.

Es ist nichts Persönliches.

In meinem Leben ist kein Platz dafür.

Die Wirklichkeit hat uns eingeholt.

War dieser ganze Sommer ein Traum? Hat sie unsere Beziehung als so unwirklich betrachtet?

Nachdem ich verschwitzt, elend und dehydriert von meinem Spaziergang zurückkomme, verbringe ich den ganzen Abend damit, immer wieder mein Handy in die Hand zu nehmen und eine Nachricht anzufangen, nur um dann mit dem Daumen auf der Tastatur innezuhalten.

Was gibt es noch zu sagen?

Es ist vorbei. Das hat sie deutlich gemacht.

Am nächsten Tag lasse ich mein Handy zu Hause. Und am übernächsten auch. In der nächsten Woche verbringe ich meine wachen Stunden fern von meinem Telefon, recherchiere in der Bibliothek und gehe am Strand spazieren, wenn ich mich nicht länger konzentrieren kann.

Meine Gefühle für Cate sind zu stark. Mir hätte bewusst werden müssen, dass ich in Schwierigkeiten stecke, als ich sie zu meinen Eltern mitgenommen und gesehen habe, wie sie mein Haus, meine Familie, meine Erinnerungen betrachtet hat.

Ein Wort lauert am Rand meines Bewusstseins, doch ich schiebe es beiseite, weigere mich, es real werden zu lassen. Ich darf es noch nicht einmal denken. Sie empfindet nicht das Gleiche.

Zum ersten Mal lässt *Uitwaaien* mich im Stich. Über eine Woche spaziere ich am Strand, doch meine Laune bessert sich nicht.

Der Freitag ist regnerisch und kühl und ich verlasse den Strand fröstelnd. Meine Füße sind taub vom Wasser und zwischen meinen Zehen steckt Seetang.

Ich weiß nicht, wie ich jemals über sie hinwegkommen soll.

Als ich nach Hause komme, ist Abby in ihrem Zimmer. Epische Musik und Schlachtrufe dröhnen aus den Lautsprechern ihres Laptops.

Ich checke mein Handy und öffne Instagram, um mich mit süßen Hundebildern aufzumuntern. In der App warten eine Menge Benachrichtigungen auf mich. Freunde und Fremde schaffen es immer noch, mich in Beiträgen zu markieren, obwohl ich alles auf privat gestellt habe.

Ich fluche leise vor mich hin. Vielleicht ist es an der Zeit, meine Social-Media-Profile zu löschen und mich davon zu verabschieden, süßen Hunden und Food-Blogs zu folgen.

Ich lasse mich auf die Couch fallen und tippe auf den ersten Tag. Offenbar wollen all diese Leute, dass ich mir ein Paparazzi-Foto von Cate und Phil ansehe, wie sie sich küssen. Sie schmiegen sich eng aneinander und er umfasst ihr Gesicht mit beiden Händen, während sie ihre auf seine breite Brust gelegt hat. Sie sehen so perfekt aus, als wäre das ein Verlobungsfoto. Ihr blondes Haar glänzt in der Sonne, ihre Haut ist gebräunt.

»Ja, und?«, murmle ich und ein Funken Wut lodert in mir auf. Es ist doch klar, dass sie sich früher geküsst haben, schließlich waren sie verheiratet.

Die Bildunterschrift des Posts lautet: *Sind Phil und Cate wieder ein Paar?*

Blinzelnd betrachte ich das Bild erneut.

Cate trägt ihr Steampunk-Kostüm.

Was? Wenn das am Set von *Clockwork Curie* war, bedeutet das dann, dass dieses Bild erst kürzlich aufgenommen wurde? Nachdem wir uns kennengelernt haben?

Der Post ist von heute.

»Nein!« Ich stehe auf. Auf keinen Fall können die beiden sich versöhnt haben. Würde Cate ihm wirklich verzeihen, nachdem er mich so behandelt hat? Nach seinen wüsten Anschuldigungen? Würde sie so schnell wieder zu ihm zurückkehren?

Ich tigere im Wohnzimmer auf und ab und rufe sie an. Das Telefon klingelt und klingelt, bis ihre Mailbox anspringt.

Sicherlich gab es diesen Kuss gar nicht. Das Foto ist bearbeitet.

Es sei denn, sie hat gelogen, als sie über ihre Gefühle für Phil gesprochen hat. Immerhin ist sie eine gute Schauspielerin.

Ich schüttele den Kopf, verwerfe den Gedanken. Es muss eine Erklärung geben. Ich kenne Cate noch nicht lange, aber ich kenne sie sehr gut, und sie würde das nicht tun.

Ich rufe sie wieder an. Meine Hand zittert und meine Augen brennen.

Mailbox. Vielleicht filmt sie gerade eine Szene.

Was mir an dem Foto außerdem nicht gefällt, ist, dass es bedeutet, dass Phil Niles hier war, in Vancouver, mit ihr am Set.

Ist er immer noch hier?

Und vor allem: *Warum* ist er hier?

»Abby«, rufe ich und meine Stimme klingt schärfer, als ich erwartet hatte.

Die Schlachtrufe und die epische Musik verstummen. Ich höre tapsende Schritte und dann tritt Abby mit großen Augen aus ihrem Zimmer.

»Ich glaube … Ich weiß nicht, was los ist.« Ich zeige ihr mein Handy. »Phil Niles ist in Vancouver und es gibt ein Foto von ihm und Cate, wie sie sich küssen. Ich glaube, das wurde gestern oder so aufgenommen. Vielleicht sogar heute. Ich sollte runtergehen, oder? Zum Filmset?«

Sie starrt das Foto an und runzelt die Stirn. »Das wurde gerade erst aufgenommen?«

»Sieh dir ihr Kostüm an.«

Jemand klopft an die Tür.

Abby und ich erstarren.

»Hast du Essen bestellt?«, fragt sie.

Ich schüttle den Kopf.

Ist es Cate? Hat sie meinen Anruf verpasst, weil sie im Aufzug war?

Nein, sie hätte zuerst unten klingeln müssen. Wer auch immer auf der anderen Seite der Tür ist, ist reingekommen, ohne dass ich ihn ins Gebäude gelassen habe. Das ist schon vorgekommen – wenn jemand einen Paketboten oder jemanden vom Lieferdienst hinter sich reingelassen hat.

Aber ich erwarte nichts.

»Vielleicht sind es die Zeugen Jehovas«, meint Abby. »Oder Pfadfinderinnen, die Kekse verkaufen.«

Ich lasse sie stehen und schleiche auf Zehenspitzen zur Tür, um durch das Guckloch zu spähen.

Mein Herz bleibt stehen.

Auf der anderen Seite der Tür steht Phil Niles.

Kapitel 23

Unerwünscht

Eine Piloten-Sonnenbrille verdeckt Phils Augen. Sein graumeliertes Haar ist perfekt gestylt und zu einer Seite gekämmt. Er trägt ein schwarzes Poloshirt, das eng an seinen Muskeln anliegt.

Ich trete vom Türspion zurück und schlage mir eine Hand vor den Mund, um nicht zu fluchen.

»Ist er es?«, flüstert Abby kaum hörbar.

»Ja.«

Was will er hier?

Er klopft erneut und ich zucke zusammen.

»Rachel? Kann ich mit dir reden?« Sein Ton ist nicht aggressiv. Tatsächlich klingt er besorgt.

Besorgt um Cate?

Ich schaue an die Decke und fluche innerlich. Ich will die Tür nicht öffnen, aber es wäre supermerkwürdig und konfrontativ, es nicht zu tun, oder?

Abby ist bei mir. Sie wird mir Rückendeckung geben.

Ich schaue zu Abby, die nickt und sich demonstrativ auf der anderen Seite der Küche aufbaut. Es scheint ihr nichts auszumachen, dass sie keine Hose anhat.

Ich atme tief durch und öffne die Tür.

»Wie bist du ins Gebäude gekommen?«, frage ich und stelle mich so hin, dass er nicht auf die Idee kommt, ich würde ihn einladen, hereinzukommen.

Er zieht eine Augenbraue hoch. »Ich bin Phil Niles, Schätzchen.«

Aufgeblasener Arsch.

»Wo ist Cate?«, frage ich.

»Beschäftigt.«

Okay, sein besorgter Tonfall war also gespielt.

Ich wünschte, er würde die Sonnenbrille abnehmen, damit ich seine Augen sehen kann. Stattdessen sehe ich mein Spiegelbild in den Gläsern – und ich wirke klein und ängstlich.

Er macht Anstalten, an mir vorbeizugehen, und ich blockiere ihn mit ausgestreckten Handflächen. »Mir wäre es lieber, wenn du nicht reinkommen würdest.«

Er zögert eine halbe Sekunde, bevor er sich trotzdem an mir vorbeischiebt. Seine dunklen Augen schweifen über Abby und die Wohnung und sein Mund verzieht sich, als würde er mein Leben amüsant finden.

Mein Puls pocht in meinen Ohren. »Warum bist du hier?«

Phil seufzt. »Dreiecksbeziehungen sind so *passé*, Rachel.«

Das kommt ausgerechnet von einem Kerl, bei dessen berühmtester Rolle die Hauptdarstellerin sich zwischen ihm und einem anderen Werwolf entscheiden muss.

»Wer sagt, dass das eine Dreiecksbeziehung ist? Wir waren in einer monogamen Beziehung und du hast dich eingemischt!«

Er schüttelt den Kopf und schaut auf sein Handy. Nach einer ärgerlich langen Pause hält er es hoch und zeigt mir das Bild von seinem Kuss mit Cate.

»Das habe ich bereits gesehen«, sage ich knapp und versuche, mir die Verwirrung und die Angst, die in mir wüten, nicht anmerken zu lassen.

»Dann weißt du ja, was sie für mich empfindet.«

»Wenn sie so viel für dich empfindet, warum bist du dann hier und spielst dich auf?«

Er tritt näher an mich heran, baut sich direkt vor mir auf und sagt leise: »Glaubst du wirklich, du bist gut genug für sie? Glaubst du, sie interessiert sich für eine Studentin, nachdem sie mit mir verheiratet war?«

Ich lache trocken auf. »Nachdem sie mit mir zusammen war, ist die Frage wohl eher, warum sie sich jemals für so einen selbstsüchtigen Arsch interessiert hat.«

Ein Schauer durchfährt mich, während ich das sage. Ich klinge selbstbewusster, als ich mich fühle. Ich möchte mir das gern selbst glauben, aber in Wahrheit bin ich ein Wrack. Ich stecke bis zum Hals in Studienschulden, habe keine Zeit für Hobbys oder Freunde und bekomme meinen Alltag kaum auf die Reihe. Bevor ich Cate getroffen habe, habe ich versucht, eine Frau abzuschleppen, die einen Freund hat, verdammt noch mal. Wie ist es überhaupt zu diesem Sommer mit Cate gekommen?

»Ich dachte, ich hätte mich bei der Gala klar ausgedrückt, Schätz…«

»Okay, das reicht«, sagt Abby entschieden. »Raus hier. Und zwar sofort.«

»Wer bist du, ihre andere Freundin?«, fragt Phil.

»Ich bin Abigail Yousefi und du bist in meiner Wohnung.« Auf dem Weg zu uns schnappt sie sich einen Küchenstuhl und hält ihn wie ein Wrestler, bereit, ihn zu benutzen. Mit der anderen Hand hält sie ihr Handy hoch, als wäre es eine Waffe. »Du hast drei Sekunden, dann rufe ich die Polizei.«

»Okay, beruhigen wir uns alle.« Ich strecke jedem von ihnen eine Handfläche entgegen.

»Warum?«, zischt Abby. »Du hast ihn nicht eingeladen.«

Ich öffne und schließe meinen Mund. Ich weiß selbst nicht so genau, warum ich ihr gesagt habe, sie solle sich beruhigen. Als wäre ein Teil von mir vorsichtig, weil er berühmt ist. Als hätte ich Angst vor ihm und seinem Einfluss – Angst davor, einen Mann wie ihn zu verärgern.

Was Blödsinn ist.

»Nein.« Ich werfe Abby einen entschuldigenden Blick zu. »Phil, ich weiß nicht, was zwischen dir und Cate läuft oder warum sie dich geküsst hat, nach all dem Scheiß, den du abgezogen hast – aber du hast bekommen, was du wolltest. Ich werde sie nicht wiedersehen. Und jetzt verschwinde aus meiner Wohnung.«

Mein Herz blutet, aber Cate hat mit mir Schluss gemacht. Wenn sie noch Gefühle für Phil hat, werde ich nicht um sie kämpfen. Sie hat das Recht, ihre eigenen Entscheidungen zu treffen. Ich kann sie nicht zwingen, mich zu lieben.

Schritte donnern den Flur entlang und Cate erscheint in der Tür, schwer atmend.

Mein Herz macht einen Satz bei ihrem Anblick. Sie trägt eine fließende blaue Hose, eine ärmellose weiße Bluse und flache weiße Schuhe. Sie ist professionell geschminkt und frisiert. Sie muss direkt von den Dreharbeiten hergekommen sein.

»Du Lügner!« Sie zeigt auf Phil, die Zähne gefletscht, als wolle sie ihn in Stücke reißen.

»Cate!« Phil wirkt überrascht, sie hier zu sehen.

»Als du verschwunden bist, wusste ich sofort, dass etwas nicht stimmt.« Ihre Augen blitzen wütend. »Sean hat mir gezeigt, was für eine fiese Nummer du abgezogen hast. Fick dich!«

Phil breitet entschuldigend die Arme aus. »Komm schon, Kitty, du weißt, dass ich nur dein Bestes –«

»Nenn. Mich. Nicht. So«, knurrt Cate mit zusammengebissenen Zähnen.

Mein Herz rast. Was ist hier los?

»Cate«, sage ich. Ihr Name ist bittersüß auf meiner Zunge. »Das Bild von euch beiden …«

»Das ist mein Stuntdouble«, spuckt sie aus. »Er wollte es so aussehen lassen, als ob wir immer noch verliebt sind. Du verpisst dich besser von hier, Phil, denn du kannst sicher sein, dass ich eine einstweilige Verfügung erwirken werde.«

Ich sollte erleichtert sein, dass Cate Phil nicht geküsst hat, aber Erleichterung ist das Letzte, was ich fühle. In mir brodelt die Wut darüber, dass er so weit geht. Dass er ihr das antut – und *uns*.

Phil schenkt ihr einen treuherzigen Blick, den ich aus seinen Filmen kenne. Seine Fans sind verrückt nach diesem Gesichtsausdruck. »Steiger dich da doch nicht so rein, Kitty.«

»Ich steigere mich rein? Du hast der ganzen Welt erzählt, dass ich dich betrogen habe! Ich war dir treu bis zum unerträglichen Ende.«

»Kitty –«

»Lass das!«, schreit Cate.

»Gib doch einfach zu, dass du gelogen hast, Phil.« Ich bin so fertig mit alldem. »Du hast dir irgendeinen Scheiß ausgedacht, um als das arme Opfer mit dem gebrochenen Herzen dazustehen.«

Phil öffnet den Mund und schließt ihn wieder. Nachdem er einige Augenblicke sichtlich damit gerungen hat, was er sagen soll, platzt er schließlich heraus: »Es geht nicht nur um mein Image. Ich wollte, dass du siehst, dass du einen Fehler gemacht hast. Ich liebe dich, Kitty, und ich vermisse das, was wir hatten.«

Cate weicht einen Schritt zurück. Fassungslosigkeit liegt auf ihren Gesichtszügen.

»Und das zeigst du, indem du die Öffentlichkeit gegen sie aufbringst?«, frage ich. Unweigerlich muss ich lachen, obwohl sein beschissener Plan nicht lustig ist. Ich weiß nicht, ob ich Mitleid mit ihm haben oder ihn hassen soll. Vielleicht liebt er sie wirklich und ist todunglücklich, aber seine Art, damit umzugehen, ist völlig inakzeptabel.

»Ich dachte, die öffentliche Meinung würde helfen, dich umzustimmen.« Phil spricht immer noch ausschließlich mit Cate. »Wenn alle sagen, dass du im Unrecht bist, dann musstest du es früher oder später doch auch einsehen. Ich verdiene eine weitere Chance. Wir waren so gut zusammen. Bitte, wirf das nicht weg.«

Cate knurrt frustriert. »Also hast du dir die Geschichte ausgedacht, dass ich dich betrogen hätte, um die Medien auf deine Seite zu ziehen?«

»Das kam nicht aus dem Nichts«, erwidert er trotzig. »Es ist doch denkbar, oder?«

»Oh, komm schon«, blaffe ich ihn an. »Cate und ich haben uns Monate nach der Scheidung kennengelernt, und das weißt du auch.«

Phil ignoriert mich immer noch und schaut ausschließlich Cate an. »Aber du hast deinen Highschool-Freund betrogen. Also könntest du wieder fremdgehen.«

Cate wirft die Hände in die Luft. »Verdammt noch mal, Phil! Das ist doch völlig irrelevant –«

Ich schnappe nach Luft. »Du warst es! Du hast die Geschichte verkauft, dass sie damals ein Mädchen geküsst hat. Wie hast du davon erfahren?«

Er knirscht mit den Zähnen, als wolle er mir den Kopf abbeißen. »Von Ricky. Er hat euch gehört und ich habe der Presse einen Tipp gegeben. Zufrieden? Ist es das, was du hören willst?«

Es herrscht kurzes, drückendes Schweigen. Es spielt keine Rolle, wer Ricky ist – die Offenbarung, wie genau diese Geschichte herauskam, ist gar nicht wirklich von Bedeutung. Ich war's nicht und jetzt hat Cate die Bestätigung, dass ich sie nie verraten habe.

»Fick dich, Phil!«, schreit Cate, zieht ihren Schuh aus und wirft ihn nach ihrem Ex.

»Hey!«, brüllt er und zuckt zusammen, als der Schuh seine Brust trifft.

»Du verlogener Bastard. Du hast nicht das Recht, mir nach Vancouver zu folgen und dich mir aufzudrängen. Wie kannst du es wagen, Details meines Privatlebens zu verkaufen, um mich zu manipulieren, damit ich zu dir zurückgekrochen komme?«

Cate wirft ihren anderen Schuh, doch diesmal fängt Phil ihn auf. Ein wölfischer Ausdruck legt sich auf seine Züge und er spannt den Kiefer an.

Der bedrohliche Blick, den er Cate zuwirft, bringt das Fass zum Überlaufen. Jeder Anflug von Mitleid, den ich für ihn empfand, löst sich auf in einer überwältigenden Wut. Ich gehe auf ihn zu, mein Puls hämmert in meinen Ohren. »Raus aus meiner Wohnung. Sofort.«

Er wendet sich mir zu. »Halt dich da rau…«

»Verschwinde!« Ich packe seinen Arm und versuche, ihn zur Tür zu bugsieren.

Ich bin fertig mit ihm, und ich bin fertig mit all diesem Mist. Ich will wieder so leben, wie es vor ein paar Monaten war – nur ich, Abby, die Uni und meine Zimmerpflanzen.

Phil entzieht sich meinem Griff mit einem Ruck, der mich stolpern lässt. Ich taumle zur Seite und halte mich am Tresen fest, um das Gleichgewicht zu halten.

Abby schnappt nach Luft.

»Phil!«, schreit Cate.

Ich hebe meine Fäuste, bereit, mich zu verteidigen. Ich rechne schon damit, dass er auf mich losgeht, mich anschreit, mich beschimpft – doch er bleibt stehen. Er ist wie versteinert, der Kiefer angespannt und die Fäuste geballt. Aus irgendeinem Grund fixiert er Abby. Seine Augen weiten sich und er weicht zurück.

»Ich erkenne einen hoffnungslosen Fall, wenn ich einen sehe«, sagt er übertrieben sanft. »Dann überlasse ich dich jetzt deinem Leben.«

Mit wutverzerrtem Gesicht stürmt er aus der Wohnung und lässt mich mit rasendem Herzen zurück.

Durch die offene Wohnungstür schauen mehrere Nachbarn herein, die Hände vor den Mund geschlagen. Sie haben die Handys in der Hand, um den Vorfall aufzunehmen oder vielleicht um die Polizei zu rufen.

Cate atmet schwer. Die Hände hat sie an die Schläfen gelegt, Tränen stehen in ihren Augen.

Abby senkt ihr Handy. »Wir haben das alles auf Video«, sagt sie beiläufig. »Cool, dass er vor laufender Kamera zugegeben hat, was für ein verlogenes Arschloch er ist.«

Kapitel 24

Schwerer Ballast

Nachdem sie sich bei den Nachbarn entschuldigt und ihnen versichert hat, dass alles in Ordnung ist, zieht sich Abby in ihr Zimmer zurück, um Cate und mir einen Moment allein zu geben.

Cates Augen sind gerötet und glänzen. »Rachel, es tut mir so leid. Ich hätte nie gedacht, dass er einfach so in deine Wohnung platzen würde.«

Ich räuspere mich und kämpfe gegen die Tränen an. »Ich halte das nicht mehr aus. Du hast dich so oft bei mir entschuldigt und ich weiß, dass nichts davon deine Schuld ist, aber … Gott, Cate, das übersteigt alles, womit ich je konfrontiert war. *Er*, die Paparazzi, die Boulevardpresse, der ganze Internet-Bullshit. Ich habe das alles nie gewollt.«

»Ich weiß.« Sie presst die Lippen zusammen und scheint nachzudenken. Schließlich schüttelt sie den Kopf und streicht mit einem Finger über ihre Unterlider. Die Bewegung ist so routiniert, als hätte sie ein ganzes Leben lang perfektioniert, wie sie sich die Tränen abwischen kann, ohne ihr Make-up zu verschmieren.

»Und dann *du*«, fahre ich mit brüchiger Stimme fort. »Ich habe mir eingeredet, dass es das alles wert ist, wenn ich mit dir zusammen bin. Aber ich habe mir solche Mühe gegeben und du hast es noch nicht einmal geschafft, mir zu vertrauen. Du warst sofort überzeugt davon, dass ich dich verraten und deine Geheimnisse verkauft habe.«

Cate tritt einen Schritt auf mich zu. Ihr Blick ist flehend. »Es tut mir so leid. Das ist mir schon so oft passiert und ich … wusste nicht, was ich sonst denken soll.«

»Aber über mich? Glaubst du wirklich, ich wäre dazu fähig?«

Sie zuckt mit den Schultern und senkt den Blick.

»Phil sagte, dass ein Typ namens Ricky uns belauscht hat. War das der mit dem Mikrofon und den ganzen Tattoos? Er war die einzige Person in der Nähe.«

Cate nickt. »Ich kenne ihn, seit ich mit Phil zusammen war. Ich hätte wissen müssen, dass sie immer noch Freunde sind.«

»Aber du musstest es erst von jemand anderem hören, bevor du glauben konntest, dass nicht ich diejenige bin, die dein Geheimnis ausgeplaudert hat.«

Sie sackt in sich zusammen und neue Tränen steigen ihr in die Augen. »Ich weiß nicht, was ich sagen soll, außer dass es mir leidtut.«

»Okay. Entschuldigung angenommen. Bis irgendwann mal, schätze ich.« Ich verschränke die Arme und warte, dass sie geht, doch das tut sie nicht.

»Rachel, ich habe dich so vermisst. Wenn … Wenn du mir noch eine Chance gibst, werde ich an mir arbeiten.«

Ich blinzle. »Ich soll dir noch eine Chance geben? Du hast mit mir Schluss gemacht.«

Sie schaut mich so traurig und beschämt an, dass mir das Herz noch einmal bricht.

Ich schaue an die Decke, blinzle gegen die Tränen an und atme tief durch. Eigentlich müsste ich angesichts ihres Sinneswandels Schmetterlinge im Bauch haben. Sie will mich zurück. Aber selbst wenn ich ihr noch eine Chance gebe, würde unsere Beziehung für immer am Rande eines Abgrunds existieren und drohen, bei der leichtesten Berührung zu kippen.

»Was glaubst du, wie ich mich fühle, wenn ich für dich nicht vertrauenswürdig bin, außer ich kann das Gegenteil beweisen?«

»Ich weiß.«

»Und selbst wenn du lernst, mir zu vertrauen, ich …« Ich schlucke schwer. »Ich glaube nicht, dass ich stark genug bin, das alles zu ertragen. Ich habe versucht, mit den Kameras klarzukommen, den Medien, dem Internet-Mobbing, mit all den grässlichen Dingen, die diese verdammte Situation mit sich brachte. Aber dass er zu mir nach Hause kommt? Ich bin für das Leben, das du führst, nicht geschaffen.«

Mom hatte recht, als ich ihr damals von Cate erzählt habe. Ich sollte mich nicht mit einem Star einlassen. Ich bin Anfang zwanzig und sollte mich ganz auf meine Karriere konzentrieren und nicht in einen Strudel von Beziehungsproblemen und Imagekatastrophen geraten.

»Das verstehe ich«, flüstert Cate.

Unsere Blicke treffen sich. Es fällt mir schwer zu atmen.

»Es war ein schöner Sommer«, sage ich. »Ich bin froh, dass es passiert ist.«

Sie nickt.

»Das ist die letzte Woche der Dreharbeiten.« Ihre Stimme ist noch leiser als vorhin. »Nur damit du es weißt.«

Ich registriere die Worte kaum. Ich könnte mich unmöglich noch schlechter fühlen. »Okay.«

Ohne mich noch einmal anzusehen, schlägt sie sich eine Hand vor den Mund, dreht sich um und geht. Ich wünschte, sie hätte mir einen letzten Blick aus ihren eisblauen Augen geschenkt.

Aber das hätte es noch schlimmer gemacht. Keine von uns ist stark genug, diese Beziehung zu retten. Cate traut mir nicht, weil die Welt sie enttäuscht hat, und ich bin ein Feigling, der die schwierigen Seiten ihres Lebens nicht akzeptieren konnte. Ich kann nicht mit Ruhm umgehen und war so dumm zu glauben, dass ich mit einer Berühmtheit zusammen sein könnte.

Also lasse ich sie den Flur entlanggehen und in den Aufzug steigen – und dann ist die wunderbarste Frau, die ich je in meinem Leben getroffen habe, weg.

Am nächsten Morgen sitze ich am Tisch und esse Haferflocken, als Abby sich mir mit verschränkten Händen gegenübersetzt. Wie es aussieht, will sie ein ernstes Thema ansprechen.

»Was?«, frage ich direkt und verharre mit dem Löffel in der Hand.

»Was soll ich mit dem Video machen, in dem Phil Niles ausflippt?«

Ich lehne mich zurück. In mir brodelt ein Vulkan, der im Begriff ist, das nächstgelegene Dorf zu zerstören. Sämtliche Bedenken gegen Videos von mir im Internet sind zweitrangig gegenüber meiner unbändigen Wut auf diese Genitalwarze von einem Menschen.

»Poste es«, zische ich. »Verbreite es im Internet und zeige allen, was für ein Mensch er ist. Markier die Presse, damit sie es auch sicher sehen.«

Abby grinst, springt auf und salutiert vor mir. »Wird gemacht, Boss. Ich hatte gehofft, dass du das sagst. Du hast nicht verdient, was dieses Arschloch dir angetan hat, und die Welt muss das erfahren.«

So ausgelaugt ich mich auch fühle, ihre Loyalität wärmt mich ein wenig.

Zwei Stunden später sitze ich mit meinem Laptop auf der Couch, als sie aus ihrem Schlafzimmer kommt.

»Ich habe das Video verkauft. Ich werde dir die Hälfte überweisen.«

Ich blinzle. »Verkauft? Das heißt, die Medien haben dich dafür bezahlt? Mit Geld?«

Abby nickt und zeigt mir ihr Handy. »Es ist bereits überall auf Twitter.«

Ich schiebe das Handy weg, bevor ich ungewollt das Video sehen kann. Die Aussicht, diesen Moment erneut erleben zu müssen, dreht mir den Magen um.

Abby setzt den Wasserkocher auf. Während das Wasser blubbert, schaut sie sich das Video noch einmal an, sehr zu meinem Leidwesen.

Ich versuche, mich auf den Text auf meinem Bildschirm zu konzentrieren. *Bildsegmentierung mit Deep-Learning-Algorithmen ...*

»Ich wollte, dass du siehst, dass du einen Fehler gemacht hast ...«, sagt Phil im Hintergrund.

Multimodale medizinische Bildgebung ...

»... hast du dir die Geschichte ausgedacht, dass ich dich betrogen hätte ...«

Ich lasse Jazzmusik laufen und drehe die Lautstärke hoch, um das Video zu übertönen. Doch Cates Stimme ist noch lauter. »Fick dich, Phil!«

Mir ist sehr bewusst, dass jetzt der Teil kommt, als ich dachte, ich müsste meine Selbstverteidigungsfähigkeiten ausgraben. Ich verziehe mein Gesicht, als könnte ich so meine Gehörgänge verschließen.

Ich weiß nicht, ob ich es bereue, ihn öffentlich bloßgestellt zu haben. Er hatte es verdient und die Leute mussten die Wahrheit erfahren, aber ich habe es nicht gern getan.

Ich will Abby gerade bitten, mir den Rest zu ersparen und den Ton auszuschalten, als sie sagt: »Wow, die Kommentare sind überwältigend positiv. Die Leute verlangen, dass du eine öffentliche Entschuldigung bekommst.«

»Eine Entschuldigung von wem?«

»Von allen, die meinten, du wärst nicht gut genug für Cate. Die Medien, Internet-Hetzer, Phil ... Du bist die Heldin der Geschichte, die ungerechtfertigt schlechte Presse ertragen hat.«

Ich sollte erleichtert sein und triumphieren, aber auch wenn dieses Video mich in der Öffentlichkeit besser dastehen lässt, ändert das nichts daran, dass Cate und ich uns getrennt haben.

Ich stehe zu meiner Entscheidung, sie nicht zurückzunehmen. Auch wenn Cate sich entschuldigt hat, ist das Risiko zu groß, dass es wieder passieren wird. Ich sollte mit einer Frau zusammen sein, die bereit ist, mir zu vertrauen.

Und Cate sollte mit jemandem zusammen sein, der mit dem Rampenlicht umgehen kann.

Ich ringe mir ein Grinsen ab. »Danke, Abby.«

Sie muss mich durchschauen, denn sie schenkt mir ein trauriges Lächeln.

Ich lehne mich in meinem Stuhl zurück und seufze. »Es ist doch das Beste, oder? Dass Cate und ich uns getrennt haben?«

»Hm …« Abby holt ihren Lieblings-Haselnuss-Instantkaffee aus dem Schrank, der für mich so schmeckt, als wären Kaffeebohnen zu Asche verbrannt, in Maissirup gewälzt und in Erde getaucht worden, auf der früher ein Haselnussbaum wuchs. »Sie hat einen großen Fehler gemacht, als sie dich wegen etwas weggestoßen hat, das du nicht getan hast. Ich hoffe, sie weiß das.«

Ich denke an Cates Gesichtsausdruck, bevor sie gestern gegangen ist. »Das glaube ich schon.«

»Geht es dir besser damit, dass es aus ist? Bist du erleichtert?«

»Ja?«, sage ich, doch wirklich überzeugend klinge ich nicht. Als Abby eine Augenbraue hebt, füge ich hinzu: »Na ja, ich habe den Ruhm gehasst. Dass Phil hier aufgetaucht ist, war einer von zu vielen unerfreulichen Momenten, und ich habe genug davon.«

»Du hast alles am Hollywood-Leben gehasst? Sogar die Gala?«

»Besonders die Gala! Hast du vergessen, was da passiert ist?«

»Vor dem Zwischenfall, meine ich. Hast du es gehasst, in der ersten Klasse nach L.A. zu fliegen, einen Designer-Smoking zu tragen und an Cates Arm mit Promis zu reden?«

Ich werfe ihr einen finsteren Blick zu. Weil ich diesen Part nicht gehasst habe. Und jetzt bin ich noch verwirrter.

Abby greift nach ihrer Tasse, auf der in Comic Sans steht: *Ich mag meinen Kaffee wie meine Männer.* Ich frage mich, ob sie damit ›billig und instant‹ meint oder ›zu Asche verbrannt‹.

»Babe, wenn die Beziehung mit Cate dir wirklich nicht gutgetan hat, dann war es die richtige Entscheidung«, sagt sie sanft. »Nimm dir vielleicht etwas Zeit, um in Ruhe über alles nachzudenken.«

Ich nicke, ein wenig beruhigt.

Sie rührt ihren Asche-Sirup-Dreck-Kaffee an und geht zurück in ihr Zimmer.

»Hey, kannst du mir ein Date mit einer lesbischen Teamkollegin organisieren?«, rufe ich ihr nach, bevor ich es mir anders überlegen kann.

Sie zieht eine Augenbraue hoch. »Das war nicht gerade viel Zeit zum Nachdenken.«

»Ich habe ein schnelles Hirn. Ich muss über Cate hinwegkommen und ein paar Verabredungen sind der beste Weg dafür. Richtig?«

Abby schenkt mir ein schiefes Lächeln. »Das ist deine Entscheidung. Ja, ein Date könnte dir helfen, deine Gefühle zu verstehen.«

Ich kann ihren Tonfall nicht ganz deuten, aber das macht nichts. Sie willigt ein, uns zusammenzubringen, und ich bin bereit, den Schmerz in meiner Brust hinter mir zu lassen.

Stirnrunzelnd wende ich mich wieder meinem Laptop zu. Abbys Teamkollegin ist hoffentlich so hinreißend, dass ich vergesse, dass Cate Whitney überhaupt existiert.

Ihr Name ist Jaz, kurz für Jazmine. Wir gehen zu einem Improvisations-Theaterstück und ich muss Abby zugestehen, dass ihr Gespür richtig war. Jaz ist witzig, charmant, androgyn und flirtet gern. Als wir Platz nehmen, hat sie bereits ihren Arm um mich gelegt.

»Ich zeige auf dich, wenn sie nach Freiwilligen fragen«, sagt sie frech.

Ich lache und stupse sie an. »Wage es ja nicht.«

Die Show beginnt und wann immer die Darsteller nach Vorschlägen aus dem Publikum fragen, hat Jaz die verrücktesten Ideen. Sie ist wahrscheinlich die coolste Person, die ich je getroffen habe. Ich sollte sie anschmachten und mir selbst im Stillen gratulieren, dass ich so ein heißes Date abbekommen habe.

Doch beim Anblick der Schauspieler muss ich an Cate am Filmset denken. Und dann wünsche ich mir, sie wäre diejenige, die den Arm um meine Schultern gelegt hat. Ich hätte an der Bar fast einen Moscow Mule bestellt und allein der Gedanke an dieses Getränk hat mir einen Kloß im Hals beschert. Ich kann nicht aufhören, daran zu denken, wie sich ihr Körper an meinem anfühlt, wie sie nach Kokosnuss und Sommer duftet, wie ihre Augen funkeln, wenn sie lächelt.

Meine Brust schmerzt.

Auf der Bühne kreiert die Improvisationsgruppe eine Ein-Wort-Geschichte und alle lachen. Ich halte das kaum aus. Mir ist gerade nicht nach Lachen zumute.

In Gedanken gehe ich noch einmal die Gründe für die Trennung durch. *Das mangelnde Vertrauen, die Klatschpresse, die Paparazzi, Fremde mit*

Kameras, Promi-Galas, eifersüchtige Ex-Männer ... Ich sollte mit jemandem zusammen sein, der gewöhnlicher ist ...

Eigentlich will ich mir bewusst machen, dass die Entscheidung die richtige war, doch mit einem Mal kommen mir diese Gründe so nichtig vor. Cate hat versucht, sich zu entschuldigen, und ich könnte ihr noch eine Chance geben, wenn ich wollte. Bin ich wirklich nicht in der Lage, damit umzugehen, dass Fotos von mir auf Titelseiten auftauchen könnten? Kann ich nicht alles blockieren und ignorieren, was sich im Internet gegen mich richtet? Warum ist das so schwer für mich? Jaz lacht über das, was gerade auf der Bühne passiert. Einer der Schauspieler spielt auf einer umgedrehten Vase wie auf einer Bongo. Ich nippe an meinem Bier und versuche, so zu tun, als würde ich zuschauen.

Wie man so hört, werden die Dreharbeiten zu *Clockwork Curie* morgen abgeschlossen. Dann wird Cate nach Kalifornien zurückkehren. Unsere Beziehung hätte nie von Dauer sein können. Sie musste enden.

Nur war ich in diesem Sommer glücklicher als je zuvor. Jeder Moment, den ich mit ihr verbracht habe, war ein Geschenk – selbst die schrägen Momente, wie der, als wir uns in einer Umkleidekabine verstecken mussten, um den Paparazzi zu entkommen. Niemand hat mich je so oft zum Lächeln gebracht.

Könnte ich ihr verzeihen?

In der Pause stellen wir uns an der Bar an. »Ich habe früher auch Impro gespielt«, erzählt Jaz.

»Oh?« Plötzlich wird mir bewusst, dass ich heute Abend nicht sehr gesprächig bin. »Ähm, mochtest du es?«

»Es hat Spaß gemacht. Wir waren alle ziemliche Amateure, aber dass wir so schlecht waren, hat auch den Druck rausgenommen.«

»Ich hätte eher gedacht, dass ständiges Versagen es schlimmer machen würde«, necke ich sie.

Jaz kauft unsere Drinks und ich danke ihr.

»Vor einem Auftritt ist man meistens nervös, dass die Witze, die man macht, nicht gut ankommen.« Sie legt den Kopf schief und eine dunkle Locke fällt ihr ins Gesicht. »Wenn man da oben steht, will man natürlich, dass das Publikum mitgeht. Das Lachen des Publikums gibt einem so viel Energie.«

»Kann ich mir vorstellen.«

»Es ist blöd, wenn etwas nicht ankommt, aber man muss es trotzdem versuchen. Und weitermachen, wenn es nicht klappt«, sagt sie achselzuckend.

Ich nicke und trinke einen Schluck. Alle, die heute Abend auf der Bühne stehen, wollen beim Publikum gut ankommen, aber sie lassen sich von der Angst vor einem schlechten Auftritt nicht abschrecken. Sie haben sich eine harte Schale zugelegt. Sie treten immer wieder auf, denn auch wenn ihre Befürchtungen ab und zu wahr werden, ist es das wert. Manchmal floppt man, aber das gehört eben dazu.

»Jaz, glaubst du, dass es sich lohnt, etwas Ballast zu ertragen?«

Sie sieht mich mit einer hochgezogenen Augenbraue an. »Ballast? Meinst du das Zeug, das Leute in eine Beziehung mitbringen?«

»Vergiss es.« Gott, warum habe ich das bei einem ersten Date gefragt?

Nach einer Pause sagt Jaz: »Meine Ex hatte zwei Katzen. Ich bin allergisch gegen Katzen. Ich bin weiter mit ihr ausgegangen, weil sie es wert war, mich mit Antihistaminika zuzudröhnen. Zählt das?«

Ich muss lächeln. »Ja.«

Wir gehen zurück zu unseren Plätzen und schauen uns die zweite Hälfte der Aufführung an. Die Schauspieler und das Publikum haben jede Menge Spaß – egal, wie viele Witze danebengehen.

Als das Stück zu Ende ist und Jaz und ich hinausgehen, sagt sie: »Ich hatte einen sehr schönen Abend.«

»Ich auch«, lüge ich.

Schweigend überqueren wir die Straße, um zu unseren Autos zu gehen.

»Du hast Liebeskummer, stimmt's? Du bist nicht wirklich bei der Sache«, sagt sie.

Verdammt. Ich habe unser Date wirklich ruiniert.

Ich bleibe stehen und wende mich ihr zu. »Jaz, es tut mir leid …«

»Nicht nötig. Ich weiß, wie das ist.«

»Es liegt nicht an dir. Ich muss über eine Menge nachdenken. Bin momentan ziemlich durch den Wind. Du bist cool und du verdienst etwas Besseres als das, was ich dir heute Abend geben konnte.«

Jaz nickt. Sie sieht ein bisschen traurig aus, aber auch so, als könnte ihr nichts das Selbstvertrauen nehmen. Gott, sie ist so cool.

»Ich erwarte nicht, dass du mir schreibst.« Jaz zuckt mit den Schultern. »Aber wenn du mich doch irgendwann wiedersehen willst, freue ich mich.«

Ich nicke. »Danke. Ich habe deine Gesellschaft heute wirklich genossen. Ich bin nur … anscheinend noch nicht bereit für etwas Neues.«

Wir verabschieden uns mit einer Umarmung und gehen zu unseren Autos, die nebeneinander parken.

»Hey«, ruft sie noch, als sie ihre Tür öffnet. »Das Leben ist voll von Ballast, weißt du? Manches ist schwerer als anderes, aber es ist immer da. Nichts ist perfekt, und das ist auch gut so. Das Leben wäre ziemlich langweilig und bequem, wenn es keine Herausforderungen gäbe.«

Sie zwinkert, steigt in ihr Auto und fährt davon.

Und sie hat recht.

Ich bezeichne Cates Ruhm als »Ballast«, aber vielleicht ist es nur eine Herausforderung – und Herausforderungen sind dazu da, um bewältigt zu werden. Andere Menschen haben gelernt, mit schlechter Presse und unerwünschter Aufmerksamkeit umzugehen, warum sollte ich das also nicht auch können?

Mir stehen viele Wege offen, wie ich das Leben in der Öffentlichkeit für mich erträglicher machen kann. Ich kann Schlagzeilen ignorieren, die sozialen Medien aus meinem Leben verbannen und mich auf das Leben im Hier und Jetzt fokussieren. Die Meinung von Fremden kann mir egal sein. Ich kann ganz bewusst die Entscheidung treffen, mich auf mich selbst, auf Cate und unser gemeinsames Leben zu konzentrieren. Ich kann all die liebenswerten Menschen hereinlassen, die uns unterstützen, und den Rest ignorieren.

Vor allem aber muss ich die Kontrolle über meine Angst erlangen. Es ist an der Zeit, mich dem Trauma zu stellen, das mich immer noch verfolgt.

Kapitel 25

Dämonen

Als ich nach Hause komme und Abby erzähle, dass ich das Date mit Jaz vermasselt habe, ist sie nicht überrascht.

»Ich wusste, dass du es bereust, Cate weggestoßen zu haben.« Ihr Blick ist auf den Fernseher gerichtet. Sie spielt irgendein Wikinger-Videospiel, das ich noch nie gesehen habe. »Gott, jetzt muss ich mich bei Jaz entschuldigen, dass ich sie auf ein Desaster-Date geschickt habe.«

Ich ziehe eine Grimasse und lasse mich neben ihr auf die Couch fallen.

»Glaubst du, Cate würde dich zurücknehmen?«

»Ich … weiß es nicht«, antworte ich ehrlich. »Ich habe ziemlich deutlich gemacht, dass unsere Leben zu unterschiedlich sind.«

»Und doch ziehen sich Gegensätze an.«

Ich reibe über mein Gesicht. »Ich muss an meinen Ängsten arbeiten.«

»Deine psychische Gesundheit hat Priorität.« Abby drückt hart auf die Tasten des Controllers. »Du hast es nicht verdient, im Internet zerrissen zu werden, und wenn es dich so fertigmacht, dann solltet ihr getrennt bleiben. Aber wenn sie dir wirklich am Herzen liegt und du über deine … Ich meine, dein Trauma ist völlig berechtigt. Es ist nur … vielleicht ist es ja möglich, es zu überwinden.«

Sie wirft mir einen Seitenblick zu und wenn ich mich nicht täusche, fühlt sie sich unwohl. Das kommt nicht oft vor. Ich weiß zu schätzen, dass Abby versucht, ihre Worte sorgfältig zu wählen.

»Ich weiß. Du hast recht.« Aber ich habe keine Ahnung, wie ich es angehen soll. Meine Abneigung gegen Aufmerksamkeit ist ein Teil von mir, und das schon seit Jahren. »Wie machst du das, Abby? Du läufst in Unterwäsche durch die Wohnung und lässt die Fenster weit offen.« Ich nicke in Richtung der gläsernen Terrassentür.

Sie zuckt mit den Schultern. »Ich habe mir nie viel aus der Meinung anderer gemacht. Man kann andere Leute nicht kontrollieren, und vor allem nicht, was sie denken. Was bringt es, sich darüber den Kopf zu zerbrechen?

Die einzige Person, deren Meinung zählt, ist man selbst. Ich mag meinen Hintern und wenn unsere Nachbarn gegenüber ihn nicht mögen, sollen sie gefälligst ihre Jalousien schließen.«

Ich beiße mir auf die Unterlippe. Stört mich der Ruhm so sehr, weil ich Angst davor habe, was andere Leute von mir denken? Wenn ich darüberstehen könnte, wäre es egal, was im Internet gepostet oder in Fernsehsendungen besprochen wird. Es wäre egal, worüber getratscht wird. Meine Meinung ist die einzige, die mich interessieren sollte.

Ich habe mich nie gut genug für Cate gefühlt, dabei waren die einzigen, die mir gesagt haben, dass ich nicht gut genug bin, Phil Niles und irgendwelche Fremde im Internet. Wenn ich sie ignoriere und daran glaube, dass ich gut genug bin, dann *bin* ich das auch. Alles spricht dafür. Cate hat mir klipp und klar gesagt, dass sie auf mich steht, und trotzdem habe ich nie aufgehört, daran zu zweifeln.

»Ich schätze, ich habe mich zu sehr vom Geläster anderer Leute fertigmachen lassen.«

»Das solltest du nicht, du bist nämlich fantastisch«, sagt Abby eindringlich. »Nicht, dass meine Meinung wichtig wäre.«

Ein breites Lächeln stiehlt sich auf meine Lippen. Ich *bin* fantastisch. Ich bin klug und witzig und ziemlich heiß, wenn ich es schaffe, genug Schlaf zu bekommen. Warum sollte Cate Whitney nicht in mich verliebt sein?

»Danke, Abby.«

Ich stehe auf, strecke mich, bis meine Wirbelsäule knackt, und gehe in mein Zimmer, um mich bettfertig zu machen.

Als Cate und ich das erste Mal allein in ihrem Wohnwagen waren, hat mich ihre Interpretation von Radioaktivität beeindruckt. Im Moment habe ich das Gefühl, dass ich diejenige bin, die sich selbst zerstört und allem um sich herum Schaden zufügt. Ich kämpfe mit meiner beängstigenden neuen Realität und verletze dabei die Frau, die mir so viel bedeutet.

Vor meinem Schlafzimmerfenster wiegen sich die geschlossenen Vorhänge in der Brise so wie immer. In den vier Jahren, in denen ich hier wohne, habe ich sie nur angefasst, um die Fensterbank abzustauben.

Jetzt durchquere ich den Raum, ziehe sie auf und lasse die Lichter der Stadt herein. Sie färben meine Wände und den Boden orange. Die Straße sieht aus diesem Blickwinkel wunderschön aus. Das Meer ist zu sehen, ein dunkler Streifen Wasser, auf dessen Oberfläche sich glitzernde Lichter spiegeln.

Ein Gefühl des Friedens überkommt mich.

Während Abby im Wohnzimmer über ihr Spiel flucht, schnappe ich mir meinen Laptop und setze mich auf das Bett.

Seit ich Cate kennengelernt habe, musste ich mich erneut mit den Ereignissen in der Highschool auseinandersetzen. Früher konnte ich es vermeiden, auf Fotos zu sein, indem ich mich abwandte und mein Gesicht verdeckte. Das wurde zur Gewohnheit, zu etwas, das die Leute irgendwann nicht mehr hinterfragt haben. Diejenigen, die meine Geschichte nicht kannten, nahmen an, ich sei einfach nur schüchtern.

In letzter Zeit musste ich über diesen Vorfall nachdenken, darüber sprechen und versuchen, ihn zu überwinden.

Und ich habe versagt.

Ja, es war falsch von Cate, mir zu misstrauen, und sie müsste daran arbeiten, damit diese Beziehung funktionieren kann – aber das gilt auch für mich. Eine Therapie wird ein Teil davon sein, aber es gibt auch etwas, was ich jetzt schon tun kann.

Ich öffne Facebook und gebe zum allerersten Mal den Namen meiner Highschool-Tyrannin in die Suchleiste ein. Ich brauche einen Moment, um den Anblick ihres Profilbildes zu verarbeiten.

Ihr Gesicht ist älter, runder und fröhlicher. Sie hat sich ihre langen braunen Locken abgeschnitten und trägt jetzt einen Kurzhaarschnitt. In der Schule ist mir nie aufgefallen, wie ungepflegt sie aussah, aber wenn ich meine Erinnerung an sie mit diesem Bild vergleiche, hat sie sich seither gut gemacht.

Ich scrolle durch ihr Profil. Sie ist mit einem attraktiven Immobilienmakler verheiratet. Es gibt ein paar Bilder von ihnen mit einem Hund – sie haben einen geretteten Windhund. Sie hat einige Beiträge über Freiwilligenarbeit und Wohltätigkeitsorganisationen geteilt, und Videos von sich, in denen sie bei Veranstaltungen spricht.

Ich halte ich inne, als mir der Schwerpunkt ihrer Beiträge bewusst wird. Sie arbeitet ehrenamtlich bei einer Kinderschutzorganisation und teilt viele Posts zur Unterstützung von Opfern von Kindesmissbrauch. Sie hat sogar öffentliche Reden dazu gehalten. Ich will keine voreiligen Schlüsse ziehen – dieses Thema könnte ihr aus den unterschiedlichsten Gründen am Herzen liegen –, aber das würde einiges an ihrem Verhalten in der Schule erklären.

Ich fahre mir mit der Hand über das Gesicht. Das ändert nichts an der Tatsache, dass sie mich tyrannisiert und meine Beziehung zu Sarah ruiniert hat, aber es hilft mir, zu verstehen, dass sie mit ihren eigenen Dämonen zu kämpfen hatte. Ich hatte das Pech, die Zielscheibe ihres Elends zu sein.

Ich hoffe, sie hat ihren inneren Frieden gefunden. Es sieht danach aus, als hätte sie das mithilfe von geliebten Menschen und Selbstfürsorge geschafft.

Ich hätte das schon vor langer Zeit tun sollen.

Mit zitternden Fingern tippe ich als Nächstes Sarahs Namen ein.

Es dauert ein paar Minuten, bis ich sie finde, denn ihr Nachname hat sich geändert. Aber da ist sie, eine Nahaufnahme, die aussieht, als wäre sie bei einem schicken Abendessen aufgenommen worden. Ihre Gesichtszüge sind mir schmerzlich vertraut. Sie ist schlanker geworden, der ganze Babyspeck, den ich kannte und liebte, ist verschwunden.

Ihr Anblick verursacht ein Flattern in meiner Brust. Ich habe nie einen Schlussstrich ziehen können, und es ist, als hätten all meine Gefühle für sie in meinem Herzen darauf gewartet, freigelassen zu werden.

Es ist nicht so, dass ich noch romantische Gefühle für sie hege – überhaupt nicht. Ich habe nur nie erfahren, was aus ihr geworden ist. Ich habe nie herausgefunden, ob es ihr gut geht und ob sie über das hinwegkommen konnte, was zwischen uns passiert ist.

Ich klicke auf ihr Profil und scrolle nach unten.

Sie ist mit einem Mann verheiratet. Sie haben zwei Söhne, ein Kleinkind und einen Säugling.

Ich wische mir ungeduldig die Tränen von den Augen und atme zittrig durch.

Sie sieht glücklich aus. Ich hoffe, sie ist es auch. Ich hoffe, sie war nicht gezwungen, ihre Gefühle für Frauen zu verdrängen, wegen der Sache, die zwischen uns passiert ist.

Da sind endlos viele Bilder und Videos von ihr und ihrer Familie. Jeden Tag postet sie etwas, in der Regel von sich und ihren Jungs, wie sie lächeln, lachen, spielen.

Eines ist sicher: Sie ist nicht so übervorsichtig wie ich, wenn es darum geht, eine Online-Präsenz zu haben. Sie hat sich nie von Lauren die Fähigkeit nehmen lassen, auf den Bildern und Videos anderer zu sein. Sie ist da draußen in der Welt und teilt, was ihr Freude bereitet.

Ich könnte sie als Freundin hinzufügen. Ich könnte ihr eine Nachricht schicken und ihr sagen, dass ich froh bin, sie glücklich zu sehen.

Aber was sollte das bringen? Es würde eine Vergangenheit wachrufen, die sie wahrscheinlich vergessen möchte. Sie ist weitergezogen und das sollte ich auch.

Ich schließe Facebook und sende ihr aus der Ferne meine positiven Gedanken und meine Liebe. Ich hoffe, sie kann es spüren. Ich hoffe, sie weiß, wie erleichtert ich bin, dass sie ihr Glück gefunden hat, obwohl die Welt so grausam zu ihr war.

Sie hat es verdient. Wir beide verdienen es.

Ich öffne eine neue Registerkarte und suche nach Therapeuten. Es ist an der Zeit, dass ich das mit jemandem aufarbeite, der mir helfen kann.

Zu sehen, wie Sarah und Lauren trotz allem ein erfülltes Leben führen, gibt mir die Hoffnung, dass auch ich lernen kann, das Geschehene zu überwinden. Das will ich und das bin ich mir schuldig. Das Leben ist so viel mehr als die Peinlichkeiten, mit denen ich als Teenager zu kämpfen hatte. Im Leben geht es um Partner, Familien, Erfahrungen, Haustiere, Leidenschaften und alles andere, was diese Frauen online zeigen. Sie haben seit der Highschool Ausschnitte aus ihrem Leben gepostet, während ich in der Zeit stehen geblieben bin, gelähmt durch Angst und Scham.

Mein Leben ist so viel mehr. Ich möchte lernen, diesen Vorfall als eine ferne Erinnerung zu betrachten, als einen Teil meines Lebens, der mich nicht kontrolliert.

Klatschblätter, Paparazzi, Phil Niles und Online-Idioten – das sind alles Fremde. Leute, die mir egal sein können. Sie können über mich sagen, was sie wollen, und es hat keinen Einfluss darauf, was ich für Cate empfinde.

Und was empfinde ich für sie?

Das ist einfach. Ich bin bis über beide Ohren in sie verliebt.

Kapitel 26

Ich bin keine Stuntfrau

Es ist der letzte Drehtag für *Clockwork Curie*, also unterbreche ich die Masterarbeitsrecherche für heute. Die Szene, die sie gerade drehen, sieht spannend aus, also werden Abby und ich von unserem Balkon aus zusehen.

Außerdem muss ich sicherstellen, dass ich die Gelegenheit nicht verpasse, Cate zu sehen, bevor sie abreist.

Ich ziehe die Vorhänge auf und lasse zum ersten Mal seit Jahren die Morgensonne in mein Zimmer scheinen. Sie brennt in meinen Augen, aber das fühlt sich gut an. Unter mir summt und brummt das Filmset, der Verkehr braust die Straßen dahinter entlang und in der Ferne glitzert das Meer. Ein Segelboot zieht vorbei und ich frage mich, welche Abenteuer die Leute darauf wohl erleben werden.

Ich ziehe die Hose, die ich in Rainbows Hexenladen gekauft habe, und einen Sport-BH an. Auf dem Balkon lasse ich mich auf einem der Holzstühle zwischen Abby und den Hortensien nieder, die wir gelegentlich mal gießen. Sie hat ein Tablett mit Snacks und Tee zwischen uns aufgestellt.

Ein paar Stunden lang sehen wir zu, wie Cates Stuntdouble mit der Seilbahn vorbeifliegt, während unten Explosionen gezündet werden. Von einem Kran etwa fünfzehn Meter über dem Boden saust sie an den Steampunk-Fassaden vorbei bis in das Lokal, das normalerweise meine Lieblingspizzeria ist. Die Stuntfrau hält sich an einem T-Bügel fest und ist mit einem Geschirr gesichert, das vermutlich in der Nachbearbeitung herausgeschnitten wird. In einem Steampunk-Outfit mit flatterndem Rock über das Set zu gleiten, sieht ziemlich krass aus.

Auch unsere Nachbarn treten auf ihre Balkone, um zuzuschauen – das ist das Aufregendste, was hier passiert ist, seit vor fünf Jahren ein Restaurant in der Straße gebrannt hat.

»Ich hatte keine Ahnung, dass Marie Curie so eine Draufgängerin war.« Abby greift nach einem Schokokeks.

Ich puste auf meinen Tee. »Leg dich nicht mit einer Physikerin an. Sie ist wahrscheinlich auf dem Weg, ihre Dissertation zu verteidigen.«

Der Anblick von Cates Stuntdouble versetzt mir jedes Mal einen Stich, zum einen, weil sie Cate von hinten so ähnlich sieht, und zum anderen, weil die Wunde, die das Foto von ihr und Phil mir zugefügt hat, noch relativ frisch ist.

Ich bin nicht wütend auf sie. Sie hat bloß einen heißen Schauspieler geküsst. Ob sie wusste, was Phil vorhatte oder nicht, spielt keine Rolle – ich habe beschlossen, dass es mich nicht betrifft und dass ich es nicht nötig habe, mir den Kopf darüber zu zerbrechen. Es war nicht Cate, die Phil geküsst hat, und das ist alles, was zählt.

Mein Telefon leuchtet auf. Etwas zögerlich beuge ich mich vor, um nachzusehen.

Es ist eine E-Mail von Dr. Wee.

Ich setze meinen Tee ab und öffne sie mit klopfendem Herzen.

Liebe Rachel,
es ist uns egal, mit wem Sie ausgehen oder auf wie vielen Titelseiten Sie zu sehen sind. Lassen Sie uns für nächste Woche einen Termin vereinbaren, um Ihre Fortschritte zu besprechen.
Mit freundlichen Grüßen
Dr. Natalie Wee

Ich grinse. Wenigstens ist sie direkt.

»Gute Neuigkeiten?«, fragt Abby.

Erleichtert nicke ich. »Wie es aussieht, habe ich mir ganz umsonst Sorgen gemacht, wie sich eine Beziehung mit Cate auf meine Karriere auswirken könnte. Ich werde meine Mutter später anrufen und ihr behutsam beibringen, wie falsch sie lag.«

Damit bleiben nur noch zwei Meinungen übrig, die von Bedeutung sind: Cates und meine eigene. Ich weiß, was ich will, doch mir läuft die Zeit davon, um herauszufinden, ob sie mich zurückhaben möchte.

Während die Crew den T-Bügel der Seilbahn für einen weiteren Take zum Kran zurückspult, suche ich unter den Schauspielern nach ihr. Was, wenn sie gar nicht am Set ist? Ich habe sie heute noch nicht gesehen – das war alles ihr Stuntdouble.

Abby beobachtet mich. »Wann gehst du runter und sagst ihr, dass du sie liebst?«

Mein Herz rast. »Sobald ich nicht mehr in Schnappatmung verfalle, weil ich nicht weiß, ob sie meine Gefühle erwidert.«

»Feiges Huhn.«

»Das nennt sich Selbsterhaltungstrieb.«

Während Abby Hühnergeräusche macht, ruft der Regisseur von unten, dass dies der letzte Take sei. Ein Raunen der Enttäuschung geht durch die Reihen auf den Nachbarbalkonen.

Ich stehe auf. Wo ist Cate? Warum habe ich sie nicht gesehen?

Es wird bereits damit begonnen, die weißen Zelte abzubauen.

»Abby, was, wenn –«

»Da«, sagt Abby und zeigt nach unten.

Auf der anderen Seite des Metallzauns rollt ein schwarzer Geländewagen heran und die kräftige Statur des Mannes, der aussteigt, ist unverkennbar: Das ist Ken. Cate geht über das Filmset auf ihn zu. Sie hat das Kostüm schon abgelegt und trägt eine Tasche mit sich.

Ich fluche. »Abby, sie geht!«

Schnell greife ich nach meinem Handy und wähle ihren Namen aus. Das Telefon klingelt und klingelt, doch Cate geht weiter. Sie scheint es gar nicht zu bemerken. Ihr Handy muss auf lautlos gestellt sein.

»Wetten, du wagst es nicht, ihr hinterherzulaufen?«, sagt Abby in einem neckenden Tonfall.

Ich drehe mich zu ihr um und grinse aufgeregt. »Herausforderung angenommen.«

Als ich nach drinnen renne, folgt Abby mir. »Schnapp dir die Frau, Rachel. Wir sehen uns später. Ich werde etwas von unserem Phil-Niles-Geld für einen Einkaufsbummel verwenden. Ich brauche neue Hosen.«

»Hosen?«, frage ich und schlüpfe in meine Schuhe. »Wann hast du jemals Hosen getragen?«

Auf dem Weg in ihr Schlafzimmer klatscht sie sich auf ihren Hintern. »Eben.«

Ich sprinte aus der Wohnung, die Treppe hinunter und hinaus auf die Straße.

Der Wachmann steht vor der Öffnung im Metallzaun, und als ich auf ihn zulaufe, hebt er die Hände. »Das Set ist geschlossen, Liebes.«

»Ich muss Cate Whitney sehen«, flehe ich.

»Müssen wir das nicht alle?«, fragt er mit einem demonstrativen Blick zu meiner Linken.

Eine Horde von Fans drängt sich mit Handys und Fotos in den Händen gegen den Metallzaun, um einen Blick auf Cate zu erhaschen.

»Komm schon, Mann.« Ich werfe einen Blick auf sein Namensschild. »Ferguson. Ich war schon mal mit ihr hier. Rachel, weißt du noch?«

»Ich weiß. Aber selbst wenn wir nicht mitten in einer Szene und zugleich beim Abbau wären, könnte ich dich ohne Gästepass nicht reinlassen.«

»Hat Cate dir gesagt, dass du mich nicht reinlassen darfst?«

Ferguson zieht eine Augenbraue hoch. »Ähm, nein. Ich darf niemanden reinlassen. Es ist nichts Persönliches.«

Ich recke meinen Hals. Der Geländewagen steht immer noch da und ein blonder Schopf Haar bewegt sich darauf zu.

Cate ist im Begriff, das Drehgelände zu verlassen. Ich habe kaum Zeit, zu ihr zu gelangen, und außen am Zaun entlangzulaufen, würde viel zu lange dauern.

»Cate!«, rufe ich.

Sie ist zu weit weg. Nicht einmal die Crewmitglieder in der Nähe schauen zu mir, als wäre ich unsichtbar – nur ein weiterer Fan wie die Gruppe links von mir.

»Sean!«, versuche ich als Nächstes, doch er ist nirgends zu sehen.

Ferguson wirft mir einen mitleidigen Blick zu, bleibt aber standhaft.

Plötzlich erinnere ich mich daran, dass Cate mir Seans Nummer gegeben hatte, als sie mich zum ersten Mal aufs Set eingeladen hat. Ich ziehe zitternd mein Handy hervor und wähle seinen Namen in meinen Kontakten aus.

Er hebt beim ersten Klingeln ab. »Hallo, hier spricht Sean Richards –«

»Sean! Ich bin's, Rachel. Ich stehe vor dem Zaun und muss mit Cate sprechen. Sie steigt gleich zu Ken ins Auto. Kannst du sie davon abhalten?«

»Ich – nein, Rachel, ich bin gerade sehr beschäftigt –«

»Bitte, Sean! Halte sie auf, oder sag Ferguson, er soll mich durchlassen.«

In der Ferne schlüpft Cate durch eine Lücke im Zaun, um in den Geländewagen zu steigen. Mir bleiben nur Sekunden.

»Ich packe gerade Cates Wohnwagen zusammen, Liebes«, sagt Sean, der offensichtlich mit irgendetwas ringt. »Ich habe die Arme voller Klamotten, seit sechs Stunden weder gegessen noch gepinkelt und bin ein bisschen –«

Ich fluche und beende das Gespräch.

Der Kran, an dem die Seilbahn befestigt ist, steht ein paar Schritte entfernt auf der anderen Seite des Zauns. Oben schwingt der T-Bügel in der Brise, bereit für die letzte Aufnahme. Cates Stuntdouble und ein paar Crewmitglieder gehen darauf zu.

Ein Hindernisparcours aus Menschen und Ausrüstung steht zwischen mir und Cate.

Schnapp dir die Frau, Rachel.

Wenn ich über das Set renne, werden sich die Sicherheitsleute unweigerlich auf mich stürzen. Es zu umrunden würde zu lange dauern. Mir bleibt also nur eine Möglichkeit: Ich muss darüber hinweg.

Mit rasendem Herzen zeige ich auf die Gruppe von Fans. »Hey, ist es in Ordnung, dass der Typ da über den Zaun klettert?«

In dem Moment, in dem Ferguson hinschaut, stürme ich durch die Öffnung auf den Kran zu.

Er bemerkt es sofort und seine Schritte donnern hinter mir über den Asphalt. »Verdammt! Rachel, bleib stehen!«

Schwer atmend erklimme ich die Sprossen, nehme immer zwei auf einmal. Ferguson ist mir dicht auf den Fersen. Seine Rufe jagen meinen Adrenalinpegel in die Höhe.

Ich habe den Punkt überschritten, an dem es kein Zurück mehr gibt, und dies ist wahrscheinlich die dümmste Idee meines Lebens. Dümmer als eine Frau zu küssen, die einen Freund hat. Dümmer als den gesamten Inhalt eines teures Geschenkkorbs zu trinken und dann am nächsten Tag um sechs Uhr morgens für einen Flug aufzustehen. Dümmer als unter einen Tisch zu kriechen und mich mit Senf zu beschmieren, direkt bevor mein Promi-Schwarm über mich stolpert.

Kaum bin ich oben auf dem Kran angekommen, ergreife ich den Bügel. Er ist kalt, bietet aber guten Halt. *Verdammt, ist das hoch.* Mein Magen krampft sich zusammen.

Ferguson ist direkt hinter mir und schreit: »Rachel, denk nicht mal dra...«

Schreiend springe ich von der Plattform und stürze mich in die Tiefe. Ich fliege über das Filmset, über die rufenden Schauspieler und die Crew hinweg.

Mein Körper reagiert instinktiv. Ich atme schnell, spanne jeden Muskel an, bereite mich auf den Aufprall vor. Wie Cates Stuntdouble vorhin ziehe ich die Knie an, als ich in die Pizzeria fliege– und knalle hart gegen die gegenüberliegende Wand, wo mich eine riesige schwarze Matte verschlingt.

Ich lasse die Stange los und falle auf Hände und Knie. Keuchend ringe ich nach Luft.

Okay, das war waghalsig und gefährlich.

Aber irgendwie hat es auch Spaß gemacht.

Ich schaffe es, mich aufzusetzen, zittere aber zu sehr, um zu stehen. Dann umfasst eine Hand meinen Arm und zieht mich auf die Beine.

»Was zum Teufel sollte das?«, fragt eine tiefe Stimme.

Mit rasendem Herzen schaue ich mich um und begegne schockierten und entsetzten Gesichtern, einschließlich dem des Regisseurs, der meinen Arm gepackt hat.

»Ich muss mit –«

»Bringt jemand das Mädchen vom Set, sofort!«, brüllt er und die Ader auf seiner Stirn pocht beunruhigend. »Überprüft die Seilbahn und stellt sicher, dass sie nicht beschädigt ist.«

Ferguson kommt fluchend hereingerannt. »Rachel, auf den Boden und streck die Arme aus!«

Scheiße, jetzt sind diese Leute wirklich wütend.

»O Gott, Liebes, was zur Hölle?«, erklingt Seans Stimme irgendwo hinter mir. »Entschuldigt sie, Leute, sie wurde ohne jegliche Überlebensinstinkte geboren und –«

»Wartet!«

Die Menge teilt sich.

Da steht Cate und starrt mich an. Sie hat die Hände ausgestreckt, um Ferguson davon abzuhalten, mich wegzuzerren. Trotz ihres perfekten Make-ups ist sie blass und unter ihren Augen liegen dunkle Schatten, als hätte sie keinen Schlaf bekommen. Ihre Schultern hängen herab. Ihre Haltung erinnert mich daran, wie ich auf der Rückfahrt vom Campen aussah – niedergeschlagen, voller Reue und mit gebrochenem Herzen.

Ich befreie mich aus Fergusons Griff. »Cate.«

Mein Herz macht einen Satz. Sie trägt ebenfalls die Hose, die sie aus Rainbows Laden hat.

So viele Leute starren uns an. Cast und Crew umringen uns. Ferguson steht da wie ein Kampfhund, der auf ein Kommando wartet. Sean verdeckt die untere Hälfte seines Gesichts mit einem Klemmbrett, sein Blick aus weit aufgerissenen Augen huscht zwischen Cate und mir hin und her.

»Können wir reden?« Meine Stimme hallt durch die Steampunk-Pizzeria. »Ich bin noch nicht bereit, mich zu verabschieden.«

Meine Lippen werden taub und ein kaltes Prickeln breitet sich auf meinen Wangen aus.

Was, wenn sie Nein sagt?

Ein verdächtiger Glanz tritt in ihre Augen und sie nickt. »Ich komme in zehn Minuten in deine Wohnung, okay?«

Um uns herum bricht Geflüster aus.

Das Prickeln wird noch stärker. »Okay. Bis gleich.«

Die Zeit dreht sich weiter, als Ferguson vortritt und mich packt. Die Anwesenden formen kleine Gruppen und stürzen sich auf den neuesten Klatsch.

Ferguson macht Anstalten, mich aus dem Lokal zu zerren, da erklingt Kens Stimme: »Ab hier kann ich übernehmen.« Wie aus dem Nichts steht er plötzlich neben mir. Ferguson lässt mich tatsächlich los und tritt zurück.

Ken begleitet mich zum Ausgang. Mein Puls rast immer noch und ich bin ganz zittrig.

»Du bist echt speziell, weißt du das?«, meint er.

Ich habe keine Ahnung, was ich darauf antworten soll, also ziehe ich nur eine Grimasse.

»Sie war in letzter Zeit ein Wrack«, murmelt er. »Nur damit du es weißt.«

Ich nicke und mein Magen zieht sich zusammen. »Ich auch.«

Kapitel 27

Strandspaziergang extrem

Ich öffne die Tür, bevor Cate klopfen kann, und trete zurück, um sie hereinzulassen. Sie zögert kurz, ehe sie an mir vorbeigeht. Unsere Arme streifen sanft aneinander und mein Herz schlägt schneller.

Einen Moment lang sehen wir uns nur an und ich versinke in ihren eisblauen Augen.

Dann erinnere ich mich daran, was ich ihr sagen wollte, und schlucke schwer.

Bevor ich anfangen kann, tritt sie näher. »Rachel, es tut mir so leid, dass ich dir nicht vertraut habe. Ich weiß, dass du meine Privatsphäre respektierst. Ich bin in Panik geraten. Das hatte ausschließlich mit meiner Vorgeschichte zu tun und es war so unfair, wie ich mich dir gegenüber verhalten habe.«

»Danke.« Ihre Entschuldigung schnürt mir die Brust zu. »Cate, ich –«

»Ich weiß, wie wichtig ich dir bin. Das ist eines der Dinge, die ich so sehr an dir liebe. Du bist aufrichtig und ehrlich und wenn ich mit dir zusammen bin, fühle ich mich sicherer als je zuvor. Ich verspreche, dass ich dir das nie wieder antun werde. Ich will nie wieder daran zweifeln, dass du –«

»Stopp«, unterbreche ich sie und greife nach ihren Händen. Ihre Worte schwirren mir durch den Kopf und ich muss endlich herausbringen, was ich ihr sagen will, bevor ich alles wieder vergesse, was ich mir bereitgelegt habe. »Es tut mir leid, dass ich vor uns weggelaufen bin. Ich habe viel nachgedacht und werde eine Therapie machen, um mein Highschool-Trauma zu verarbeiten. Die einzigen Meinungen, auf die es in unserer Beziehung ankommt, sind deine und meine. Andere können sagen, was sie wollen, und ich werde nicht zulassen, dass das meine Gefühle beeinflusst.«

Cate runzelt die Stirn. »Rachel, du musst dich nicht bei mir entschuldigen. Ich hätte nie zulassen dürfen, dass du in diese Situation mit Phil gerätst oder mit der Presse oder irgendetwas davon. Ich hätte dich beschützen müssen.«

Ich schüttle den Kopf. »Es ist unmöglich, mich vor allem zu schützen – vor dem Internet, vor Leuten mit Kameras, vor dem Fernsehen. Ich muss lernen, mit dieser Art von Aufmerksamkeit umzugehen. Ich will es.«

Sie mustert mich eindringlich, als wolle sie abschätzen, wie ernst es mir ist.

»Ich würde alles für dich tun, Cate. Wie mich in einer Umkleidekabine zu verstecken, um den Paparazzi zu entkommen, und dann für tausend Dollar bei einer Frau namens Rainbow Krimskrams und Haremshosen zu kaufen.«

Cate lacht – dieses helle, mitreißende Lachen, das mir auf die angenehmste Weise durch und durch geht.

Ich räuspere mich. »Was ich eigentlich sagen wollte …« Es fällt mir zunehmend schwerer zu sprechen. Ich atme tief durch. Es ist, als wäre sie ein Vakuum, das mich anzieht und die gesamte Luft und das Licht im Raum auf einen einzigen Punkt lenkt. »Ich liebe dich.« Mein Herz macht einen Sprung, als hätte ich mich wieder an der Seilbahn ins Ungewisse gestürzt.

Überrascht öffnet sie den Mund.

Mist, das sollte doch keine Überraschung sein. Es war doch unausweichlich. Logisch.

Sie neigt den Kopf zur Seite. Ein Lächeln umspielt ihre Lippen, als sie flüstert: »Ich liebe dich auch.«

Alles in mir fühlt sich leicht an, luftig, als würde ich in den Himmel schweben. »Wirklich?«

»Rachel, natürlich liebe ich dich. Ich habe noch nie zu jemandem so eine Verbindung gehabt.«

Ich lächle. »Ich auch nicht.«

Plötzlich ist unsere Beziehung mehr als nur das Hier und Jetzt – sie ist auch morgen und übermorgen und alle Tage, die noch folgen. Wir haben eine Zukunft. Wohin wird sie uns führen? Welche Abenteuer werden wir erleben und wo werden wir landen?

Ich ziehe sie in meine Arme und in einen Kuss.

Ihre Lippen sind so weich und süß wie immer. Sie streichelt über meinen Rücken und meine Taille, umfasst meine Hüften und zieht mich näher an sich heran. Ich schmiege mich an sie. Ihr Körper passt perfekt an meinen.

»Wird deine Mitbewohnerin gleich wieder reinplatzen?«, murmelt Cate.

Ich schüttle den Kopf und unsere Nasen berühren sich. »Sie ist Hosen kaufen gegangen, also wird sie noch eine Weile wegbleiben.«

»Gut.« Sie zieht mich fest an sich, schiebt einen Schenkel zwischen meine Beine.

Ich streiche mit den Fingern durch ihr weiches Haar, über ihre Schultern, ihre nackten Arme hinunter.

»Ich bin froh, dass du dich nicht entschieden hast, zu Phil zurückzugehen«, flüstere ich.

Sie rümpft die Nase, als wäre allein die Vorstellung schon abstoßend. »Rachel, als du das Foto von dem Kuss gesehen hast, hast du das für echt gehalten? Dachtest du, wir würden wieder zusammenkommen?«

Ich zögere. »Ich weiß nicht, was ich dachte. Ich war verwirrt.«

Traurigkeit zeichnet sich auf ihrer Miene ab. »Ich dachte, du wüsstest, was ich für dich empfinde.«

»Ein Teil von mir dachte wohl, unsere Beziehung wäre zu schön, um wahr zu sein. Dass Phil vielleicht deine wahre Liebe ist und ich nur ein Experiment.«

»Ein Experiment?«

Ich beiße mir auf die Lippe. Das Wort ist mir zwar herausgerutscht, aber genau das habe ich wohl von Anfang an gefürchtet. Julia hat mich verletzt, indem sie mich bloß als Experiment sah, und vielleicht habe ich das nicht so schnell überwunden, wie ich dachte. »Ich schätze, ich habe meinen eigenen Ballast auf unsere Beziehung projiziert. Ich hatte Angst, dass du nur wissen wolltest, wie es ist, mit einer Frau zusammen zu sein, und dass ich … austauschbar bin.«

»Oh, Rachel. Du bist keine Affäre. Ich mag dich so, wie du bist.«

Ein Kribbeln geht durch meine Finger und Zehen. Das ist genau das, was ich hören wollte. »Okay. Das ist gut.«

Sie umfasst mein Gesicht. »Ich meine es ernst, wenn ich sage, dass ich dich liebe. Ich liebe deinen Verstand, deinen Körper, deine Seele.«

Mein Atem stockt und ich nicke, weil mir die Worte fehlen.

Wir küssen uns erneut. Cate streichelt rastlos über meinen Rücken und meine Seiten und ich vergrabe die Finger in ihrem Haar. Das Flattern in meinem Bauch ist so heftig, als würden wir uns zum ersten Mal küssen. Wir schmiegen uns enger aneinander und unser Kuss wird immer hungriger. Ihre sanfte Berührung an meiner entblößten Taille jagt mir einen wohligen Schauer über den Rücken.

Dankbarkeit erfüllt mich. Ich wünschte, ich hätte an dem Tag, an dem ich den Campingplatz unglücklich und voller Selbsthass verließ, gewusst, dass ich ein paar Stunden später meine Seelenverwandte treffen würde. Ich muss der größte Glückspilz der Welt sein, dass das Universum uns zusammengebracht hat – mit Glück und ein bisschen Leichtsinn. Was hat mich damals bloß bewogen, mich ans Set zu schleichen und einfach mit Cate zu reden? Es war dreist und ich hätte leicht Nein sagen können, als Abby mich hinschickte. Aber ich habe mich in das Zelt geschlichen, und das hat mich hierhergeführt.

Es ist so, wie Cate sagte, als wir auf jener Terrasse saßen: *Letztlich landen wir immer da, wo wir sein sollen.* Eine Reihe scheinbar unbedeutender Entscheidungen und eine Prise Glück haben uns zu diesem Moment in meiner Küche geführt, und ich würde nichts davon eintauschen wollen – auch nicht die harten Zeiten.

Ich streiche mit den Fingern über ihren Hals, über ihre Brüste und die Kurve ihrer Taille entlang, präge sie mir ein. Ihr Atem stockt und Hitze breitet sich in mir aus.

»Möchtest du die Nacht mit mir verbringen?« Meine Worte klingen atemlos.

Sie nickt. »Vielleicht kannst du mich später mitnehmen zum *Uitwaaien* an deinem liebsten Strand.«

»Das würde ich sehr gern. Wir könnten auch schick essen gehen – handverlesenen Käse und gereifte Kartoffeln oder so.«

»Hört sich gut an«, flüstert sie an meinen Lippen.

Ich lasse meine Finger in ihr Haar gleiten und drücke sie mit dem Rücken gegen die Wand. Unser Kuss ist innig, die Hitze verzehrend. Bisher waren wir immer so hektisch und drängend, so überwältigt von der Leidenschaft, doch jetzt wissen wir, dass wir Zeit haben – eine Zukunft.

Trotzdem reißen wir uns bald gegenseitig die Klamotten vom Leib. Cates Körper an meinem ist so berauschend, dass mir schwindlig wird.

Sie küsst meinen Hals und meine Schulter und stöhnt. »Deine Finger liebe ich übrigens auch.«

Cates Hand wandert zwischen meine Beine. Ich lasse meine Finger an ihrem Körper entlang in ihre feuchte Mitte gleiten. Sie schließt die Augen und lehnt den Kopf an die Wand. Ihre Knie geben nach, sie sinkt ein paar Zentimeter tiefer.

Der Anblick, wie sie die Kontrolle verliert, lässt Wellen der Begierde durch meinen Körper strömen. Eine Hand an ihrer Taille, die andere zwischen ihren Beinen, vergrabe ich das Gesicht in ihrer Halsgrube und verliere mich in ihr – in dem Gefühl ihrer Hitze an meinen Fingern, ihres verschwitzten Körpers an meinem, ihrer Finger, die mich in ungeahnte Höhen treiben.

Ihr Atem geht schneller. Sie zittert und ihre Nägel graben sich in meine Schulter. »Rachel …«

»Ich auch«, sage ich und stöhne. »Komm mit mir.«

Wir küssen uns leidenschaftlich, während wir gemeinsam zum Höhepunkt kommen, stöhnen in den Mund der anderen und erbeben. Als unsere Beine nachgeben, stützen wir uns gegenseitig und gleiten sanft zu Boden.

Für eine kleine Weile lehnen wir aneinander, während wir allmählich wieder zu Atem kommen. Meine Brust ist ganz voll. Ich könnte mein ganzes Leben damit verbringen, Wege zu finden, diese Frau glücklich zu machen.

Wir ziehen uns an und gehen essen, und als danach die Sonne über dem Pazifik untergeht, spazieren wir Hand in Hand an der Küste entlang.

Ich lache, als Cate mit Schrecken feststellt, dass der Strandabschnitt, an dem ich am liebsten entlanglaufe, hauptsächlich aus Steinen und Seepocken besteht.

»Als du sagtest, du gehst gern am Strand spazieren, dachte ich mehr an barfuß im Sand«, murmelt sie und geht vorsichtig weiter.

»Sieh mein Hobby als die Extremsportvariante von Strandspaziergängen an. Warte, bis du spürst, wie kalt das Wasser ist.«

Misstrauisch betrachtet Cate die schwarzen schäumenden Wellen, die uns entgegenbranden. »Wenn du mich nass spritzt oder reinstößt …«

Ich packe sie und sie schreit auf, umklammert mich, als wolle sie mich mit sich reißen.

»Das würde ich nie tun.« Ich ziehe sie an mich.

Wir küssen uns, knabbern an unseren Lippen, unsere Zungen umspielen sich. Die Wellen zischen neben uns und der Wind peitscht durch unsere Kleider und Haare.

»Hey, ich habe überlegt …« Ich zögere und mein Herz setzt nervös einen Schlag aus. »Wir haben noch nie ein Selfie zusammen gemacht.«

»Bittest du mich um ein Foto?«, fragt Cate grinsend.

»Wenn es nicht zu viel Mühe macht. Ich bin ein großer Fan deiner Filme.«

Sie lacht.

Mein Puls rast, aber mit Cate an meiner Seite bin ich voller Hoffnung. Ich habe einen Therapietermin vereinbart und bin fest entschlossen, zu heilen. Ich möchte, dass es in meiner Zukunft Tausende Bilder und Videos von Cate und mir bei all den Abenteuern gibt, die wir erleben werden.

Die salzige Brise spielt mit einer ihrer blonden Haarsträhnen. Die untergehende Sonne verleiht ihrer Haut ein wunderschönes Strahlen, wie es kein Make-up-Artist hinbekommen würde. Ihre Augen sind durchdringend, ätherisch. Wie konnte ich nur so viel Glück haben?

Ich drehe sie so, dass wir den Küstenstreifen im Rücken haben. In der Ferne ragen die North Shore Mountains in den Himmel. »Genau hier.«

Sie hält ihr Handy hoch und wir machen ein Foto mit dem Strand und den Bergen im Hintergrund. Cate küsst mich dabei auf die Wange und ich lächle, als wäre ich der glücklichste Mensch der Welt.

Dieses Foto wird mein Handy-Hintergrund werden.

Händchen haltend setzen wir unseren Spaziergang entlang der Küste fort.

»Wann musst du nach Hause fliegen?« Die Frage liegt mir schon seit Stunden auf der Zunge, doch ich habe sie nicht herausgebracht. Die Worte klingen nun beiläufig, aber ich habe wahnsinnige Angst vor der Antwort.

Cate zögert. »Mein Flug geht morgen früh.«

Ich habe das Gefühl, als würde ein Felsbrocken in meinen Magen fallen. »Oh.«

»Aber ich kann hin- und herfliegen und dich so oft besuchen, wie ich will … oder … ich könnte meinen Flug stornieren.«

Ich beiße mir auf die Lippe und muss grinsen. »Ich denke, du solltest deinen Flug stornieren.«

Sie sieht mich aus diesen wunderschönen blauen Augen an, ein Lächeln umspielt ihre Lippen. »Meinst du?«

»Auf jeden Fall.«

»Und wo sollte ich deiner Meinung nach eine Immobilie suchen?«

Ich atme keuchend aus und ein Rausch der Begeisterung durchströmt mich. Eine Immobilie? Ein Haus kaufen?

Sie muss mir ansehen können, was ich denke, denn ihr Lächeln wird breiter. »Ich habe dir doch gesagt, dass ich genug von L.A. habe. Ehrlich gesagt war ich dort schon lange nicht mehr glücklich. Ich habe darüber nachgedacht, mir etwas weiter weg von Hollywood zu suchen, aber ich habe nie den richtigen Ort gefunden – oder einen Grund, der überzeugend genug war.«

»Was ist mit Josie und Waffles?«, frage ich wie in Trance.

»Ich kann zurückfliegen und sie besuchen, wann immer ich will. Ich bin bereit für etwas Neues, Rachel.«

»Du willst also hier leben?« Es fühlt sich so surreal an, das zu sagen.

Sie nickt.

»Für wie lange?«

Sie schenkt mir dieses echte Lächeln, in das ich mich verliebt habe. »Vielleicht für immer.«

Ebenfalls im Ylva Verlag erschienen

www.ylva-verlag.de

Job mit gewissen Vorzügen

Liz Rain

ISBN: 978-3-96324-767-5
Umfang: 189 Seiten (61.000 Wörter)

Für eine Spitzenpolitikerin wie die attraktive Bridget zu arbeiten, ist schon schwer – und erst recht, als Emma sich dann auch noch in ihre neue Chefin verknallt. Doch als Bridget nach einem politischen Skandal Trost in Emmas Armen sucht, ist es ganz klar nur ein leidenschaftlicher One-Night-Stand. Eine Frau wie Bridget würde sich nie für Emma entscheiden … oder?

Küsse in Amsterdam

Hazel Yeats

ISBN: 978-3-95533-938-8
Umfang: 198 Seiten (55.000 Wörter)

Als Cara auf einen Weihnachtsmann trifft, wird ihr schnell klar, dass unter dem Kostüm eine attraktive Frau steckt, die, wie sich später herausstellt, eine erfolgreiche Kinderbuchautorin ist. Das zweite Treffen zwischen den beiden endet in einem heißen Kuss. Bis Cara Panik bekommt und Judes Herz bricht.

Ist das das Ende der Beziehung oder wird es für die beiden noch mehr Küsse in Amsterdam geben?

Sommergeflüster zu zweit

Harper Bliss

ISBN: 978-3-96324-287-8
Umfang: 231 Seiten (67.000 Wörter)

Die erfolgreiche Rechtsanwältin Alice gönnt sich eine Auszeit im Ferienhaus ihrer Freundin Miranda in Portugal. Dort lässt sich Alice mit Mirandas Tochter auf eine heiße Sommerromanze ein, bis ihr Urlaub zu Ende ist. Wird Alice vergessen können, was Joy in ihr geweckt hat? Und wie kann sie Miranda gegenübertreten, ohne sich für ihr leidenschaftliches Abenteuer schuldig zu fühlen?

Skalpell, Tupfer, Liebe

Lola Keeley

ISBN: 978-3-96324-433-9
Umfang: 211 Seiten (72.000 Wörter)

Die Chirurgin Veronica leitet ihre Krankenhausabteilung mit eiserner Hand, bis ihre Welt durch eine neue Unfallchirurgin auf den Kopf gestellt wird. Cassie ist Militärchirurgin und interessiert sich wenig für verkrampfte Bürokratie. Als Cassie in schmutzige Geldgeschäfte verstrickt wird, kommen sich die beiden auf der Suche nach der Wahrheit näher.

Über Tiana Warner

Tiana Warner wohnt in British Columbia (Kanada).

Bekannt wurde die Schriftstellerin durch ihre Trilogie Mermaids of Eriana Kwai die sie auch als Comic-Adaption veröffentlicht hat.

Tiana ist ein Outdoor-Fan und reitet schon seit frühester Kindheit. Außerdem ist sie stolze Besitzerin eines hyperaktiven Rettungshundes namens Joey. Sie hat einen Abschluss in Informatik und hat lange als Programmiererin gearbeitet.

Bibliografische Information der Deutschen Bibliothek
Die Deutsche Bibliothek verzeichnet diese Publikation in der Deutschen Nationalbibliografie; detaillierte bibliografische Daten sind im Internet über www.dnb.de abrufbar.

1. Auflage

Taschenbuchausgabe 2023 bei Ylva Verlag, e.Kfr.
ISBN: 978-3-96324-788-0

Dieser Titel ist als Taschenbuch und E-Book erschienen.

Übersetzung: Jenny Spanier
Lektorat: Charlotte Herbst
Korrektorat: Claudia Volland
Satz & Layout: Ylva Verlag e.Kfr.
Bildrechte Umschlagillustration vermittelt durch Shutterstock LLC; iStock; AdobeStock
Coverdesign: Streetlight Graphics

Kontakt:
Ylva Verlag, e.Kfr.
Inhaberin: Astrid Ohletz
Am Kirschgarten 2
65830 Kriftel
Tel: 06192/9615540
Fax: 06192/8076010
www.ylva-verlag.de
info@ylva-verlag.de
Amtsgericht Frankfurt am Main HRA 46713

Printed in Poland
by Amazon Fulfillment
Poland Sp. z o.o., Wrocław

25567324R00133